작가가
작가에게

작가가
작가에게

글쓰기 전략

제임스 스콧 벨 지음
한유주 옮김

'소설 작법 책'에 대한 근본적인 의문

모두 알고 있는 것으로, 다른 것을 만드는 방법은 무엇일까?

밥을 먹지 못한 지가 며칠째인가? 사람들은 말한다. 아무 일이나 해야 하는 게 아니냐고? 아르바이트라도 해야 되지 않느냐고? 단식광대가 먹을 게 없어서 굶은 건 아니다. 그에게는 먹고 싶은 음식이 없었다. 나, 서른 두 살의 무명작가. 아직 책을 한 권도 내지 않았으니, 더 정확하게 말하면 작가 지망생. 하지만 그게 무슨 상관이랴. 글을 쓰는 것 말고는 아무것도 하고 싶은 일이 없다. 나의 일은 그저 쓰고, 쓰고, 또 쓰는 일.

춥다. 가스와 전기가 끊겨 온기가 전혀 없는 방에서 내가 기다리고 있는 것은, 두 달 전에 공모한 신인문학상 당선 통지서다. 내 책상 위에 놓여 있는 입식 달력에 붉은 사인펜으로 쳐놓은 동그라미는 오늘이 발표일이라는 것을 가르쳐준다. 전화나 인터넷이 불통이면, 우체부가 전보를 가지고 오겠지. 다섯 번째로 완성한 이번 장편소설은 꼭 당선되어야 한다. 상금이 자그마치 5,000만 원이다. 자꾸 주문을 건다. 이번으로 무명작가 노릇은 끝이야, 무명작가와는 결별이야, 5,000만 원은 내 것이 될 거야. 우체부는 내 방 문을 두드리는 순간, 무명작가와는 전혀 다른 사람을 만나게 될 거야.

내가 써 보낸 소설을 복기하듯 검토해본다. 언 손가락을 하나씩 꼽으면서. 우선 나는 무엇을 썼던가? 단순하거나 그저 잊어버려도 되는 평범한 것을 쓰지는 않았는가? 그 점에 대해서는 안심해도 좋다. 어쩌면 너무 지나친 게 아니었을까, 싶을 만큼! 나는 《모비 딕》 같은 소설을 쓰려고 했다. 독자들을 내가 만든 막막하고 캄캄한 바다에 데려다놓고, 그들로 하여금 도저히 만날 수 없는 고래를 찾아 헤매도록 했다. 그러니까, 이 문제는 '패스'. 아니…… 잠깐, 스티븐 킹이 가장 좋아했던 소설 중 하나인 《모비 딕》은, 멜빌의 생전에 고작 12부만 팔렸다지 않은가?

잊어버리자. 기억이 정확하다면, 이번 신인문학상의 예심과 본심 심사위원은 모두 12명이다. 그러니 좋은 징조라고 생각하자. 내 운명을 결정할 12사도들에게 잠시 기도(저 좀 살려 주세요). 내가 평범한 것을 쓰지 않고, '쇼킹'한 것을 썼다는 것을 믿자. 작가가 자기 이름을 처음 알릴 때는, 누구나 깜짝 놀랄 만한 것을 들고 세상에 나가야 한다. 그 문제는 만족되었으니, 소설의 서두가 어땠는지를 다시 생각해보자. 중국의 병법가 손자가 말했다지. 적들이 미처 준비를 마치지 못한 때를 노리고, 예상할 수 없는 길로 진군하라고. 사람들은 다 자신의 인생이 너무 짧다고 생각한다. 때문에 단 첫 줄, 첫 문단부터 독자의 마음을 사로잡지 않으면 내 책은 죽은 거나 같다.

나는 날씨나 꿈 이야기로 소설을 시작하지 않아야 한다는 것을 알고 있다. 행복한 나라에 사는 행복한 사람들의 평범한 이야기를 진부하게 묘사하지도 않았다. 이를테면 시시한 일상을 주저리주저리 늘어놓은 다음 '나 임신했어'라고 말하는 게 아니라, 여주인공에게 담배 한 개비도 채 태우지 못할 시간 정도만 주고 난 다음 곧바로 '나 임신했어'라고 말하는 게 독자의 눈을 잡아채는 요령이라는 것을 나는 안다. 요컨대 이번에 낸 소설에서도 내 작품의 서두는 독자들과 등장인물이 단 한 문단 만에 정서적 연결고리로 묶일 수 있도록 배려했다. 첫 줄이 시작되자마자, 주인공을 곤란스러운 처지에 빠뜨린 것이다. 내 주인공은 정체를 알 수 없는 사람들에게 납치되자마자 관 속에 밀봉되고 트럭의 짐칸에 던져진 채, 자갈이 튀어 오르는 시골길을 몇 시간째 달리고 있다. 독자는 고난받는 주인공에게 쉽게 동화 되지 않는가.

내가 쓴 소설의 모든 것을 검토하면 할수록, 나는 나의 희망찬 앞날을 확신할 수 있게 됐다. 내 주인공은 사랑하고 있는 상황을 보여주었지, 결코 '사랑합니다' 같은 뻔한 대사를 읊지 않았다. 그리고 독자들이 질문을 품을 만한 의문 사항과 힌트를 곳곳에 숨겨놓았다. 뿐만 아니라 초고를 쓸 때부터, 주인공의 외부와 내부를 비교하는 표를 만든 다음, 균형 있고 신뢰할 만한 주인공을 만들려고 했다. 외부가 '행위/동작/목표/성취' 같은 가시적인 것이라면, 주인공의 내부는 '반응/감정/성장/~되다' 같은 자아를 드러내주지. 주인공이 외부/내부로 이루어져 있다는 것은 인간의 양면성이면서, 행동(플롯)과 인물(성격)이라는 이야기의 두 가지 층위를 나타내기도 하지. 나는 어느 한 쪽에 치우친 이야기를 쓰고 싶지 않았기 때문에, 주인공의 외부/내부를 철저하게 '크로스 체킹'했지. 그게 안 되는 것은, 나 자신 뿐이야.

이번 글은 진짜 빠르게 썼다. 1,200매나 되는 원고를 딱 두 달 만에 썼으니, 신들린 듯이 쓴 거다. 그렇지만 헤밍웨이나 윌리엄 포크너처럼은 빠르지 못했다. 그 사람들은《태양은 다시 떠오른다》와《내가 죽어 누워 있을 때》같은 장편 소설을 단지 6주 만에 썼다. 천재가 아니고 괴물들이다. 그래. 작가들은 집중해서 글을 쓸 때, 천재가 아니라 다 괴물이 되지. 괴물이 되지 않으면 안 된다. 빠른 속도로 집중적으로 몰두할 때만 뭔가 이루어지는 영역이 있다면, 그게 바로 글쓰기다. 하나에서 백까지 모든 게 준비되지 않으면 한 줄도 쓰지 못하는 내게, 어떤 선생이 가르쳐주었지. 첫 문장이 떠오르지 않으면 그 칸을 비워두고 나중에 써넣으라고. 그러면서 700여 권이 넘는 소설을 썼던 아이작 아시모프의 예를 들려 주었지. 만약 6개월 정도 밖에 살 수 없게 된다면 어떻게 하겠느냐는 질문을 받았을 때, 아시모프는 "더 빨리 써야죠"라고 했다지.

두 달 만에 소설을 다 쓰고 나서, 초고를 쓴 기간보다 더 긴 시간을 들여 원고를 다듬었다. 빠른 초고 쓰기와 그것보다 더 긴 세밀한 수정. 나는 폭탄 탐지 요원이라도 된 것처럼 초고의 약점을 찾아내고, 애초의 대전제와 인물 성격을 검토하기 시작했지. 소설이 다 뭐겠어? 장면이라는 개개의 벽돌로 구성되는 또 한 채의 집이란 말이지. 그러니 초고를 쓸 때에 그랬던 것처럼 퇴고를 할 때도 '이 장면이 있어야 하는 이유가 뭐지?'라는 질문을 놓쳐서는 안 되지. 거기다가 초고에서는 불완전했던 등장인물 하나하나에, 부족한 감정을 불어 넣었지. 그러자 눈부시게 살아나는 나의 분신들! 나는 창조를 하고 있었어. 자꾸만 들여다보고 고칠수록 문장은 반듯해지고, 묘사는 정확해졌으며, 등장인물들의 대화는 간략하면서도 핵심만을 드러냈어.

가스도 전기도 끊긴 방에서, 밥을 먹지 못한 지가 며칠째인가? 나는 두 달 전에 공모한 신인문학상의 당선 통지서를 기다리고 있다. 5,000만 원만 생기면, 밀린 세금을 내고 쌀과 김치를 사야지. 그런데 우체부는 오지 않는다. 오른 손가락 다섯 개를 하나씩 꼽았다가 펴면서 내 소설을 검토하는 중간에, 두 가지 생각이 한꺼번에 머릿속을 채웠다.

하나. 나는 이야기를 창작하는 데 필요한 모든 것을 배웠다. 그래. 나는 서점에서 구할 수 있는 온갖 소설 작법 책들을 샅샅이 찾아 읽었어. 나는 그 책들을 이해했을 뿐 아니라, 중요한 것은 외우기까지 했어. 지금 당장이라도 나보고 대학교의 문예창작학과에 와서 소설을 가르쳐보라면 가르치고도 남겠어. 둘. 차고 넘치게 배우고도 이렇게 불안한 것은 왜일까? 원인을 찾는 건 그렇게 어렵지 않았어. 나의 불안은 다름 아닌, 내가 서점에서 구할 수 있는 온갖 소설 작법 책을 다 읽어 치웠다는 것. 그리고 나처럼 언 방에 웅크리고 있을 다른 무명작가들도, 내가 읽은 소설 작법을 다 읽었으며, 내가 알고 있는 것을 다 깨우치고 있다는 것. 그래서 말하지 않던가. 아무리 똑같은 방법으로 글을 써서 누군가처럼 대박을 터뜨리려고 해도, 그 방법은 이미 유효기간이 지났다고!

그렇다면 모두 알고 있는 것으로, 다른 것을 만드는 방법은 무엇일까? 모두 알고 있는 것에 부족한 2퍼센트를 더하는 것이 소위 말하는 창조력일까? 영감일까? 혹은 운일까? 아니면 작가가 되기 위해서는 '파우스트의 거래'처럼 악마에게 내 혼을 팔기까지 해야만 되는 걸까? 그것도 아니라면 그저 쓰고, 쓰고, 또 쓰는 일이 나를 작가로 완성시켜주는 걸까? 그리하여 다시, 나의 양식은 두려움과 불안이며, 그것을 극복하기 위해 글쓰기를 목표로 잡고 우리는 또 냅킨 위에라도 끼적거려야 하는 것일까?

누가 방문을 두드린다. 301호의 아주머니일까? 나는 어제 저녁 내 방문 맞은편 301호 문에 메모를 남겨놓았다. 하지만 301호의 문이 열리는 소리는 들리지 않은 데다가, 그녀는 항상 내 이름부터 먼저 불렀다. 그러면 우체부일까? 오토바이 소리는 들리지 않았다. 내 방 문 앞에 와 계신이, 누구신가?

2011. 3. 작가 장정일

실수하지 않는 사람만이 전투에서 승리한다

손자를 아는가? 손자는 중국 춘추전국시대 최고 전략가였다.
손자는 소설을 쓴 적이 없다. 또 LA에 산 적도 없으니 시나리오
를 쓰겠다고 시도해본 적도 없을 것이다. 다만 그가 실제로 전쟁
터에서 깨달은 통찰들을 기록한 '전쟁의 기술'만이 오늘날 《손
자병법》이라는 책으로 잘 알려져 있다. 손자가 살던 시대는 복
잡하고 혼란스러운 시기였다. 그런 상황에서 손자는 전쟁에 임
하면서 따라야 할 정돈된 원칙들을 제시했고, 장군들이 명료하
게 전투 계획을 세우고 승리를 거둘 수 있게 했다.

　나도 당신도, 우리는 작가다. 그러니까 우리는 서로를 이해할
수밖에 없다. 다른 사람들과 우리가 다른 점이 있다면, 그것은 바
로 우리가 매우 불쌍한 존재라는 사실이다. 조금 더 설명해볼까?
1940년대로 돌아가보자. 잭 우드포드라는 소설가가 있었다.

그는 젊은 작가들에게 이런 충고를 남겼다.

바로 당신이 프리랜서 작가이군요! 정말 가련한 사람! 구제불능 바
보 같으니라고! 당신은 모든 일들을 스스로 해야 할 겁니다. 영화관
을 경영하거나 총을 제작하고, 약국을 관리해야 할 수도 있고, 재단
사나 배관공이 되는 법을 배우기도 해야 할 겁니다. 식자공이 되거
나 핫도그를 구워야 할 수도 있죠. 당신은 먹고 살아야 할 뿐만 아
니라 글도 써야 하겠지요. 그래요, 당신도 알고 또 나도 알아요. 당
신의 마음을 돌리거나, 낙담시킬 만한 방법이 없다는 것을. 나는 스
스로 잘 버텨온 편이기는 하지만 그저 빈둥거리고만 있을 때도 있었
죠. '빈둥거린다는 것'이 무슨 뜻인지 알고 있나요? 물론 모르겠죠.
그것은 누구의 기대에도 부응하지 못하고, 절망으로 울고, 기력이
쇠잔해지는 상황을 뜻해요. 내게 '빈둥거리는 기간'이 없었다면 어
떻게 되었을까요? 나는 상상할 수 없지만 신은 아시겠죠.

　　　　　　　　　　　　－ 잭 우드포드, 《밥벌이로 글을 쓰려면How to Write for Money》

　나는 글을 쓰려는 당신이 어쩔 수 없이 부딪히게 될 어려움
들을 조금이나마 덜어주려는 생각에서 이 책을 썼다. 나 자신이
글을 써서 밥벌이를 하는 일이 얼마나 힘든지 잘 알고 있기 때

|1| **잭 우드포드Jack Woodford(1894~1971)** 1930년대부터 1940년대에 이르기까지 많은 소설과
　논픽션을 쓴 작가.

문이다. 《손자병법》을 참고한 결과 나는 이 책을 '정찰', '기술', '전략'이라는 세 부분으로 간략하게 정리할 수 있었다.

정찰

글을 쓰는 일은 그 무엇보다도 정신 게임이다. 결국 글쓰기에 가장 영향을 주는 것은 머릿속에서 생겨나는 갖가지 생각들이기 때문이다. 1부에서는 이런 과정을 알아보려고 한다.

사이먼&슈스터[2]의 딕 사이먼^{Dick Simon}은 말한다. "단 한 명도 예외 없이 모든 작가들이 가장 두려워하는 것은 바로 죽음이다. 어떤 사람들은 그저 자신의 두려움을 남들보다 조금 잘 숨겨놓고 있을 뿐이다." 언제라도 당신의 정신 상태를 초토화시킬 수 있는 폭탄들은 도처에 있다. 그 폭탄들이 전부 제거되지 않는 한 당신은 지속적으로 글을 쓸 수 없을지도 모른다.

작가 생활을 보란 듯이 성공적으로 해 나가려면, 반드시 규칙들을 세워 당신의 정신 상태를 점검해야 한다. 물론 당신만의 개성까지 포기하라는 말은 아니다. 단지 당신이 책을 내고 싶다면, 좀 더 전략적으로 글을 써야 한다는 뜻이다.

|2| **사이먼&슈스터Simon&Schuster** CBS의 계열사로 1924년 뉴욕에서 리처드 사이먼과 링컨 슈스터가 설립한 출판사. 오늘날은 랜덤하우스, 펭귄, 하퍼콜린스와 함께 최상위 4대 영어권 출판사 중 하나로 알려져 있다. 매년 2,000여 권 이상의 도서를 발행하고 있으며, 35개의 임프린트를 거느리고 있다.

기술

2부에서는 글을 쓰는 실전적인 방법을 소개한다. 나는 15년 간 글쓰기를 가르치기도 했고, 글쓰기에 관한 몇 권의 책과 여러 편의 에세이들을 쓰기도 했다. 그리고 나 자신도 작법에 관한 책들을 보고 도움을 받았다. 경험에 비춰보면 쓸모없던 책은 단 한 권도 없었다.

내가 하고 싶은 말은, 글에 깊이를 더하고 싶다면 먼저 실제로 글쓰는 기술이나 기법들을 습득하라는 것이다. 피곤해서 죽을 지경인 에디터나 에이전트들의 책상 위에 깊이도 없고 특별할 것도 없는 원고가 쌓여가는 장면을 상상해보라. 당신의 원고도 그대로 방치돼 읽히지 않을 수 있다. 나는 당신이 이런 위험을 피해갈 수 있도록 도와주려는 것이다.

007시리즈에 등장하는 Q를 보자. Q는 제임스 본드가 활약하는 데 도움이 되는 여러 도구들을 제공한다. 화염방사기로 변하는 커프스링크, 낙하산이 되기도 하는 펜…… 이런 도구들이 당신의 글쓰기에서도 사용되어야 한다.

소설을 쓰고 싶은가? 그렇다면 이런 기법들을 잘 알아두어야 한다. 나는 지난 몇 년 동안이나 훌륭하지만 시장에서는 실패한 원고들을 무수히 많이 보아왔다. 그 원고들은 하나같이 유려한 문체와 세밀한 인물 묘사와 단단한 플롯을 갖추고 있었지만 실패하고 말았다. 이유가 무엇일까? '충분히 좋다'는 결코 '완벽하게 좋다'와 같은 말이 아니기 때문이다.

손자는 이렇게 말한다. 장기적인 성공을 거두려면 작은 것부터 차곡차곡 쌓아 올려야 한다고. 티끌모아 태산이라는 말이다. 그러니 당신도 이 말을 유념하며 글을 써 나가야 할 것이다.

물론 당신이 좋아할 만한 이야기도 있다. 에디터나 에이전트들이 읽게 된 당신의 첫 소설이 그들 마음에 들지 않을 수도 있지만, 그들은 당신의 '차기작'에 기대를 품을 수도 있다. 에디터나 에이전트들은 누구보다도 먼저 그것을 예리하게 파악할 것이다. 그들은 진부하고 평범한 원고들을 너무나 많이 본 사람들이다. 그러니 당신이 발전할 가능성이 조금이라도 보인다면, 그들의 문학적인 감식안은 바로 작동할 것이다.

전략

3부에서 나는 출판업계라는 전쟁터로 인도할 것이다. 어떤 일이라도 벌어질 수 있는 이곳에서는 기이한 일들이 왕왕 벌어진다. 이런 가능성은 당신에게도 해당된다. 그러므로 커리어를 위한 장기적이고 전략적인 비전을 가져야 한다.

간단히 말해서 당신은 무엇보다도 좋은 글을 써야 한다. 1970년부터 1980년 사이, 디트로이트를 거점으로 삼았던 자동차회사들에게 벌어진 일들을 살펴보자. 일본인들이 디자인과 성능이라는 두 마리 토끼를 잡을 수 있었던 반면, 그들은 품질이 떨어지는 자동차만 생산했다. 그 결과 디트로이트의 자동차산업은 끝없는 수렁에 빠졌고, 아직까지도 완전히 회복하지 못한 상태다.

출판시장에서도 마찬가지다. 무엇보다도 좋은 작품이 먼저다. 그렇다면 좋은 작품을 결정하는 요소는 무엇일까? 다음의 두 가지를 보자.

- 장인정신을 표출할 것
- 결점을 없앨 것

더 훌륭한 글을 쓰려는 노력을 결코 포기하지 않는 것, 그것이 바로 장인정신이다. 일본인들은 항상 마음속에 '카이젠Kaizen, 개선'이라는 개념을 품고 있다. 카이젠이란 매일같이 당신이 진행하고 있는 일을 꼼꼼하게 살펴보고 지속적으로 발전시키려는 태도를 의미한다. 당신도 카이젠을 생각해야 한다. 동시에 출판업계에서 외면당한 실패작들에서 쉽게 발견할 수 있는 결점들을 찾아보고, 그런 실수를 범하지 않도록 해야 한다.

손자는 말한다. "실수하지 않는 법을 아는 사람만이 전투에서 승리한다."

지금부터 이 작은 책을 읽기 시작하라. 당신은 그러면 실수 없이 글을 써낼 수 있을 것이다. 당신의 글이 출판되는 '승리'를 만끽하길 바란다.

현명한 군주와 훌륭한 장군이 공격에서 승리하고,
평범한 사람이 닿는 영역 너머에
다다를 수 있는 것은 바로 사전지식 덕분이다.

– 손자

야구의 90퍼센트는 머리싸움이다.
그리고 그 나머지의 절반은 몸의 문제다.

– 요기 베라

1부

정찰

1

미리 관찰해야

전략과 전술에서 앞선다

손자는 전쟁에서 승패를 가르는 것은 바로 적응력과 기회를 잡는 능력이라고 말한다. 승리의 기회를 잡으려면 먼저 적을 정찰해야만 한다. 정찰이 뭔가? 군사적인 목적을 갖고 적지를 관찰하며 정보를 수집하는 것이다. 미리 정찰을 하면, 당신은 곧 맞닥뜨릴 상대에 대한 사전지식을 갖게 된다. 그러면 누구보다도 영리하게 전투에 임할 수 있다.

자, 이제 정찰을 시작하기 전에, 출판업계라는 곳을 한번 내다보자. 무엇이 보이는가? 돈다발을 가리키는 표지판이 보이는가? 그렇다. 출판은 '돈'과 관련된 영역이다. 출판은 하나의 비즈니스며, 비즈니스는 이윤을 창출해야만 한다. 누군가는 이렇게 말할 수도 있다. "잠깐, 당신은 위대한 글에 대한 열정보다 더 중요한 것이 돈이라고 말하는 건가요? 좋은 책을 출판하려고 진심을 다하는 출판사, 에디터, 에이전트들이 없다는 말인가요?"

물론 그런 사람들은 존재하지만, 그래도 출판업계는 비정한 곳이다. 게다가 그런 사람들의 노력도 곳곳에 널리고 널린 상업 논리에 엄격한 제약을 받는다. 진정 상업적인 것과 예술적인 것을 함께 아우를 수 있다면 그들은 행복할 것이다! 그러나 결국 모든 것은 철저한 상업 논리를 따른다. 소설가가 되어 지속적으로 작품을 발표하고 싶은가? 그렇다면 그대는 아주 단순한 질문에 답할 수 있어야 한다.

　　"당신의 소설은 출판될 가치가 있는가?"

　　출판업계의 바탕에는 항상 금전적인 계산이 깔려 있다. 맥스웰 퍼킨스[3]가 브랜디를 홀짝이며 토머스 울프[4]의 책을 넘기고 있을 때도 그랬고, 베넷 서프[5]가 에인 랜드[6]에게서 《아틀라스, 어깨를 으쓱하다 Atlas Schrugged》의 출판을 거절당한 뒤에 신경질적으로 넥타이를 풀 때도 그랬다. 피츠제럴드가 술독에 빠져 있을 때도, 헤밍웨이가 황소를 피해 달아날 때도 그랬다. 출판은

|3| **맥스웰 퍼킨스Maxwell Perkins(1884~1947)** 어니스트 헤밍웨이, 스콧 피츠제럴드, 토머스 울프 등을 담당했던 에디터로, 역사상 가장 유명한 문학 에디터로 손꼽힌다.

|4| **토머스 울프Thomas Wolfe(1900~1938)** 20세기 초 미국의 대표적인 소설가. 네 권의 장편소설과 다수의 단편을 썼는데, 그 작품들에는 1920년대부터 1930년대 사이의 미국 문화가 생생하게 반영되어 있다. 그가 죽고 난 뒤 윌리엄 포크너는 울프는 당대 최고의 작가였다는 찬사를 남겼다. 울프는 잭 케루악과 레이 브래드버리, 필립 로스 등 많은 작가들에게 강력한 영향력을 주었다.

|5| **베넷 서프Bennett Cerf(1898~1971)** 랜덤하우스의 공동창업자이자 출판인.

|6| **에인 랜드Ayn Rand(1905~1982)** 러시아 태생의 미국 소설가이며, 극작가이자 철학자. 그녀는 스스로 '객관주의Objectivism'라 불렀던 철학체계를 확립했으며, 두 권의 베스트셀러 소설을 출판했다. 러시아에서 태어나 교육을 받았으나 1926년 미국으로 건너가, 이후 할리우드에서 시나리오를 작업했고 브로드웨이에서 희곡도 썼다. 《아틀라스, 어깨를 으쓱하다》는 대단히 철학적인 소설로 알려져 있다.

항상 돈이 결부된 사업이며 이윤을 얻지 못하는 사업은 지속될 수 없다.

조금 변한 것이 있다면, 계산하는 속도가 더 빨라졌다는 사실이다. 예전에는 출판사가 작가의 재능 하나만을 믿고 그가 책을 다 쓸 때까지 몇 날 며칠이고 기다려주기도 했지만 이제 그런 일은 일어나지 않는다. 기업체는 분기별로 이윤을 요구하는 법이다. 그러니 당신은 빠르고 신속하게 수익을 올릴 수 있어야 한다. 전설적인 광고인 데이빗 오길비David Ogilvy가 말했듯, "오늘날의 업계에서는 창조한 것을 팔 능력이 없으면 굳이 창조할 필요도 없다."

소설가가 되기를 원한다면, 출판업자에게 당신이 지니고 있는 현재와 미래의 가치를 보여주어야 한다. 출판업자는 사실 소설을 출판하는 일에는 별로 관심이 없다. 그들은 장기적으로 회사에 이익을 가져다줄 수 있는 작가들을 발굴해 그들과 지속적으로 교류하기를 원한다. 당신은 그들에게 상품을 제공할 수 있는 사람이 되어야 한다.

이 모든 것들은 사랑하는 것들을 쓰지 못하게 하는 제약이 될까? 물론 그렇지 않다. 항상 두 눈을 크게 뜨고 당신이 사랑하는 것들을 써야 한다.

성공한 작품은 어떻게 다른가

소설가가 되겠다는 마음을 굳게 먹고 이제 막 글을 쓰기 시작한 당신을 위해, 개발해야 하는 열 가지 특성들을 알려주려고 한다.

1. 욕망

글을 쓰려고 마음먹은 당신은 시간과 돈을 소모하면서 엄청난 좌절을 감수해야 할지도 모른다. 당신의 내부에 굶주림이 도사리고 있는 것이 보이는가? 그런 욕망이 없다면, 저 험난한 전쟁터에서 오래 버텨낼 수 없다.

2. 규율

원고의 분량이 얼마나 되는지, 일주일에 며칠이나 작업이 가능한지 등 규율은 작업 전반에 관한 것이다.

3. 장인정신

한 권의 책을 그냥 휘갈겨 쓸 수는 없다. 레너드 비숍[7]이 말했듯 "극적인 인물이나 창의적인 서사 구조, 강렬하고 흥미진진한 상황들은 우연히 혹은 운이 좋아서 발견되는 것이 아니다. 훌륭한 책을 써낸 작가들은 열정적인 습작기간을 거쳤고, 그랬기 때문에 상상력과 경험에 힘과 깊이를 더할 수 있었다."

4. 인내심

글쓰기는 시간이 걸리는 일이지만, 이미 앞의 세 가지 요소들을 지니고 있다면 그 시간은 단축될 수 있다.

5. 정직성

당신이 가지고 있는 작가로서의 약점을 스스로 냉정하게 되돌아보라.

6. 배우려는 의지

너무 부담을 갖지 마라. 지금 서 있는 위치를 확인하라.

---

[7] **레너드 비숍Leonard Bishop** 《위대한 소설가가 되는 법: 멋진 이야기를 쓰는 329가지 방법Dare to Be a Great Writer: 329 Keys to Powerful Fiction》이라는 작법책을 쓴 미국의 소설가.

7. 사업가 정신

전문가 정신과 사업가의 요령을 습득하라.

8. 철면피

거절당하는 법은 배우되, 그것을 마음에 담아두지는 마라.

9. 장기적인 안목

'내가 책을 쓸 수 있을까?'가 아니라 '내가 작가가 될 수 있을까?'라고 생각하라. 대답은 '그렇다!'이다.

10. 재능

재능은 그다지 중요하지 않다. 누구나 재능을 가지고 있으며, 당신은 자신의 재능을 확신해야 한다.

악인도 작가가 될 수 있다면, 미친 사람도 작가가 될 수 있고, 개코원숭이도 작가가 될 수 있으며, 슬러지나 아메바도 작가가 될 수 있다. 문제는 작가가 '되는 것'이 아니라, 작가로 '살아가는 것'이다. 하루가 지나고 일주일이 지나고 한 달이 지나고 일 년이 지나도 작가로 남아 있는 것, 그것은 기나긴 여정이 될 것이다.

- 할런 엘리슨[8]

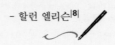

위의 열 가지 특성들에 대해 어떻게 생각하는가? 열 가지 중 하나라도 취약점이 있다면, 그것을 스스로 고칠 자신이 있는가? 이미 답을 알고 있지 않은가. 당신은 그렇게 할 수 있다. 아래의 인용문을 읽고, 떠오르는 생각을 가능한 가장 정직하게 말해보라.

나는 비록 한 권도 팔지 못할지라도 살아 있는 한 계속해서 글을 쓰기로 결정했다. 왜냐하면 글쓰기야말로 내가 사는 동안 가장 원하는 일이므로.

— 조지 베르너[9]

당신의 생각 : ＿＿＿＿＿＿＿＿＿＿＿＿＿＿＿＿＿＿＿

＿＿＿＿＿＿＿＿＿＿＿＿＿＿＿＿＿＿＿＿＿＿＿＿＿＿

＿＿＿＿＿＿＿＿＿＿＿＿＿＿＿＿＿＿＿＿＿＿＿＿＿＿

＿＿＿＿＿＿＿＿＿＿＿＿＿＿＿＿＿＿＿＿＿＿＿＿＿＿

충분히 갈망해야 한다. 무수한 거절을 감내할 수 있을 만큼, 습작기

|8| **할런 엘리슨Harlan Ellison(1934~)** SF소설 분야에서 생존해 있는 작가 중 누구보다 휴고 상, 네뷸라 상, 에드가 상 등의 많은 문학상을 수상한 미국의 소설가.
|9| **조지 베르너George Bernau** 《바람 앞의 촛불Candle in the Wind》 등의 소설을 발표한 미국의 소설가.

간 동안 실망이나 좌절의 값을 치를 수 있을 만큼. 다른 예술가들과
마찬가지로 습작에 노력을 기울여야 한다. 천재성을 가미하는 것은
그다음 일이다.

- 필리스 휘트니[10]

당신의 생각 : _____

_____

_____

_____

_____

신병훈련을 담당하는 엄한 교관들은 갓 입대한 사병들의 사기를 고
의적으로 꺾으려 한다. 여기서 사기가 무너진 병사들은 다시 사회
로 복귀하거나, 군대 생활에서의 보잘것없는 일들을 처리하게 된다.
이 나라에는 그저 남의 말을 '받아쓰는 작가들'이 수백만 명은 된
다. 그들 중 90퍼센트는 더 이상 쓸 거리가 없다. 계속해서 글을 쓰
는 소수의 사람들은 자신의 의지를 시험하는 신병훈련소에서 '쓰러
지자 않은' 사람들이다.

- 잭 우드포드

|10| **필리스 휘트니Phyllis Whitney(1903~2008)**에드가 상을 비롯해 많은 문학상을 수상한 추리소설
가로, 추리소설계에서는 드물게 청소년물과 성인물을 아우르는 다양한 작품들을 썼다.

당신의 생각 : _____

_____

_____

_____

_____

　지금부터 일 년 뒤, 위의 인용문들을 다시 읽어보고 새로운 답안을 작성해보라. 당신의 창작 생활이 그려온 궤적은 어떤가? 작가로서 성장했는가? 창작과 전문성에 관해 새로 배운 것은 무엇인가?

　반성하고, 재고하고, 다시 계획하라.

<blockquote>사령실에서는 근엄해야 한다. 그래야 상황을 제어할 수 있다.

— 손자</blockquote>

3

바보와 영웅의 차이

전투에 나서는 장수들치고 바보를 병사로 거느리려는 사람은 없을 거다. 바보는 총알받이 이상의 성과를 올린다. 간혹 적들을 끌어들여 동료를 위험에 빠뜨리는 경우 말이다. 영웅은 규율을 준수하면서도 언제나 적재적소에서 주어진 임무를 수행한다. 물론 때로는 바보라도 우연히 영웅이 될 수 있다. 하지만 대부분 바보들은 죽을 때까지 바보일 뿐이다. 그러므로 작가가 되려고 한다면, 바보와 영웅의 차이를 분명히 깨닫고, 영웅이 되기 위해 노력해야 한다.

영웅은 글쓰기의 어려움과 출판되기까지의 지난한 과정을 잘 알고 있다. 바보는 그 두 가지가 단번에 해결될 거라고 생각한다. 이미 자신을 작가로 여기고 있기 때문이다.

영웅은 습작 기간에 충실하지만, 바보는 습작 과정이 쓸모없다고 생각한다. 영웅은 계속해서 자신의 창작 능력을 성장시켜 나가지만, 바보는 자신이 이미 다 성장했다고 생각한다. 영웅은 비록 아무도 주목하지 않을지라도 자신의 작품이 지닌 가치를 위해 투쟁한다. 그러나 바보는 엉망인 작품을 내놓고도 모두가 주목하기를 요구한다. 영웅은 집요하고 능숙하지만, 바보는 고집불통이고 매사에 짜증을 낸다. 영웅은 쓰러지고 나서도 재빨리 일어나 다시 글을 쓰기 시작한다. 바보는 한 번 쓰러지면 두고두고 징징거린다. 영웅은 스스로 행운을 불러들인다. 바보는 그저 자신의 불운을 한탄한다. 영웅은 다른 사람들이 지닌 가치를 알고 있다. 바보는 다른 사람들이 자신보다 더 가치 있다고 믿지 않는다.

영웅은 계속해서 글을 쓴다. 노력에는 보상이 따른다는 것을 알고 있기 때문이다. 결국 글쓰기를 그만두게 된 바보는 세상이 불공평하다고 불평할 뿐이다.

자, 영웅이 되겠는가, 바보가 되겠는가?

4

승리를 향한 첫걸음은 기초부터

전쟁에서든 축구경기에서든 승리는 규칙적인 훈련에 달려 있다. 나태하게 바라만 보고 있으면 당연히 패배하고 말 것이다. 그러니까 승리를 준비하는 의지가 승리의 의지보다 중요하다.

성공적인 작가 생활을 하고 싶다면 가장 기초적인 규칙부터 마련해야 한다. 기본이 되는 규칙이 있어야 한다. 나는 운 좋게도 글쓰기를 막 시작하던 시기에 이런 교훈을 얻었고, 가슴 속에 깊이 새겼다. 바로 이 규칙 덕분에 나는 첫 출판의 기회를 잡을 수 있었으며, 이후의 책들도 순조롭게 작업할 수 있었다. 이 규칙은 단순하기 짝이 없는 것이다.

매주 일정 분량의 글을 써라

앤서니 트롤로프[11]는 우체국에 근무하면서 소설가가 되려고 노력했다. 그는 늘 일정한 분량을 채우는 습관이 있었다. 그의 자서전에서 그 습관을 엿볼 수 있다.

내게는 온전히 출판사에 보여줄 만한 글만 쓸 수 있는 날이 하루도 없었다. 대신 나는 우체국에 제출해야 하는 보고서들을 써야 했다. 즐겁게 게으름을 피울 수 있다면 나는 그렇게 했을 것이다. 그러나 소설가라는 두 번째 직업을 수행하기로 마음을 먹었기 때문에, 나는 스스로를 다잡기 위한 몇 가지 규칙들을 세워 기꺼이 나 자신을 속박시켰다. 새로운 책을 쓰기 시작할 때마다, 나는 항상 주 단위로 분류된 일기장을 준비했고, 작업이 끝났다고 여겨질 때까지 매일 그것을 지니고 다녔다. 날마다 작업한 분량이 기록되었으므로, 내가 하루나 이틀 게으름을 피운 기록도 일기장에 남아 있었다. 그렇게 나 자신과 직면할 수 있었으므로 더 써야 할 분량을 알게 되었고, 부족한 부분을 채울 수 있었다.

당신이 쓴 분량을 매일 기록하는 것만으로는 글을 완성할 수 없을 것이다. 하지만 트롤로프처럼 당신도 목표를 주 단위로 계획해볼 필요는 있다. "시간이 허락하는 상황에 따라(다른 업무가 많을 수도 있고 적을 수도 있다. 또 글을 쓰는 속도를 조절해야 할 필요도 있다.)

|11| **앤서니 트롤로프Anthony Trollope(1815~1882)** 사회각계의 저명인사들을 독자들로 거느릴 정도로 유명세를 누린 영국 빅토리아 시대의 소설가. 생전에 문학적으로 높은 평가를 받지는 않았으나 20세기 중반 이후 몇몇 비평가들에게 재조명을 받았다. (어든Auden은 "어떤 시대의 어느 누구와 비교하더라도, 트롤로프만큼 돈의 역할을 잘 이해한 작가는 없다. 그에 비하면 발자크는 낭만적이었다"라는 말을 남겼다.)

나는 일주일에 써야 할 분량을 스스로 배정했다." 예상치 못한 일들이 생겨 써야 할 분량을 채우지 못할 수도 있다. 그러면 한 주가 끝나갈 무렵에 쓰지 못한 분량을 마저 쓰면 된다.

　작가들이 영감이 떠오르는 순간에만 글을 쓴다고 생각하는 가? 착각이다. 어떤 작가들은 기계적인 기록 습관을 가지고 있 다. 트롤로프는 이렇게 말한 적이 있다.

나는 전능한 사람들이라면 이런 습관을 지니고 있다고 말해왔다. 나는 나 자신이 전능하다는 환상을 품은 적은 없지만, 자신을 항상 잘 다스려왔다고 생각한다. 확실한 그 무엇도 반드시 복종해야만 하는 규칙에 앞서지 않는다. 낙숫물이 바위를 뚫는 법이다. 날마다 조금씩 하는 작업이 매일 진행된다면, 헤라클레스의 순간적인 괴력 을 능가할 것이다.

나는 작업이 제때 이루어지지 않아 고통을 받을 뿐만 아니라 골머 리를 앓는 작가들의 삶에 대해 잘 알고 있다. 출판사들은 그들을 불 신할 것이며, 그들은 도무지 쉽사리 쓰지 못하기 때문에 실패한 작 가가 된다. 나는 밥벌이를 하면서도 그들보다 두 배로 작업했고, 그 다지 큰 수고 없이 작은 일기장에 날짜별로, 주별로 기록을 하면서 작업을 진척시켜 나갔다.

트롤로프의 다음 조언은 오늘날에도 역시 유효하다

그러므로 나는 삶을 꾸려 나가는 것과 문필가로서의 생활을 병행하려는 젊은이들에게 조언한다. 당신 생각에 문필가가 가장 고상한 사회적 위치에 있는 것처럼 여겨질지라도, 열정에 의해서만 펜을 휘두르지 마라. 그것보다는 법률사무소의 직원처럼 매일매일 책상 앞에 앉아 작업이 완료되는 시점까지 꾸준히 글쓰기에 몰두해야 한다.

책을 출판하고 싶은가?
그렇다면 먼저 매일 일정한 분량을 쓰도록 하라.

성공한 작가생활은 어떤 것인가

내 친구 중 상당히 성공한 소설가인 테리 블랙스톡[12]도 작가생활에 대한 책을 썼는데, 이 책은 읽어볼 만한 가치가 있다. 특히 당신이 '책을 한 권 출판하기만 하면 걱정은 모두 안녕'이라고 생각한다면 더욱 그렇다. 테리의 허락을 받아 그 책의 일부를 인용한다.

작가의 삶에서 독특하다고 할 만한 것이 있다면, 그것은 마치 우리가 롤러코스터를 타고 있는 것처럼 보인다는 것이다.

책을 끝마쳤다! 야호! 정말 끝내준다! 나는 원고를 출판사에 보낸 뒤 기다린다.

시간이 지나간다. 영혼이 붕괴하기 시작한다. 지금까지 쓴 것들 중

|12| **테리 블랙스톡Terri Blackstock(1957~)** 로맨스와 미스터리가 뒤섞인 소설들로 잘 알려진 크리스천 소설가. 그녀의 책은 전 세계에 600만 부 이상이 팔려 나갔다.

가장 떨어지는 글이었어. 대체 왜, 나는 그런 원고를 보낸 걸까? 신문에서 구인 광고란이나 뒤져봐야겠어.

전화가 걸려온다. 출판사에서 내 원고를 마음에 들어 하고, 곧 출판할 계획이란다. 이거야! 인생은 위대해! 야호!

그런 다음 책을 검토한 내용이 담긴 편지를 받는다. 끔찍하다. 책을 통째로 다시 쓰기를 원한다. 제목을 바꾸고, 필명을 쓰는 것이 어떻겠냐고 한다. 그들은 줄거리가 마음에 들지 않으며 죽지 않았어야 할 인물이 죽었다고 생각한단다. 오, 게다가 개와 아기도 등장시키라고 한다. 나는 다시 자포자기상태가 되어 그나마 쓸 만한 것들을 건지려고 노력한다.

그러다 갑자기 어떻게 바로잡아야 할지에 대한 생각이 떠오른다. 그래, 개를 집어넣으면 긴장감이 늘어날 거야. 그리고 아기가 등장한다면 사람들이 눈물깨나 쏟겠지. 좋아, 나는 다시 작업한 원고를 송부한다. 지금까지 내가 쓴 것들 중 가장 잘 된 원고야. 이건 완전히 블록버스터감이지.

그러나 지금의 나는 당장 전기요금도 낼 수가 없다. 은행잔고는 바닥을 치기 직전이다. 출판사는 내게 계약금을 지불할 생각이 없는 것 같다. 그래서 나는 다시 자포자기하게 된다. 그러다 마침내 돈을 받는다. 나는 부자다! 노래를 부르면서 춤을 춘다. 밀린 전기요금을 납부하고, 사회보장보험료를 납부한다. 그러고 나서 다음에 돈이 들어올 때까지 잘 버틸 수 있을지 생각한다. 다시 의기소침해진다.

책이 나온다. 반응도 좋다. 나는 다시 춤을 추면서 기쁨에 차 노래를 부른다. 친구들에게 편지를 쓰고 엄마에게도 책을 몇 부 보낸다. 아마존에 접속해서 어떤 못된 독자가 올린 엉망진창의 리뷰를 읽는다. 내 책의 순위를 확인해보니 60억 34만 2,786위다. 나는 권총이나 지난밤 흥에 겨워 춤을 추다 어딘가로 던져버린 신경안정제를 찾으려고 집안을 뒤진다.

그러나 방아쇠를 당기거나 목구멍에 알약들을 털어 넣기 직전에, 다시 생각한다. "만약 총과 신경안정제 한 병을 가진 어떤 남자가 막 자신을 쐈다고 치자. 그가 바닥으로 넘어져. 그런데 갑자기 살고 싶어 해. 그런데 그를 제외한 다른 모든 사람들은 그가 죽기를 원하는 상황이지." 정신이 고양되고 눈동자가 빛나기 시작한다. 그리고 자동유도장치 로봇처럼 (그런 것이 있다면) 나는 컴퓨터 앞으로 재빨리 달려가서 글을 쓰기 시작한다.

이 모든 일들이 되풀이된다.
작가로서의 삶이란 이런 것이다.

6

아무도 아무것도 모른다

〈부치와 선댄스Butch Cassidy and the Sundance Kid〉, 〈대통령의 음모All the President's Men〉 같은 고전 영화들의 각본을 쓴 전설적인 인물 윌리엄 골드먼|13|은 할리우드에 이런 말을 남겼다. "아무도 아무것도 모른다." 내가 보기에 출판업은 '사업'이라 부르기도 민망하다. 사업을 하려면 시장조사를 하는 것은 물론이고 일정량의 노력을 기울였을 때 돌아오게 될 기대수익도 계산해야 하는데, 작가들은 그런 조사나 계산을 할 수도 없다. 투자한 시간이나 노력에 대한 보상을 아무도 보장해주지 않기 때문이다. 출판사라고 해서 더 나은 처지는 아니다. 출판사들도 어떤 책이 공전의 히트를 기록할지는 알 수 없다.

성공적인 작품을 결정하는 것이 무엇인지 예측할 수 있는 사

|13| 윌리엄 골드먼William Godlman(1931~) 소설가이자 극작가로 〈부치와 선댄스〉, 〈대통령의 음모〉로 아카데미 극본상을 받았으며, 미국 추리소설 작가협회가 수여하는 에드가 상을 받았다.

람은 아무도 없다. 가끔 기성작가든 신인작가든 누군가가 대박을 터뜨리는 경우가 있는데, 그러면 모두 그 이유를 알아내려고 혈안이 된다. 그러나 그것은 이미 끝난 일이다. 누가 아무리 똑같은 방법으로 글을 써서 대박을 터뜨리려고 해도, 그 방법은 이미 유효기간이 지났다.

커티스 시튼펠드[14]의 소설 《프렙Prep》은 별다른 기대를 받지 못한 채 출판되었다. 물론 선인세도 적었다. 그런데 이 소설은 예상을 깨고 양장본만 13만 3,000부가 팔려 나갔다. 페이퍼백은 말할 것도 없다. 게다가 영화 판권도 계약되었다. 이후 시튼펠드는 상당한 액수의 계약금을 받고 새로운 책 두 권을 계약했다. 전략적인 마케팅도 약속된 상태였다. 그러나 두 번째 소설 《꿈속의 남자The Man of My Dream》는 실망스러웠다. 시튼펠드 자신이 언급했듯이, "사람들은 출판이 사업이라고 생각하지만, 실은 도박이다."

찰스 프레지어[15]의 《콜드 마운틴Cold Mountain》은 놀랄 만한 센세이션을 일으키며 160만 부의 양장본이 팔려 나갔다. 그래서 그는 다음 책 《13개의 달Thirteen Moons》의 선인세로 800만 달러를

---

[14] **커티스 시튼펠드Curtis Sittenfeld(1975~)** 매사추세츠 프렙 학교의 생활을 묘사한 《프렙》을 포함한 세 권의 소설을 써낸 소설가.

[15] **찰스 프레지어Charles Frazier(1950~)** 1997년 출간된 첫 번째 소설 《콜드 마운틴》은 그의 고조숙부인 윌리엄 핑크니 인만과 그가 살던 노스 캐롤라이나의 콜드 마운틴의 지역사에 대한 이야기를 다루고 있다. 이 소설은 전미도서협회상을 수상했으며 같은 제목으로 앤서니 밍겔라에 의해 영화화되었다. 《13개의 달》은 랜덤하우스에서 출간되었다.

41

받았다. 출판사는 75만 부를 찍었고 약 24만 부를 팔았다. 적어도 700만 달러의 선금을 회수하지 못 한 것이다.

《더블데이 브로드웨이Doubleday Broadway》의 편집장 빌 토마스Bill Thomas는 "이건 뭐 도박도 아니고⋯⋯"라는 말을 남겼다.

그러니까, 당신은 이런 도박 같은 일에서 무엇을 할 수 있겠는가? 어찌되었든 당신이 해야 할 일이다. 당신 앞에 펼쳐진 장을 가능한 한 훌륭한 글로 채워 나가야 한다.

7

출판은 전쟁이다

글 쓰는 일이 어렵다고 징징거리지 마라. 그럴 때마다 당신의 창의력도 고갈될 것이다. 《책을 출판하기 위해 알아두어야 할 것들Get Known Before the Book Deal》을 쓴 크리스티나 카츠[16]는 작가들에게 다음의 빈칸을 채워보기를 제안한다.

나는, _____

_____,

건전한 정신과 신체를 지녔으며, 일 년에 한 번쯤 불만스럽기만 한 감정에 사로잡혀도 엄숙하게 잠재울 줄 안다. 내 작품이 출판되는 일과 관련한 모든 일들에 대한 불만을 누그러뜨리려면 때로는 목구멍에 양말을 가득 욱여넣어야 할 때도 있다. 그래도

|16| **크리스티나 카츠**Christina Katz 《엄마는 작가Writer Mama》 같은 책을 쓰며 양육과 글쓰기를 병행하고 있는 작가.

투덜거리지 않을 것이다. 울지 않을 것이다. (······) 우울해하지 않을 것이다.

글을 써라. 불평불만을 에너지로 승화시켜야 한다.

8

가장 두려워하는 것을 행하라 |17|

당신에게 가장 커다란 정신적 장애물은 무엇인가? 글쓰기에서나 전쟁터에서나 일상생활에서나 그것은 바로 두려움일 것이다. 두려움은 우리를 무기력하게 하고 정신적 능력도 감퇴시키며 행동력 또한 앗아간다. 그래서 우리는 출판은 고사하고 한 줄의 문장조차 쓰기 어렵게 된다.

한 번 두려워하기 시작하면, 그것에서 벗어나기는 어렵다. 그러나 두려움이 유용할 때도 있다. 두려워할 때 우리의 의식도 깨어나기 때문이다. 두려움은 우리가 한낱 도구가 아니라, 할 일이 있는 사람이라는 것을 증명한다.

온통 두려움으로 가득한 것이 작가의 삶이다. 충분히 잘 쓰지 못할까 봐, 혹은 출판되지 못할까 봐. 이것뿐만이 아니다. 출판

|17| 19세기 중엽의 초월주의 운동을 이끈 미국의 시인이자 에세이스트인 랠프 월도 에머슨Ralph Waldo Emerson이 한 말.

은 되더라도 팔리지 않을까 봐, 혹은 일생에 출판의 기회가 다시 오지 않을까 봐, 신랄한 비판을 받게 될까 봐(그런 비난을 퍼붓는 사람이 당신의 가족일 수도 있다.) 두려운 것이다. 어머니가 당신의 책을 읽고 실망할 수도 있고, 아버지는 당신이 인생을 낭비하고 있다고 생각할 수도 있다. 그런 것들이 두려운 것이다.

두려움 때문에 몸을 사릴수록 당신은 점점 더 긴장할 것이다. 나는 처녀작만을 남기고 다시는 출판용 원고를 쓰지 않은 작가를 한 명 알고 있는데, 그는 비평가들에게 비난을 받을까 봐 너무나 두려워했다. 내가 아는 또 다른 작가는 내가 감히 닮을 수 없는 천부적인 재능을 지니고 있음에도 거절당할 것이 두려워서 어떤 원고도 출판사에 보여준 적이 없다. 두려움은 언제나 도처에 도사리고 있다. 그러나 이런 두려움은 당신에게 호재로 작용할 수 있다.

테디 루스벨트는 어릴 때 허약하고 자주 앓았으며, 두려움이 많은 아이였다. 그래서 그는 집안에 머무르며 많은 책을 읽었다. 주로 모험담이었는데 루스벨트는 어느 날 영국 작가 프레데릭 매리어트[18]가 쓴 소설을 읽었던 일을 자서전에서 이렇게 회고하고 있다.

소규모 영국부대의 대장이 두려움의 위력을 이겨낸 영웅의 비법을

|18| **프레데릭 매리어트Frederick Marryat(1792~1848)** 초기 해양소설의 선구자로 기록되고 있는 영국의 해군장교이자 소설가.

설명하는 대목을 읽는 중이었다. 그가 말하길 거의 모든 사람들이 어떤 상황에 뛰어들기 전에는 겁에 질리기 마련이지만 작전을 수행하게 되면 겁에 질리지 않은 것처럼 행동하도록 자신을 다잡아야 한다고 했다. 이런 과정을 충분히 지속하면, 실제로 상황은 마음먹은 대로 바뀐다. 두려움을 없애려고 노력하는 것만으로도 두려움은 실제로 사라지며, 마침내 두려움을 느끼지 못하게 된다는 것이다.

그날 이후 루스벨트는 위와 같은 방식으로 삶을 살았으며, 사실상 두둑한 배짱을 지닌 호기로운 인물로 알려지게 되었다. 작가로서의 당신은 루스벨트의 방식을 따를 필요가 있다.

1. 아무런 두려움도 없는 것처럼 행동하라.
   당신이 마치 잘나가는 작가라도 된 것처럼 행동하라. 거들먹거리라는 말이 아니다. 확고한 자신감을 지녀야 한다는 것이다.

2. 마음이 바뀔 때까지 기다리지 마라.
   두려움을 글쓰기의 원동력으로 삼아야 한다. 불안감이 당신을 짓누를 때마다 그것을 당신의 에너지로 변화시켜라. 어디라도 훌쩍 떠나서 바로 그 순간에 글을 쓰는 것이 훨씬 낫다. 일기를 쓰든 냅킨 위에 끄적거리든 아무래도 좋다. 써라.

3. 글쓰기 목표를 잡고 도전하라.

목표에 다다르기 위한 첫걸음을 떼라.

9

과장된 자아는 무기가 아니다

당신은 당신의 책이 독자가 시간을 들여 읽을 만한 것이라고 생각하기 때문에 글을 쓸 것이다. 이것은 단순히 순수함과 미성숙함이 뒤섞인 자아에서 나오는 생각이 아니라, 소통을 전제로 한다는 자신감에서 비롯된다. 그렇게 당신은 소비자에게 가치 있는 상품을 제공하는 것이다.

그러나 글쓰기는 동시에 아주 개인적인 행위이기도 하다. 한 권의 책은 당신이라는 단 하나의 샘에서 솟아 나온다. 당신의 자아는 쉽사리 풀이 죽기도 하고, 기세 등등해지기도 할 것이다. 양쪽 중 어떤 경우에라도 당신의 자아가 표출하는 것들을 곧장 끄집어낼 준비를 갖추어야 한다.

어쩌면 과도한 칭찬을 받게 될 수도 있다. 하지만 그런 사탕발림들을 듣고만 있어서는 안 된다. 자신에게 냉정한 평가를 내릴 필요가 있다. 결국 글을 계속해서 써 나가려면 당신의 의지가 제일 중요하다.

칭찬이 악재로 작용하는 경우는 또 있다. 칭찬이라는 압박에 못 이겨 얼어붙는 경우도 있단 말이다. 이런 경우가 악명 높은 '두 번째 책 증후군'인데, 이것 때문에 '단 하룻밤의 성공'을 거둔 많은 작가들이 고통에 빠진다.

또 다른 경우도 있다. 비평가들이나 독자들의 맹렬한 비난을 받는 상황이면 당신은 쉽게 힌덴부르크[19]를 닮아가게 된다.

당신이 받을 만한 사소한 비난들을 스스로 예상해서 미리 마음의 준비를 해두는 것도 방법이다. LA의 유명 느와르 소설가 로버트 크레이스[20]는 "이 세상은 적개심으로 가득하다."고 말했다. 그를 싫어하는 독자들이 이메일을 보내오면, 미리 고용한 비서를 통해 그런 이메일들을 가려냈고, 그것들은 읽지도 않았다.

성공이나 실패에 연연하지 마라. 그렇다고 자만심과 혼동해서도 안 된다. 나는 많은 경험을 쌓은 동료 작가에게 이것에 관한 이야기를 한 적이 있다. 전도유망하기는 하지만 거만한 많은 작가들이 급부상하고 있는 것처럼 보인다. 그들은 책을 낸 적이 없음에도, 혹은 자비로 출판을 하는 데 돈을 쏟아 부을 수밖에 없음에도 모든 것을 다 알고 있는 양 행세한다.

|19| **파울 폰 힌덴부르크Paul von Hindenburg** 1차 대전에서 무수히 많은 공적을 세운 폴란드 태생의 독일 장군. 바이마르 2대 대통령으로 당선되어 보수적이고 가혹한 정치를 펼쳤다. 자신의 출신계급인 융커 대지주들과 자본가들의 설득으로 1933년 히틀러를 수상에 임명, 이후 독일을 나치의 손아귀에 넘어가게 하는 계기를 만들어주고 말았다.

|20| **로버트 크레이스Robert Crais(1953~)** 레이몬드 챈들러, 대실 해미트, 어니스트 헤밍웨이, 존 스타인벡에게서 영향을 받았다고 말하는 미국의 탐정소설가.

그런 사람들은 간혹 공격적이고 반사회적이며 자기중심적 방식으로 작가라는 집단 속으로 돌진하는데, 그러고 나면 자신들의 나르시시즘이 충족됐다고 생각하는 것처럼 보인다. 작가로 성장하기 위해 실력을 갈고 닦는 고된 작업 없이도 그렇게 할 수 있다고 생각하는 모양이다.

명심하라. 작가로서 자신의 책이 출판된다는 것은 당신이 얻을 수 있는 특권이다. 아무도 듣고 싶어 하지 않는 뿔피리를 아무리 열심히 불어봤자 들어줄 사람은 없다. 지쳐 쓰러질 때까지 쓰고 또 써야, 글쓰기 그 자체가 스스로 살아 움직일 때까지 써야 비로소 그런 특권을 얻게 될 것이다.

물론 당신의 책이 출간되는 그날부터 프로모션이나 마케팅 작전이 펼쳐질 것이다. 그러면 당신의 책은 자연스레 세상에 알려질 것이다.

10

비교할수록 낙담할 것이다

다른 작가들과 자신을 비교하지 마라. 미리 출판
계에서 당신의 위치를 걱정하지도 마라. 이것이야
말로 당신을 벼랑 끝까지 몰고 가는 가장 큰 위험
요소다. 작가로 살아간다는 것은 그렇게 자신을
비하하지 않더라도 충분히 험난하다.

나는 다른 작가들에게 경쟁심을 느끼지 않는다. 왜냐하면 나는
다른 작가들이 쓰는 것과 같은 것을 쓰지 않기 때문이다.

- 트루먼 카포티[21]

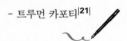

|21| 트루먼 카포티Truman Capote(1924~1984) 《티파니에서 아침을》과 《인 콜드 블러드》 등 훌륭한 단편소설, 장편소설, 희곡, 논픽션을 썼다.

베스트셀러 작가 테스 게릿센[22]은 감사하게도 자신의 충고를 옮겨 적는 것을 허락해주었다.

당신 책의 아마존 판매지수를 확인하지 마라

당신이 시도한 특별한 판촉 행위의 효과를 점검하려고 하지 않는 한, 절대로 아마존의 판매지수를 보지 마라. 특히 당신의 책을 읽은 독자들의 리뷰를 읽지 마라. 이런 독자들 중 몇 명은 사악하고 못된 사람들이다. 어째서 그런 엉망인 리뷰를 읽으면서 자신을 고문하는가? 물론 정말 좋은 리뷰를 읽게 될 수도 있고, 그래서 한 시간쯤은 좋은 기분으로 보낼 수도 있다. 한 시간 정도? 하지만 혹평을 읽고 나면 일주일 동안 기분을 잡치게 된다. 자기 손톱을 직접 펜치로 뽑고 싶은가? 그렇지 않다면 어째서 익명의 아마존 독자들이 당신을 고문하도록 놓아두는가?

구글에서 당신의 이름을 검색하지 마라

당신의 책을 아마존에서 찾아보지 말라는 것과 같은 이유다. 물론 당신에게 좋은 말만 해주는 사이트를 발견할 수도 있다. 그러나 당신을 악마의 자식이라고 부르는 사이트를 발견하게 될 수도 있다. 그러니 아예 검색을 하지 마라. 모르는 것이 약이다.

|22| **테스 게릿센**Tess Gerritsen(1953~) 자신의 블로그를 통해 본명은 테리지만 로맨스 작가에 어울리는 이름을 갖기 위해 테스라는 여성적인 필명을 쓰게 되었다는 사실을 고백한 소설가 겸 물리학자.

거절하는 법을 배워라

작가들 스스로 홍보 기회를 만들어야 한다고 말하는 사람들이 있다. 그래서 우리는 도서관이나 학교나 작가 회의 같은 모든 행사의 초대를 받아들인다. 우리는 수천 마일을 여행할 것이며, 고작 30부의 책을 팔기 위해 계속해서 미소를 짓느라 사나흘 이상 글을 쓰지 못하게 될 수도 있다. 당신이 신인이거나 아직도 이름을 알리려고 노력하는 중이라면 이런 일들에도 시간을 투자할 만하지만, 언제나 과유불급이라는 말을 기억해야 한다. 당신의 달력을 행사로만 가득 채워서는 안 된다. 그런 일에 글을 쓸 시간까지 쏟아 부어서는 안 된다는 말이다.

운동을 하라

지난 가을 나는 산에서 내려오다 발목이 부러졌다. 두 달 동안 산을 타는 것은 물론이고 거의 걷지도 못했다. 집에 틀어박혀 있는 동안 나는 성격도 못돼지고 무기력해졌다. 그러다 겨울이 찾아왔다. 길이 얼어붙자 나는 점점 더 비활동적으로 변했다. 마침내 그동안 얼마나 무기력하게 지냈는지를 깨닫게 된 나는 인생에서 가장 값진 투자를 했다. 러닝머신을 산 것이다. 지금도 작업실 한쪽에 있는 그것은 내게 좋은 친구가 되어준다. 아침마다 나는 라디오를 NPR채널에 맞춘 뒤, 러닝머신으로 30분 가량 가파른 경사로 코스를 오른다. 그러고 나면, 사기가 충만해지고 곧장 글쓰기에 빠져들 수 있게 된다. 그러면 앉아서 하는 직업에 대한 죄책감은 충분히 사라진다.

비교는 바보짓이다.

– 존 매튼[23]

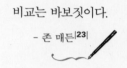

다른 관심사를 가져라

취미를 만들고 우러나는 호기심에 귀기울여라. 마감날짜를 지키고, 가판대에 놓인 자신의 책들을 바라보는 것만이 인생의 전부는 아니다. 인생은 멋진 것들을 배우는 과정이다. 우리는 지구에서 고작 80년가량 살 뿐이다. 언뜻 시간이 많은 것처럼 보이지만, 나이를 먹을수록, 짧기만 한 시간이 얼마나 값진 것인지 깨닫게 된다. 비록 일 년의 대부분을 마감날짜에 매달려 보낼지라도, 나는 틈틈이 고대 그리스어를 배우는 데 시간을 할애한다. 나는 나이트 테이블에 놓여 있는 헤로도토스를 읽으려고 노력한다. 쇼팽의 발라드를 기억하려고 노력한다. 이런 취미 중 그 무엇도 책 한 권을 쓰는 데는 아무 도움이 되지 않을 수 있지만, 모든 일들이 단지 글을 쓰기 위한 것은 아니지 않은가?

—————

[23] 존 매튼John Madden(1936~) 미식축구팀의 감독이자 NFL에서 가장 유명한 해설가였다.

11

프
로
처
럼
행
동
하
라

대규모로 작가 회의의 만찬을 주최한 에이전트
를 만난 적이 있다. 수십 개의 테이블마다 사람들
이 가득 모여 있었다. 그 에이전트는 어떤 이야기
를 하는 도중 누군가 자신의 어깨를 건드리는 것
을 느꼈다. 한 여자가 말 그대로 무릎을 구부린 채
"제발 부탁입니다, 제발 부탁입니다."라고 말하고
있었다. 절망은 바로 이런 것이다. 그는 그녀의 에
이전트가 되지 않았다.

어느 대형 출판사의 잘 알려진 에디터는 이런 말한 적이 있
다. "12년 전, 아내가 제왕절개로 딸을 출산하는 동안, 나는 장
갑을 끼고 가운을 입은 수다스러운 산부인과 의사 옆에 놓인
의자 끝에 걸터앉아 있었어요. 수술이 진행되는 동안 의사는 내
게 직업이 뭐냐고 물어봤죠. 대답을 듣자마자 그녀는 곧장 그림
책에 대한 아이디어를 내놓는 거예요. 여느 멀티미디어들처럼
음악까지 집어넣은 그 책에 대한 이야기가 한동안 계속되었다

는 것이 아직도 기억나요. 벌써 한밤중인데다 우리는 병원에 열두 시간이나 처박혀 있었어요. 나는 지칠 대로 지쳐 있었고 어떻게 하면 그 의사의 입을 막을 수 있는지만 생각했죠."

그런 것도 절망이다. 그는 그 의사의 에디터를 자청하지 않았다.

작가에게는 절망의 그림자를 떨쳐버릴 수 있는 많은 방법들이 있다. 그러니 나를 믿어라. 에이전트나 에디터는 그런 절망의 낌새를 300야드 떨어진 곳에서도 눈치 챌 수 있는 도사들이다. 그들은 당신의 절망을 알아차리는 순간, 즉각적으로 방어막을 쳐버리고는 자신들이 혐오하는 대상을 피해버린다. 에디터들 사이에는 적절하지 않은 방법으로 접근해오는 사람들에 대한 끔찍한 이야기가 널리 퍼져 있다.

한 리무진 운전기사가 공항으로 향하는 대신 어둡고 텅 빈 곳에 차를 대고 차에 타고 있던 에디터에게 자신이 쓴 희곡을 읽어준 일이 있었다. 에디터는 곧 자신이 살해당할지도 모른다고 생각했다.

또 여동생의 웨딩리허설에 참석한 한 에디터는 두 명의 목사 사이에 앉게 되었다. 오른쪽에 앉아 있던 목사는 어린이 책에 대한 이야기를 해댔고, 왼쪽에 앉아 있던 목사는 어서 빨리 그것을 출판해야 한다고 거들었다.

테이블 밑으로 빠져 나가는 것도 에디터들이 종종 사용하는 방법이다. 나는 이런 방법을 즐겨 쓰는 에디터 친구를 알고 있다. 그가 사용하는 방법은 그저 원고의 첫 장을 찢어서 '고맙습니다. 당신의 원고는 접수되었습니다'라고 적은 메모를 돌려준다는 것이다.

에디터나 에이전트들은 전문가들과 작업하기를 원한다. 전문가는 원고를 적절한 방법으로 보여주는 방법을 알고 있다. 전문가들처럼 행동해야 한다. 그러면 어느 날 당신도 그렇게 되어 있을 것이다.

12

항상 노트를 가지고 다녀라

《재능은 어떻게 단련되는가?Talent is Overrated》라는 책의 저자 제프 콜빈Geoff Colvin|24|이 '의도적 연습'이라 부르는 작업을 해볼 필요가 있다.

콜빈이 권유하는 작업은 전문적인 교사들이 계획하고 사용하는 것처럼 엄격한 프로그램이다. 집이야말로 당신의 작업에 가장 중요한 장소다. 집은 당신이 매일같이 필요한 작업을 계획할 수 있는 곳이기 때문이다. 그러나 당신은 집이라고 해서 마냥 편안한 기분에만 젖어 있어서는 안 된다. 오히려 집에서 작업하기 때문에 작업이 더 힘들어질 수도 있다. 당신의 작업을 돌봐주고 이끌어줄 전문적인 지도교사가 없다면, 당신만의 작업 향상 프로그램을 계획해야 한다. 그러려면 작업 향상을 위한 노트를 구비하는

|24| **제프 콜빈** 《과대평가된 재능》을 통해 위대한 성취를 이룬 사람들은 끝없는 노력을 기울였다고 말하고 있는 작가이자 에디터.

것이 좋다. 나도 그런 노트를 가지고 있다. 나는 이 노트를 다음의 기준들로 구분했다.

좋은 사례

먼저 당신이 존경하는 작가들이 쓴 소설들을 찾아보라. 그리고 그들의 책에서 정말로 가슴을 울리는 문단이나 페이지들을 찾아보라. 그중 가장 돋보이는 페이지들을 노트의 '좋은 사례' 부분에 베껴 써라. 좋은 사례들을 지속적으로 찾아내 한 글자씩 베껴 쓴 다음에는, 그것들을 크게 소리 내어 읽어보라.

당신이 흠모하는 작가들을 그대로 모방하라는 말이 아니다. 당신만의 내면적인 글쓰기에 도움이 되어줄 어떤 리듬과 가능성을 포착하라는 것이다. 이런 과정을 겪어야 당신의 문장력도 강화될 수 있다. 그러면 당신이 작가가 되는 날은 점점 가까워질 것이다.

외부 평가

여기에는, 동료들이나 독자들에게 받은 코멘트를 기록하라. 당신의 책이 출판되었다면 서평이나 기사 등을 스크랩해두어라. 계속해서 글을 써 나가야 할 당신이 부족한 부분을 파악하는 데 도움이 될 것이다.

스스로 돌아보기

　스스로를 돌아볼 줄 알아야 자신의 약점을 극복할 방법을 찾을 수 있다. 예를 들어, '흡입력 갖춘 인물 창조하기'에 대해 탐구해보고 싶을 수 있다. 이와 직접적으로 관련된 질문들을 만들어보라. 이를테면, "어떻게 하면 독자들이 정서적으로 감응할 수 있는 인물들을 창조할 수 있을까?" 같은 질문을 스스로에게 던지는 것이다.

　그 다음으로는, 당신에게서 공감을 이끌어내는 인물들이 등장하는 소설의 목록을 작성하라. 위의 질문을 염두에 두고 이런 소설들을 읽을 수 있는 한 많이 읽어라. 끌리는 대목에 밑줄을 긋고 끌리는 장면과 같은 것을 써보도록 해라. 이것은 단어들만 그대로 베끼는 훈련이 아니라, 다른 작가들의 작품을 참고해 당신만의 글쓰기로 받아들이는 작업이다. 그리고 '모필'에 관해 말하고 있는 글쓰기 책을 사보거나, 이미 가지고 있는 글쓰기 작법에 관한 책을 다시 들여다보는 것도 좋다.

　이렇게 노트에 기록하는 습관을 들인다면, 작업뿐만 아니라 자신감도 향상될 것이다. 매일 작업이 진척되는 상황을 기록으로 남길 수도 있고, 어느 순간 글쓰기 능력이 점점 좋아진다는 것을 느끼게 될 것이다.

13

마라톤 벽을 허물 준비

'마라톤 벽'이라 불리는 지점이 있다. 목표점이 얼마 남지 않았지만 더 이상 달릴 수 없을 것 같은 고비, 우리는 모두 언제고 그 지점에 도달하게 된다. 우리에게 마라톤 벽은 넘어설 수 없는 것처럼 보이기 때문에, 그저 글쓰기를 전부 그만두어야 하는 것은 아닌지 궁금해진다. ('그만두다scotch'라는 단어는 '포기하다'라는 뜻과 '엎어버리다'라는 뜻을 모두 갖고 있다. 나는 두 가지 뜻 모두 당신에게 추천하지 않는다.)

마라톤 벽을 허물 수 있는 방법을 알고 싶은가? 선배 작가들로 대부분 마라톤 벽 때문에 힘든 상황을 겪었지만, 그들은 자신만의 방법으로 마라톤 벽을 넘어선다. 내가 사용하는 방법들 중 몇 가지를 소개한다.

아무거나 써라

소설말고 아무거나 써라. 광고에 사용될 노랫말, 당신의 자동차를 소재로 한 자유 형식의 시, 에디터에게 쓰는 편지.

맬컴 브래드버리[25]의 《부치지 않은 편지: 작가생활의 부적절한 기록》이라는 책에서 영감을 발견해보자.

나는 모든 것을 쓴다. 나는 소설도 단편소설도 희곡도 촌극도 쓴다. 중편소설도 쓰고 2인극도 쓴다. 나는 역사서나 전기도 쓰고, 현대과학의 난점에 대한 안내서나 요리책, 네스 호의 괴물에 대한 글, 이스트 그린스테드에 관한 여행서도 쓴다. 나는 어린이 책이나 교과서, 난해한 철학서, 에트루리아에 대한 논문, 사회학과 인류학에 관한 논문들을 쓴다. 나는 여성잡지에 기고하고, 내가 지금까지 《리더스 다이제스트》에서 읽어온 잊을 수 없는 인물들에 대한 원고를 송부한다. 나는 여성적인 필명으로 로맨스 소설을 쓰고, 탐정물도 쓴다. 나는 영국자동차서비스협회를 위해 교통신호안내문을 쓰고, 판지 상자에 '이쪽을 위로'라는 문구도 쓴다. 나는 내가 진실로 작가라고 믿는다.

그 사람이 되어보라

레이 브래드버리[26]는 《모비 딕Moby Dick》을 영화로 각색한 존

|25| **맬컴 브래드버리Malcolm Bradbury(1932~2000)** 작가이자 학자로 에블린 워, 솔 벨로우, E. M. 포스터, 스콧 피츠제럴드 등에 대한 연구서를 발간한 현대소설의 전문가.

|26| **레이 브래드버리Ray Bradbury(1920~)** 환상소설, 호러소설, 공상과학소설, 추리소설 등 다방면에서 전문가인 미국의 소설가.

허스턴을 위해 각본을 쓰고 있었다. 마감일이 닥쳐오자 브래드버리는 조급증에 시달리기 시작했다. 절망이 급습한 것이다.

어느 날 그는 잠에서 깨어나 거울에 비친 자신을 바라보았다. "봐, 허먼 멜빌이 여기 있네!" 그는 자신에게 그렇게 말했다. 그리고 자리에 앉아 각본을 다듬기 시작했다.

당신이 좋아하는 작가들 중에서 한 명을 선택하라. 당신이 쓰려고 하는 장르에 속하는 작가를 선택하는 것이 좋다. 그리고 거울을 들여다보라. "봐, 위대한 작가 ○○○이 여기 있다고!"

그리고 다시 자리에 앉아 글을 쓰기 시작하라.

음악을 연주하라

나는 우쿨렐레를 연주한다. 썩 훌륭하지는 않지만 우쿨렐레 연주를 좋아하는데, 연주할 때마다 음악하고는 관계 없는 두뇌의 다른 부분들도 활성화되기 때문이다.

⟨Yes Sir, That's My Baby⟩나 ⟨By the Light of the Silvery Moon⟩을 연주한 뒤 10분이 지나면 다시 글을 쓸 마음이 생긴다. 기분이 가라앉을 또 다른 이유가 없다면 말이다.

음악을 연주하는 것은 글쓰기에 효과적이다. 비록 훌륭하게 연주하지는 못하더라도 악기를 연주하는 것만으로도 두뇌의 창조성을 담당하는 뉴런을 가동시킬 수 있다.

연습

천천히 시간을 들여 산책하는 버릇을 들여라. 산책을 할 때는 수첩이나 녹음기를 휴대하고, 당신의 책에 대한 생각은 잠시 접어두는 것이 좋다.

당신은 '지하실에 있는 소년들'이 물건들을 위로 올리는 것을 발견할 것이다. 그들의 작업을 기록하고, 다시 걸어라. (나는 스티븐 킹[27]이 《유혹하는 글쓰기On Writing》에서 언급한 '지하실에 있는 소년들'이라는 은유를 사랑한다. 그것은 작가의 무의식과 관계가 있다. 소년들이 작업을 계속할 수 있도록 다그치는 것은 마라톤 벽을 허무는 가장 좋은 방법이다.)

무작위로 써라

소설책의 아무 페이지나 펼쳐서 왼쪽 페이지의 첫 번째 문장을 읽어라. 그 문장을 당신의 노트에 옮겨 적어라. 그리고 그 문장에서 첫 장면을 만들어내기 시작하라. 그 장면을 다 쓰고 나면 옮겨 적은 첫 문장을 지우고 당신만의 첫 문장을 다시 써 넣어라.

|27| **스티븐 킹Stephen King(1947~)** 공상과학소설, 장소설을 모두 아우르는 작가로 그의 책들은 50억 부 이상이 팔려 나갔고, 다수가 영화화되었다. 《캐리》, 《샤이닝》, 《미저리》 등의 작품이 널리 알려져 있다. 브람 스토커 상, 전미도서협회의 특별공로상 등을 다수 수상했다.

14

질투하지 말고 분노하라

부러움은 많은 작가들의 생명을 갉아먹는 못된 괴물이다. 앤 라모트[28]는 《글쓰기 잘 쓰기 Bird by Bird》라는 책에 이렇게 썼다.

계속해서 글을 쓰려고 한다면, 아마 가장 먼저 질투심을 해결해야 할 것이다. 왜냐하면 당신에게는 끔찍하고 사악하고 가치가 없는 작가들, 당신이 아닌 다른 작가들만이 끝내주게 성공하는 것처럼 보일 수 있기 때문이다. (……) 글을 쓰는 것보다 힘들고 끔찍한 기분이 들 것이다. 당신은 모두를 증오하면서, 그 무엇도 믿지 않으면서 수많은 날들을 보내게 될 것이다. 오늘의 기회를 잡고 있는 작가들과 서로 아는 사이라면, 그들은 분명 내일의 기회는 당신의 것이라고 말할 것이다. 그런데 그

|28| **앤 라모트Anne Lamott(1954~)** 사회운동가이며 소설가이자 논픽션 작가. 그녀의 작품들은 대개 샌프란시스코를 배경으로 하며, 자전적인 경험을 이야기하고 있는데, 알콜중독, 미혼모로 살아가는 일, 우울증 등을 주요 소재로 다루고 있다.

런 말은 점점 더 나이를 먹고 시들어가는 당신에게 먼저 결혼식을 치르는 친구들이 잊지 않고 하는 말과 같다. 이런 친구들에게 아주 사소한 것이라도 무언가 나쁜 일—누군가 그녀의 머리통을 날려버리는 일—이 일어나기를 바라는 것만으로도 당신의 자부심 일부가 파괴될 수 있다.

부러움에는 세 가지 측면이 있다.

첫 번째 측면에서는 긍정적이다. 자신의 글쓰기에 아무런 관심도 없다면, 당신은 사람이 아니라 아마도 좀비일 것이다. 당신이 매사에 무신경한 사람이라면 당신은 그 누구도 부러워하지 않을 것이다. 하지만 두 번째 측면에서는 부정적이다. 부러움은 당신의 내부를 휘저어놓을 뿐 아니라 더 이상 글을 쓰지 못하게 만들 수도 있다. 당신의 자부심이 공격당하기 때문이다.

세 번째 측면은 가장 위험한 독을 품고 있다. 이런 유형의 질투 때문에 당신은 다른 작가들을 부당하게 공격할 수도 있고, 인간성도 타락할 뿐 아니라, 결과적으로 저질 작가가 될 가능성도 높아질 수 있다.

그러니 부러운 마음이 들 때마다 오히려 긍정적인 좋은 면을 보려고 하라. 당신이 무엇을 하고 있는지 알고 있는 사람은 바로 당신이다.

친구들이 성공할 때마다, 나는 조금씩 죽어간다.

- 고어 비달[29]

"타인이 무슨 일을 하고 있는지 생각하느라 남은 삶을 낭비하지 마라." 이것은 꽤 훌륭한 작가이기도 했던 황제 마르쿠스 아우렐리우스의 충고다. 당신은 그가 에픽테토스를 부러워하느라 시간을 낭비했을 거라고 생각하는가?

당신에게 필요한 것이 무엇인지에 집중해라. 부러움이 당신을 지나치게 힘들게 한다면, 한 시간 정도는 오히려 부러움에도 긍정적인 측면이 있을 거라고 생각해보는 것이 좋다. 친구나 사랑하는 사람에게 전화해서 당신의 느낌을 토로하라. 그러나 한 시간이 지나면, 컴퓨터 앞이나 노트 앞으로 돌아와서 다시 글을 쓰도록 하라.

---

[29] **고어 비달**Gore Vidal(1925~) 소설가, 극작가, 에세이스트, 각본가이자 사회운동가. 데뷔 초기에 그는 《도시와 기둥》이라는 작품을 발표했는데, 미국에서 동성애를 직접적으로 표현한 첫 번째 작품으로 평가받았다. 수없이 많은 작품들을 발표하며 미국문학계의 주요 인사로 자리 잡았다. 오랫동안 정치평론가로 활동하기도 했다.

15

성공한 작가는 다만 집중할 뿐이다

이제 막 완벽하고도 멋진 소설을 읽었다. 그 소설은 독창적이면서도 신선하고, 당신을 울릴 정도의 우아한 스타일로 씌어졌다. 당신의 마음속에 "나는 이렇게 멋진 소설은 절대로 쓰지 못할 거야. 근처에도 갈 수 없어. 내가 뭐하러 글을 쓴담?" 하는 목소리가 울린다. 나는 이런 사고방식을 '샘 스니드 증후군'이라 부른다.

유명한 골프지도자 하비 페닉Harvey Penick이 선수시절 프로투어를 준비하고 있을 때였다. 연습과 준비 과정을 거쳐 그는 한 토너먼트에 참가했는데 그곳에서 한 꼬마가 완벽하게 티샷을 치는 모습을 보게 되었다.

꼬마가 골프공을 하나씩 하나씩, 곧고 길게 날려 보내는 것을 턱밑까지 입이 벌어진 채 바라보면서, 페닉은 자신이 아무리 노력하더라도 그 꼬마가 가진 기량의 발밑까지도 가지 못하리라는 것을 깨달았다. 그 꼬마의 이름은 샘 스니드[30]였다. 페닉은 골프선수 대신 훌륭한 골프지도자가 되기로 결심했다. 그는 자신이 파고들 수 있는 틈새시장을 찾은 것이었다.

> 누군가의 아류작가가 되는 것보다는
> 당신의 분야에서 최고가 되는 것이 좋다.
> 유사한 작품들이 범접하지 못할 책을 써야 한다.
> - 데이비드 모렐[31]

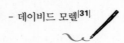

그러나 글쓰기의 세계에서는 '샘 스니드 증후군'이 그대로 적용되지는 않는다. 매우 독창적인 책을 막 읽고 난 뒤, 아무리 노력하더라도 당신은 그렇게 쓸 수 없으리라는 것을 깨달았다고 하자. 지당한 생각이다. 어떤 작가도 누군가와 똑같은 것을 쓸 수는 없는 법이다. 그런 독창성을 결정하는 요소는 오로지 해당 작가에게만 귀속되어 있다. 그 작가의 사고방식이나 인생, 느끼는 것들과 경험들이 두뇌를 구성하는 수억 개의 시냅스를 거쳐 다년간 우러나올 때 자신만의 독창적인 글이 탄생하기 때문이다. 그리고 그런 배경까지도 복제할 수 있는 사람은 아무도 없

|30| 샘 스니드Sam Snead(1912~2002) PGA 투어에서 82번 우승한 미국의 프로 골프 선수로 거의 40년간 독보적인 지위를 차지하고 있었다.
|31| 데이비드 모렐David Morrell(1943~) 28권의 소설들이 26개의 언어로 번역된 캐나다의 소설가.

다. 이것이야말로 매년, 단 한 권이 아닌 수많은 책들이 출판되는 이유이기도 하다.

당신은 당신만이 쓸 수 있는 것을 가지고 있다. 그리고 그것을 찾아내야 한다. 스타일도 마찬가지다. 당신만의 스타일로 원고를 채울 수 있다. 그리고 더 중요한 것은 제아무리 독창적이고 천재적인 작가라도 당신을 복제할 수는 없다는 것이다. 그러니 대가에게서 배우도록 하라. 당신이 존경하는 작가들의 작품들을 읽어라. 그러나 자신을 그들과 비교하지는 마라.

당신은 최고의 다른 사람이 아닌, 최고의 당신이 될 것이다.

다른 이들보다 더 잘 하려고 노력하지 않아도 좋다.

그저 당신이 할 수 있는 한에서 최고가 되도록 노력하라.

물론 다른 이들에게 배울 필요는 있다. 그것을 막을 수는 없다.

그 대신 당신이 할 수 있는 최고의 노력을 기울여야 한다.

그것이야말로 당신이 할 수 있는 일이다.

- 존 우든[32]

|32| **존 우든John Wooden(1962~)** UCLA의 전설적인 농구팀 코치.

16

걱정하게 될 것을 걱정하지 마라

《꼭 잡아Hold Tight》라는 소설이 《뉴욕타임스》 베스트셀러 1위를 차지한 지 얼마 되지 않아, 저자 할란 코벤[33]은 불특정한 다수의 독자들과 만남을 가졌다. 그가 받은 질문 중 하나는, '당신은 성공했음에도 불구하고, 아직도 자신의 글쓰기에서 무언가 미진한 구석이 있다고 생각하는가'라는 것이었다. 한바탕 웃고 난 그는 그것이야말로 작가들이 소유한 주식이라고 말했다. 코벤이 말하길 그 자신이 원고를 쓰는 동안 '이거 끔찍하군! 나는 이것보다는 잘 써왔는데 말이야! 도대체 내가 뭘 잃은 거지?' 하고 생각하는 순간이 되면 좋은 글을 쓰게 된다는 것이었다.

사실 당신은 자신의 글에서 미진한 부분을 발견하지 못할 수

|33| **할란 코벤**Harlan Coben(1962~) 복잡하게 엉킨 플롯을 특징으로 하는 미국의 미스터리 스릴러 작가.

도 있다. 그러나 코벤의 말에 따르면, 그런 경우 당신은 그저 잊어버려도 될 만한 것들을 쓰고 있거나, 당신이 아닌 다른 사람이 글을 쓰고 있을 수도 있다고 말한다. 당신은 작가가 된다는 사실에 스트레스를 받을지도 모른다. 하지만 그런 스트레스는 글쓰기로 날려버려라.

몇 년 전, 나는 뉴멕시코에서 열린 작가 회의에서 강의를 하고 있었다. 점심식사 후에 나는 뒤쪽 테이블에 한 참석자가 고통스러운 얼굴로 앉아 있는 것을 알아차렸다. 나는 그녀에게 다가가서 무슨 일이 있느냐고 물었다.

"저도 모르겠어요. 제가 무언가를 이룰 수 있을까요? 여기 있는 사람들을 좀 보세요. 그들도 모두 제가 원하는 것을 원하고 있는걸요. 내가 무언가를 성취할 수 있다는 것을 어떻게 알 수 있나요?" 그녀의 뺨 위로 눈물이 흘러내렸다. "미안해요." 그녀가 말했다.

나는 그녀에게 종이냅킨을 건넨 뒤, 다른 종이냅킨 한 장을 집어 그 위에 이런 다이어그램을 그렸다.

나는 대부분의 사람들이 위치하고 있는, 다이어그램의 가장 밑바닥부터 설명하기 시작했다. 그곳은 '쓰고 싶다', 혹은 '나의 내부에 한 권의 책이 있는 것 같다'의 영역이다. 몇몇 구절들을 외부로 끄집어낸다. 짧은 이야기 한두 편이 될 수도 있다. 어쩌면 미완성 장편소설이 될 수도 있다. 그러나 이런 단계의 사람들은 결코 다음 단계로 넘어갈 수가 없다.

나는 그녀에게 말했다. "당신 같은 사람들은 분명 글 쓰는 법을 배우고 싶어 하는 분들이죠. 글쓰기에 대한 책을 사서 읽고, 글쓰기 모임에 참석하고, 글쓰기 수업을 듣고, 그리고 글을 쓰죠. 이 단계를 넘어서야만 한 편의 소설 분량을 채울 수 있는 단계에 다다르는 거예요. 아주 좋은 단계죠. 실제로 진짜 작가들은 이런 단계에 있어요.

그다음 단계는 '또 다른 소설'을 쓰는 작가들의 단계예요. 왜냐하면 첫 소설은 거절당할 확률이 크기 때문이죠. 작가들이 또 다른 소설을 쓰는 이유는, 단순히 소설을 쓰게 되었기 때문이 아니라, 그들이 소설가이기 때문이에요.

그다음 단계는 출판된 작가들의 단계예요. 그 상위단계에는 두 번 이상 출판된 작가들이 포진해 있죠. 최상위 단계에는 운명의 수레바퀴가 돌아가고 있어요. 돌아가고 있던 바퀴가 《콜드마운틴》이나 《오두막The Shack》 같은 책 위에 멈추는 거죠. 누구도 이 바퀴를 조종할 수는 없어요."

나는 그녀에게 다시 말했다.

"당신이 할 일은, 이런 피라미드 단계를 하나씩 밟아 나가는 거예요. 각각의 단계마다 도전해야 할 일들이 있어요. 그러니 당신이 직면한 과제들에 집중하세요. 당신이 한 단계씩 오를 때마다, 당신과 같은 단계에 위치한 사람들이 점점 더 줄어드는 것을 알게 될 거예요. 열심히 글을 쓴다면, 당신은 운명의 수레바퀴에 걸려들 수 있는 소설을 쓸 수도 있어요. 그보다 더 좋을 수는 없겠죠. 그리고 나면 모든 것들은 더 이상 당신의 문제가 아니에요."

모임은 계속되었다. 그리고 나는 이 만남에 대해서는 잊어버렸다. 수년이 지난 뒤, 나는 다른 모임에서 그녀와 마주쳤다. 그녀는 그때의 대화와 다이어그램이 그녀 자신에게 깊은 영향을 주었으며, 계속해서 노력하는 중이라고 말했다.

다시 2년이 지났다. 그녀는 나에게 출판계약이 성사되었다는 내용을 전해왔다. 그녀는 이제 출판한 작가다.

17

헝그리 정신

스티븐 킹의 단편 〈당신이 사랑하는 모든 것들이 사라질 것이다All That You Love Will Be Carried Away〉에서는, 여행 중이던 한 세일즈맨이 자살을 결심하고 모텔 방의 문을 연다. 길 위를 떠도는 중에 느껴지는 고립감이 세일즈맨을 덮친 것이다.

총알을 삼키는 것에서 그를 구제한 단 하나의 물건은 괴상한 공책이었다. 그가 수년 동안 욕실에서 발견한 낙서들을 모아 놓은 공책이었다. 그는 그 공책을 발견하게 될 사람들이 자신을 미친 사람으로 여기게 될지도 모른다고 생각해서 그 공책에 대한 책을 쓰기로 마음먹었다.

《모든 일은 결국 벌어진다Everything's Eventual》라는 소설집에 수록된 이 단편에서 벌어지게 될 일을 알아내야 한다. 스티븐 킹의 걸작 중 하나인 이 단편의 행간에는 놀라운 질문이 숨겨져 있다. "우리가 사랑하는 모든 것들이 사라지는 것을 보게 된다면 우리는 무엇을 하게 될까?"

최근 판매량이 적다는 이유로 출판사에서 거절당했거나, 좋은 리뷰를 받거나 혹은 상을 받았음에도 불구하고 새로운 계약을 할 수 없던 몇몇 소설가 친구들과 이야기를 나눈 끝에, 나는 위의 질문을 다시 생각해보게 되었다.

작가들은 대부분 출판된다는 것이 왕국으로 들어가는 열쇠를 얻는 것과 같다고 생각한다. 우리는 출판을 신들의 세계에서도 가장 아름다운 궁전인 발할라에 당도해 마침내 자리 하나를 확보한 것으로 생각한다. 제임스 패터슨[34]을 닮은 오딘이 벌꿀통을 들고 우리를 맞으며 영생을 약속한다.

물론 이것은 환영일 뿐이다. 발할라는 없다. 먼지 쌓인 반스앤노블 정도는 있을 수도 있겠지만 우리의 책이 꽂힌 서가는 언제라도 한 순간에 비워질 수 있다. 조지 S. 패튼 장군이 말했듯, "영광은 부질없다."

내가 글을 쓰면서 즐거워한 시기는 바로 첫 작품이 출간되기 전이었다. 무지했기 때문일 거다. 나는 내가 한낱 하룻강아지에 지나지 않는다는 것도 모른 채, 그저 이야기를 떠올리고 풀어놓는 과정을 기쁘게만 생각한 것이다.

그때 나는 일기에 나의 행복에 대해 그리고 출판되지 않더라도 계속해서 글을 써야겠다는 의지를 적었다. 킨코스에서 내 작

|34| 제임스 패터슨James Patterson(1947~) 〈심리학자 '알렉스 크로스'〉 시리즈로 잘 알려진 스릴러 작가.

품을 복사한 뒤 추수감사절에 가족들에게 읽으라고 강요하거나, 슈퍼마켓 앞에서 만난 낯선 사람들에게 한 부씩 돌리는 한이 있더라도 말이다.

작품은 출판되었고 작가가 되었지만, 내 앞길이 장미꽃으로만 가득할 거라고 보장하지는 않는다. 잘못될 가능성은 언제라도 있다. 어떤 작가도 이런 생각에서 자유롭지는 못하다.

이런 일들이 일어났을 때 어떻게 대응할 것인가?

내가 좋아하는 작가 프레스턴 스터지스|35|처럼 대처하기 바란다. 그는 1940년대 초기에 혜성처럼 떠오른 작가로, 이후에는 코미디 영화를 위한 훌륭한 각본을 써냈다. 그는 자신이 가진 모든 것들이 사라질 가능성을 생각했고, 이렇게 말했다. "마지막 동전까지 던지고 나면, 나는 연필 한 자루와 10센트짜리 공책 한 권 들고 거리에 앉아 모든 일들을 다시 시작하겠소."

이런 태도를 유지하려고 노력해라. 당신의 글이 어떤 운명을 겪게 될지는 상관하지 마라. 당신의 책이 출판되고 나면, 쉬지 말고 그 책을 완성하려고 한 자신을 생각해야 한다. 우물이 마르더라도 멈춰서는 안 된다.

|35| **프레스턴 스터지스Preston Sturges(1898~1959)** 1941년 〈위대한 맥긴티The Great Mcginty〉라는 영화로 아카데미 각본상을 수상한 유명한 각본가이자 영화감독.

18

배가 든든해야 한다

군대는 배가 불러야 전진한다.

- 나폴레옹 보나파르트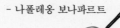

영감을 얻겠다고 무작정 고군분투할 수는 없다. 또 영감이 떠오를 때까지 마냥 기다리고 있을 수도 없다. 잭 런던[36]이 말했듯, "떠오르는 것은 무엇이든 당신의 것으로 만들어야 한다." 다시 말해서 당신은 걸어 다니는 아이디어 공장이 되어야 한다.

나는 특히 걷기를 권한다. 나 역시 적당한 운동을 할 때 좋은 아이디어를 얻는 경우가 많다. 나는 매일 한 시간 정도 산책을 하면서 오디오북을 듣는 습관을 들였다. 그러면 분명 '지하실의

|36| **잭 런던Jack London(1876~1916)** 사생아로 태어난 그는 평생 작가이자 저널리스트로 글을 쓰며 살았는데, 청년시절 《공산당 선언》을 읽고 감화를 받아 사회주의적인 소설들을 써냈다. 주요 작품으로는 《강철군화》, 《야성의 절규》 등이 있다.

소년들'이 뭔가 쓸 만한 것들을 내게 던져준다. 나는 작은 노트와 펜을 뒷주머니에 넣어 가지고 다니면서, 아이디어가 떠오를 때마다 걸음을 멈추고 그것을 옮겨 적는다. 가끔은 휴대전화를 이용해서 녹음을 하기도 한다. 뭐든 쓸모가 있게 마련이다.

구태여 무언가를 창조해야 한다고 생각하지 않을 때에도 창조성을 발휘할 수 있는 당신만의 시스템을 구축하라. 그렇게 하면 글을 쓰고 있지 않을 때조차 당신의 아이디어들을 글쓰기에 활용할 수 있다.

다음 단계를 따라해 보라.

1. 녹음
   글을 쓰는 시간 동안에는 당신의 아이디어에 완벽하게 집중하라.

2. 산책
   눈앞에 물 만난 고기처럼 튀어 오르는 아이디어들을 발견하게 될 것이다. 당신은 고대의 사냥꾼이 되어 펜이나 연필이나 키보드나 휴대용 녹음기를 사용해서 물고기들을 낚아채야 한다. 그 물고기들로 풍성한 식탁을 차리게 될 것이다.

3. 식사
   나는 메모나 녹음 기록들을 곧바로 컴퓨터 문서로 작성해놓는다. 그것들은 브레인스토밍 과정을 거쳐 다듬어지고 확장될 것이다. 그러고 난 뒤 목록으로 만들어놓은 아이디어들을 각각 개별적으로 구체화시킨다.

4. 머리 식히기

나는 새로운 아이디어가 떠오를 수 있도록 다음 날까지 기다린다. '지하실의 소년들'이 내가 잠들어 있는 동안 밤새 작업할 수 있도록 말이다.

5. 결심

기억하라, 번뜩이는 아이디어를 구하는 방법은 가능한 한 많은 아이디어를 생각해내는 것이다. 필요 없는 아이디어들은 잠시 한쪽으로 치워두라. 그렇다고 버리라는 말은 아니다. 언젠가 다른 작업에서 쓸모가 있을 수도 있다.

이런 방식으로 생각하는 데 익숙해지면 당신의 창조력은 증가할 것이다.

19

동기부여가 필요하다

손자에게 왕의 여인들 180명(왕이 가장 총애하는 후궁 두 명을 포함해서)을 더 기강이 잡힌 조직으로 훈련시키라는 과제가 주어진 적이 있었다. 손자는 두 명의 후궁을 각각 군대의 대장으로 임명했다. 그러나 손자가 명령을 내릴 때마다 여인들은 깔깔대며 웃어대기만 했다. 손자가 재차 명령을 내렸지만 결과는 같았다. 손자는 이런 실패가 대장을 맡은 후궁들 탓이라고 여겼고, 두 후궁들의 목을 쳤다.

그러자 더 이상 웃는 이들이 없었다. 우리는 이 이야기에 주목해야 한다. 여기서 동기부여의 중요성이 대두된다. 모든 작가들은 동기부여를 필요로 한다. 그러나 손자의 방식으로는 아니다. 물론 갚아야 하는 모기지론이 있는 경우처럼, 부정적인 동기부여가 생겨날 수도 있다. 돈을 갚기 위해 글을 쓰게 되는 경우 말이다. 그래도 긍정적인 동기부여가 더 좋은 법이다. 내 작업실에는 내가 존경하는 작가 세 명의 사진이 걸려 있다.

첫 번째 사진은 작업실 책상 위에 발을 올려놓고 원고를 들여다보고 있는 스티븐 킹의 사진이다. 그는 편안한 옷차림을 하고 있고 개 한 마리가 그의 발치에서 카메라를 바라보고 있다. 내 생각에 이 사진은 좋은 작업 환경을 나타내고 있다.

두 번째 사진은 파이프를 입에 문 채 타자기를 두드리고 있는 존 D. 맥도널드[37]의 사진이다. 그는 다작하는 작가였는데 (그의 자서전은 《불타는 타자기Red Hot Typewriter》라는 꼭 들어맞는 제목을 갖고 있다.) 위대한 이야기꾼이자 스타일리스트였다. 이 사진은 내가 계속해서 문장들을 만들어 나갈 수 있도록 도와준다.

마지막 사진은 에반 헌터Evan Hunter(에드 맥베인Ed McBain)가 자신의 책들을 등지고, 팔짱을 낀 채, 도전적으로 앞쪽을 응시하고 있는 사진이다. 그는 순수문학뿐만 아니라 장르소설도 썼는데, 맥도널드보다 더 많은 작품을 써냈다.

내가 열심히 작업하지 않을 때마다, 사진 속 작가들은 작업을 계속해야 한다는 사실을 상기시킨다. 당신에게 동기부여가 되는 사진이나 그림들을 근처에 놓아두어라. 그리고 글을 쓰기 싫어질 때마다 그것들을 바라보라. 그래야만 한다.

|37| **존 D. 맥도널드John D. MacDonald(1916~1986)** 무수히 많은 범죄소설들과 서스펜스 작품들을 써낸 소설가. 그가 주로 배경으로 삼은 곳은 플로리다였다. 그는 '트래비스 맥기' 시리즈로 명성을 얻었고, 《사형집행자들》이라는 소설은 '케이프 피어'라는 제목의 영화로 제작되었다. 1980년 전미도서협회상을 수상했다. 스티븐 킹은 맥도널드를 두고 우리 시대의 가장 위대한 엔터테이너, 우리를 홀리게 하는 소설가라는 찬사를 보냈다.

20

찰나의 기억이 갖는 힘

승리를 보장하는 한 편의 글을 완성할 수 있는 아주 단순한 방법이 있다. 기억해야 할 목록을 만드는 것이다. 당신의 글쓰기 능력이 향상됨에 따라 시기별로 그 내용을 정리하라.

나는 포스트잇에 기억해야 할 사항들을 적어 노트에 붙여 정리해둔다. 이렇게 하면 쉽게 목록들을 관리할 수 있다. 최근에 내가 노트에 붙여놓은 목록은 이렇다.

1. 감정, 감정, 감정!

이것은 내게 소설의 일차적인 목적이 독자의 정서를 자극하는 것이라는 사실을 상기시킨다. 내가 지나치게 분석적으로 냉정하게 글을 쓰게 될 때마다, 나는 글쓰기를 멈추고 내 안의 불길을 되살린다. 그다음에는 등장인물들의 마음속에도 불을 지핀다.

2. 행복한 대화

대화가 그대로 흘러가게 둬라. 언제든 다시 고쳐 쓸 수 있다.

3. 두 번째로 올바른 대답

중요한 창조적인 결정을 내려야 할 때마다 일단 멈추는 법을 배워야 한다. 그리고 이어지는 '올바른 대답'을 찾아내라. 내 머리는 항상 지루하고 낡은 클리셰(진부하고 상투적인 표현)를 내어놓는 습성이 있다. 그래서 나는 대안이 될 목록을 만들어놓고 그중에서 고른다.

4. 지금 놀라게 해봐!

이야기가 질질 끌며 힌트를 감추고 있는 순간에도, 나는 언제나 독자들을 놀라게 하고 싶다. 그러려면 서사구조를 보강해야 한다. 레이먼드 챈들러[38]처럼 단순히 총을 든 남자를 등장시켜도 좋다. 이 주제에 대해서는 어떠한 변주도 가능하다.

당신이 가장 중요하게 생각하는 것은 무엇인가? 당신만의 기억 목록을 만들어라. 그리고 그것을 사용하라.

|38| 레이먼드 챈들러Raymond Chandler(1888~1959) 사설탐정이 등장하는 모든 소설들에 엄청난 영향을 끼친 소설가이자 각본가. 그의 주인공 필립 말로위는 대실 해미트의 주인공 샘 스페이드와 함께 사설탐정의 대명사로 여겨지고 있다.

21

모든 것에 진심을 담아라

놀라운 성공을 거둔 한 작가가 데이비드 모렐에게 자신은 순수한 시장 논리에 따라 장르를 선택한 것이며, 그 선택은 적절한 것이었노라고 말한 적이 있었다. 우리가 우리의 마음을 따르지 않고 그저 글을 쓰기만 하는 것뿐이라면, 우리도 그런 유형의 작가가 될 수 있다.

그러나 위와 같은 말을 들은 모렐은 이리저리 생각해본 끝에 자신은 그런 유형의 작가가 아니라는 결론을 내렸다. 모렐은 무언가가 자신을 사로잡을 (모렐은 그 무언가를 '마음속의 담비'라고 부른다.) 때에라야 글을 쓸 수 있었다. 그 무언가는 자신의 마음속 가장 깊은 곳에서 나오는 표현력을 요구하는 것이었다.

나는 책을 읽을 때마다 작가의 가슴에서 우러나온 것을 읽고 싶어 한다.

마음 = 열정 + 목적

열정은 열기, 즉 강력한 느낌을 말한다. 목적은 당신이 책을 다 읽고 난 독자의 가슴 속에 남기고 싶어 하는 것을 말한다. 마음은 당신이 원하는 그 목적을 달성할 수 있게 하는 직접적인 열정을 의미한다. 레온 유리스[39]는 "글에 진심을 잘 담아낼 수 있어야 한다."고 했다. 그의 책은 전 세계적으로 1억 5,000만 부가 넘게 팔려 나갔고, 29개국의 언어로 번역되었다.

왜 그럴까? 2차 대전 당시 유리스는 해군으로 복무했었다. 그의 주요 캐릭터들은 종종 '정의'를 위한 대규모 전투를 수행했는데,《뉴욕타임스》베스트셀러의 상위권에 머물렀던《전장의 울음 Battle Cry》,《출애굽Exodus》,《QB VII》,《트리니티Trinity》같은 작품들에는 유리스의 진심이 담겨 있었다.

1957년에 출간된 두 편의 소설이 있다. 두 작품 모두 베스트셀러가 되었으며, 오늘날까지도 연간 수만 부가 팔려 나간다.

잭 케루악[40]의《길 위에서On the Road》는 현재의 순간을 축복하는 재즈의 향취를 담은 작품이다.

|39| **레온 유리스Leon Uris(1924~2003)** 역사소설을 주로 쓴 소설가. 작업을 위해서 방대한 양의 자료 조사도 마다하지 않은 작가로 알려져 있다.

|40| **잭 케루악Jack Kerouac(1922~1969)** 윌리엄 버로우즈William S. Burroughs, 앨런 긴스버그 Allen Ginsberg와 함께 비트 제너레이션Beat Generation의 선구자로 여겨지는 소설가이자 시인. 케루악은 주로 재즈, 불교, 마약, 가난, 여행 등의 주제를 다루었다. 언더그라운드 문화계의 유명인사였으며, 히피운동의 한 축이었다. 47세가 되던 해 알코올을 남용으로 별세했다.

에인 랜드의 《흔들리는 아틀라스^{Atlas Shrugged}》는 합리적인 사리사욕과 정신적인 삶에 대한 철학적인 논쟁을 담고 있는 기념비적인 작품이다.

이처럼 다른 두 작품이 모두 지속적인 인기를 얻을 수 있었던 까닭은 무엇일까?

첫 번째는, 두 작품이 공통적으로 다루는 것이 있었다. 케루악에게 여행은 복^{beatitude}을 바라는 과정이었다. (케루악은 복 'Beatitude'이라는 단어의 근원이 비트^{Beat}에 있다고 주장했다.) 랜드는 서구 문명사회의 전 과정을 뒤흔들기를 간절히 원했다. (압력은 없었다.)

다음으로 두 작가들은 모두 자신이 쓰고 있는 것을 믿었다. 당신은 이 책들에서 저자의 개인적인 서사가 표출되지 않은 페이지를 단 한 장도 찾을 수 없을 것이다.

마지막으로 그들은 자신들의 집필기술을 가다듬었다. 두 작가는 물론 전혀 다른 스타일을 지니고 있었지만 두 작가 모두 자신들이 쓰고 있는 것이 발전되게 다듬으려고 노력했다. 랜드는 빅토르 위고$^{Victor Hugo}$의 낭만주의적 전통을 이어받았다. 케루악은 자신이 '비밥적 산문 랩소디'라고 부르던 완벽하게 새로운 시도를 발전시키려고 노력했다. 그럼으로써 두 작가 모두 자신들만의 고유한 양식을 확립했다.

당신의 열정을 표현할 방법은 이렇다.

1. 당신이 확고하게 믿고 있는 모든 것들을 목록으로 만들기

시작하라.

2. 당신이 언제나 좋아하는 책과 영화들에 대한 목록을 만들고, 그것들 각각이 마지막 부분에서 어떻게 당신의 마음을 움직였는지 묘사해보라.

3. 당신이 다음 소설을 위한 아이디어를 찾는 중이라면, 위의 리스트에서 한 아이템을 선택한 뒤 그것을 당신의 이야기에 어떻게 욱여넣을지 머리를 굴려보라. 절대로 당신의 마음이 동하지 않는 소설을 쓰려고 해서는 안 된다.

22

더 많은 습작이 소설을 완성하게 한다

어떤 작가들은 끝없이 문장을 고치고 또 고친
다. 아마도 결과가 두렵기 때문일 것이다. 손댈
수록 망치기만 할 수도 있지만, 그래도 고치는
것만이 당신의 글을 좀 더 나아지게 하는 유일
한 방법이다.

소설을 완성하라.

전쟁에서는 구구절절 말이 필요 없다.
승리하는 것이 유일한 목적이다.

- 손자

물은 지형에 따라 위에서 아래로 자연스럽게 흐른다.
병사들이 적과 대치한 그때그때 상황에 따라 승패가 갈린다.
물이 특정한 형체를 지니지 않는 것처럼, 전쟁도 특정한 조건을 지니지
않는다. 적에 따라 전쟁의 기술을 달리 적용할 수 있는 사람만이 승리할
수 있다. 그런 사람이야말로 하늘이 내린 장수일 것이다.

— 손자

글을 써라. 기억하라. 사람들이 당신을 (혹은 나를) 출판한 작가로
생각하지 않을 수도 있지만, 누구도 당신이 작가가 아니라고 생각하지는
않는다. 계속해서 글을 써라. 당신이 생업에 매달려 있는 동안에도,
아이들을 키우는 동안에도, 낚시질을 하는 동안에도, 글을 써라! 당신을
제외하고는 그 누구도 당신의 글쓰기를 멈출 수 없다.

— 캐서린 네빌

2부

기술

23

단순한 소설에 머물지 않기

수년 전, 나는 소설가 친구들과 함께《모비 딕》의 장점에 대해 갑론을박한 적이 있었다. 기억에 따르면, 용감무쌍한 한 친구만이 나와 의견을 같이해 허먼 멜빌의 고전을 극찬한 것 같다. 나는 폭풍처럼 몰아치기도 하고 고요하기도 한 멜빌의 언어가 바다 그 자체 같다고 주장했다. (다른 한 친구는 내 표현이 책에 대한 것이라기보다는 할리퀸 로맨스에 어울리는 것 같다고 말했지만, 나는 동의하지 않았다.)

가장 격렬한 반대는 학교에서《모비 딕》을 강제로 읽어야 했던 친구들에게서 터져 나왔다. 대부분의 아이들은《모비 딕》을 읽을 준비가 되어 있지 않다. 나는 운 좋게도 대학을 졸업한 이후에《모비 딕》을 처음으로 읽었다. 내가 원했기 때문이었다. 나는《모비 딕》을 좋아했다. (당신이《모비 딕》을 아직 읽지 않았다면, 혹은 끝까지 마저 읽고 싶다면, 록웰 켄트Rockwell Kent의 삽화가 들어 있는 판본을 추천한다. 화가와 소설가의 작업이 서로 완벽하게 조화되어 있다.)

내 생각에 비평가들과 《모비 딕》을 애호하는 사람들은 같은 주장을 하고 있는 것 같다. 즉 멜빌은 결코 '단순한 소설mere fiction'을 쓰려고 한 것이 아니라는 점이다. 그는 그 이상을 원했다. 뱃사람들의 말투를 흉내 내기 위해 자신이 가진 모든 노력을 기울였다. 싸구려 통속 소설을 써서 좀 더 나은 일상을 살아갈 수도 있었지만, 단순히 삶을 꾸려가는 것만을 바라지 않았다. 도달하기 힘든 꿈을 향해 문학적인 극치에 도달하고 싶었다. 멜빌 자신도 예술가적인 비전을 드러내는 하얀 고래를 찾으려고 한 것이다.

'단순한 소설'이라는 말은 주목받는 소설가이자 교사이며, 에세이스트인 존 가드너의 글에서 발견한 용어다. 나는 '단순한 소설'이라는 용어를 좋아하는데, 그것은 단순한 소설에 머무르고 있을 시간이 누구에게나 모자라기 때문일 거다.

> 내 충고로 이득을 보려면,
> 통상적인 규범을 넘어서는 쓸모 있는 환경을 마련하라.
>
> – 손자

아무튼 나는 감히 《모비 딕》을 읽으려고 하지 않는 무리들에게 돌아가며 비난을 받았다. 그들의 반응은 이후로도 꽤 오래 지속되었다. 내가 '모비 딕을 비난하는 모임'이라고 부르게 된 그날의 모임이 있고 며칠 뒤, 나는 스티븐 킹의 《공포의 별장 Salem's Lot》을 집어 들었다. 수년 전 읽은 책이지만, 내 손에 들려 있는 것은 크리스마스를 위해 출간된 삽화도 들어 있는 양장본이었다. 게다가 저자가 새로 쓴 서문도 함께 실려 있었다.

옛날, 천하의 스티븐 킹도 아직 단 한 권의 책도 출간하지 못했을 때가 있었다. 그때는 《캐리Carrie》도 미발표 상태였다. 그러나 그는 그 이야기를 숨 막히는 장엄한 매력을 지닌—특히 책장에 책 한 권 올려놓지 못한 스물세 살 젊은이에게는 더욱 그런—뱀파이어 버전으로도 써두었다. 그는 브람 스토커|41|의 《드라큘라Dracula》 같은 뱀파이어 신화를, 어린 시절 좋아한 프랭크 노리스|42|나 EC 호러코믹스의 자연스러운 허구적 이야기와 뒤섞고 싶어 했다. "나는 정말로 《드라큘라》와 《지하 묘지 이야기 Tales From the Crypt》를 섞어 《모비 딕》처럼 만들 수 있다고 생각한 것일까? 나는 그렇게 믿었다. 멜빌의 생전에 《모비 딕》이 단지 12부 팔렸다는 사실에 기죽어 했을까? 아니다. 소설가로서 나는 좀 더 장기적인 비전을 지니고 있다. 아주 높은 곳에서 내려다보면 달걀 값 같은 것은 눈에 들어오지도 않는다. (내 아내와 멜빌의 부인은 동의하지 않을지 모른다.)"

|41| 브람 스토커(1847~1912) 아일랜드의 소설가로 대표작 《드라큘라》가 있다.
|42| 프랭크 노리스(1870~1902) 자연주의 장르를 개척한 미국의 소설가로 대표작 《맥티그》가 있다.

스티븐 킹과 허먼 멜빌에게 박수를 보내자. 두 작가 모두 '단순한 소설'을 쓰려고 하지 않았다. 보라! 멜빌은 비록 살아생전에는 묻혀 있었지만, 오늘날까지도 대학에서 언급되는 작가가 아닌가. 스티븐 킹은 어떤가? 그는 늘 '현재'에 대한 감각을 지니고 있다. 그의 책은 12부보다 훨씬 많이 팔렸다.

내가 하고 싶은 말은 앞으로 나아가라는 것이다. 단순한 소설에 머무르려고 하지 마라. 스물세 살이던 스티븐 킹의 태도를 유념하라. 당신은 실패하지 않을 것이다. 광고업자인 레오 버넷^{Leo Burnett}은 이렇게 말한 적이 있다. "당신이 별을 딸 수 있게 될 때, 당신은 별만 얻는 것은 아니다. 두 손 가득 진흙을 묻히지 않는다면 별에 닿을 수 없을 것이다."

24

진부함의 유혹에 굴하지 않기

서머싯 몸Somerset Maugham이 남긴 명언이 있다. "소설을 쓰기 위한 세 가지 규칙이 있다. 그런데 불행하게도, 그 규칙들이 무엇인지 알고 있는 사람은 아무도 없다." 이것은 소설이라는 불가해한 연금술을 배우겠다고 글쓰기 교실로 모여든 풀죽은 수강생들이 자주 반복해서 듣는 말이다. 나 또한 서머싯 몸의 의견에 반박하기는 어렵다. 하지만 적어도 나는 성공적인 소설을 쓰는 데 필수적인 요소 세 가지 정도는 알려줄 수 있다.

나는 그 요소들을 내가 가장 좋아하는 작가 중 한 명인 존 D. 맥도널드의 신조에서 빌려왔다. 그는 1950년대에 깜짝 놀랄 정도로 훌륭하고도 다양한 연작들을 써냈고, 그 와중에 트래비스 맥기라는 캐릭터를 창조해냈다. 그의 경이로운 작품들마다 맥기는 생생하게 살아 움직인다.

《스스로 되돌아보기Revision Self-Editing》에서, 나는 성공적인 소설을 쓰기 위한 맥도널드의 신조를 발견할 수 있었다. 다음을 보자.

요소 1

먼저, 이야기에 견고한 감각이 있어야 한다. 나는 앞으로 대체 무슨 일이 일어날 것인지를 궁금해하며 안달복달하고 싶다. 나는 내가 읽고 있는 책의 등장인물들이 어려움에 처하는 것을 보고 싶다. 감정적으로든, 도덕적으로든, 정신적으로든 말이다. 그리고 나는 그들이 그런 어려움을 해결하는 방법을 찾아내는 과정에 동참하고 싶다.

- 존 D. 맥도널드

맥도널드가 여기서 '이야기'를 어떤 의미로 사용하고 있는지 주목해야 한다. 독자들은 어떤 일이 벌어질지를 궁금해하는 사람들이다. '등장인물'들이 어떤 일을 겪게 될지 궁금해한다는 것이다. 이런 궁금증 때문에 독자들은 연신 페이지를 넘긴다. 그리고 이것은 단지 상업적인 소설들뿐만 아니라 순수문학에도 유효하다.

알프레드 히치콕Alfred Hitchcock이 남긴 말을 기억하라. "좋은 이야기란 바로 따분한 부분이 제거된 삶 그 자체다." 따분함은 독자들의 흥미를 반감시킨다. 이제 우리는 첫 번째 요소를 이렇게 요약할 수 있겠다.

독자들이 빠져들 만한 등장인물을 창조해야 한다. 그리고 그들의 곤경이 곧 해결되리라는 믿음을 주어야 한다.

요소 2

나는 스스로 품고 있는 의혹을 지연시키는 작가가 되고 싶다.

작가가 창안해낸 장면이나 장소의 한 구석에 있고 싶은 것이다.

- 존 D. 맥도널드

간단히 말해서 우리는 독자들을 위해 꿈의 세계를 직조해야 한다. 우리는 독자들이 실제 세계에 존재하는 인물들에게 실제로 무슨 일인가 벌어지고 있다는 인상을 갖게 해야 한다. 사실적인 소설이든 환상소설이든 마찬가지다.

독자들은 자신들이 품고 있는 의혹이 지연되기를 원한다. 당신과 같은 편에서 책을 읽기 시작한 독자들을 그들의 일상에서 빼내어 또 다른 세계로 인도해야 한다.

어떻게 쓰는 것이 좋겠는가? 먼저, 매사에 정확해야 한다. 당신이 1905년의 LA에 대해 쓰고 있는 중이라고 생각해보자. 닷지Dodge 자동차가 등장해서는 안 될 것이다. 혹은 당신이 변호사들의 이야기를 쓰고 있다면 반대쪽 변호사의 반론 없이 반대쪽 증인의 진술만을 쓸 수는 없다. 이런 식이다. 당신은 쓰려고 하는 분야에 대해 미리 잘 알고 있어야 한다.

그러려면 전문가들과 만나야 한다. 사람들은 자신들이 하는 일에 대해 이야기하기를 즐기는 법이다. 당신이 적절한 방법으로 접근한다면 말이다.

취재하라. 제임스 미치너[43] 같은 작가들은 한 트럭 분량이 될 만큼 자료를 모으기도 한다. 또 스티븐 킹 같은 작가들은 초고를 쓴 뒤에 살을 붙일 만한 자료들을 새로 찾기 시작한다.

나는 두 가지 방법을 모두 사용한다. 충분한 사전조사를 마치고 난 뒤, 세부사항이 필요한 부분이나 깊이를 더해야 하는 부분을 찾아본다. 원고에 그런 부분들을 표시해놓고 조사를 진행하기도 한다. 그렇게 해서 나는 소설의 기초 배경이 되는 장면들을 끝까지 써낼 수 있다.

대화의 세세한 부분들을 소박한 묘사로 채우는 방법도 좋다.

"그는 차로 뛰어들다시피 돌진하더니 곧 돌아서 가버리더군."

"그런데, 어떤 종류의 차였어?"

"아주 근사한 차였지."

정말 그랬을까? 그 자동차가 근사하다는 것을 믿을 수 있도록 묘사하라. 그 자동차를 본 다른 등장인물들이 어떻게 반응하는지도 묘사하라.

요소 3

나는 작가들이 다소 마술적인, 그러나 요란하다고는 할 수 없는 시적인 문체를 가졌으면 한다. 나는 단어들과 문장들이 공명하는 소리를 듣고 싶다.

- 존 D. 맥도널드

|43| 제임스 미치너James Michener(1907~1997) 특정한 지역에 세대를 따라 전해지는 전설을 바탕으로 하는 작품들을 썼던 소설가. 방대한 양의 사전자료 조사를 하는 것으로 유명하다.《남태평양 이야기Tales of the South Pacific》로 1948년 퓰리처상을 받았다.

'요란하다고는 할 수 없는'이 핵심이다. 문체들이 너무 도드라지면, 마치 '날 좀 봐요! 나는 정말 끝내주는 작가죠!'라고 외치는 것으로밖에 보이지 않는다. 그러나 따분한 문체로만 씌어진 글을 읽는 독자들은 칼렉시코의 당나귀 한 마리에 대한 지루한 이야기를 읽고 있다는 인상을 받게 된다. 흡입력이 떨어진다. 전통적인 하드보일드 소설에서 우리는 훌륭한 사례들을 발견할 수 있다. 로버트 B. 파커[44]의 《창백한 왕과 왕자Pale Kings and Princes》라는 소설이 있다.

가렛 왕의 집무실에 난 서편 창으로 들어오는 12월의 희미한 태양 빛이 왕의 페르시아산 카펫 위에 노랗고 기다랗게 비치고 있었다.

혹은 맥도널드의 소설 《호박색보다 진한Darker Than Amber》의 구절들도 있다.

그녀는 우리를 하나하나 둘러보며 천천히 앉았다. 그녀의 색이 짙은 눈은 두 개의 깊숙한 동굴로 들어가는 입구처럼 보였다. 아무도 살지 않는 동굴들. 언젠가, 오래전에는 무언가가 있었을지도 모른다. 무더기로 쌓여 있는 뼈들이나 벽을 메운 낙서들, 그리고 불을 피운

|44| **로버트 B. 파커Robert B. Parker(1932~2010)** 주로 범죄소설을 많이 쓴 작가. 사설탐정 스펜서가 등장하는 시리즈가 유명한데 이 작품들은 ABC 방송국에서 텔레비전 시리즈물로 제작하기도 했다.

자리에 남은 잿더미 같은 것들이.

혹은 데니스 루헤인[45]의 《어둠이여, 내 손을 잡아다오 Darkness, Take My Hand》를 보자.

그는 꽤나 바보처럼 보인다. 키가 크고 바짝 여윈데다 엉덩이는 문고리 같고, 제멋대로 뻗친 머리 모양은 그가 화장실 변기에 머리를 집어넣고 물을 내린 것처럼 보일 정도였다.

좀 더 문학적인 문체를 지닌 소설들은 대개 요란하지 않은 시적인 문장들로 채워져 있다. 존 판티[46]의 《황혼에게 묻다 Ask the Dust》에 등장하는 작가지망생 아르투로 반디니는 글쓰기에 관한 한 아주 엄격한 결벽성을 갖고 있다. 그는 단지 이틀 동안 '야자나무'라는 단어만을 썼을 뿐이다. 그의 창문 밖에 야자나무가 있었기 때문이었다.

야자나무와 내가 벌인 싸움에서, 야자나무가 승리했다. 푸른 대기 속에서 흔들리는 야자나무를 보라. 푸른 대기 속에서 달콤한 소리

|45| **데니스 루헤인Dennis Lehane(1965~)** 《뉴욕타임스》 베스트셀러 《미스틱 리버》 등의 작품을 남긴 작가. 소설 《셔터 아일랜드Shutter Island》는 2010년 마틴 스코시즈에 의해 영화화되었다.

|46| **존 판티John Fante(1909~1983)** 주로 가난, 카톨릭주의, 이탈리아 이민자들의 정체성 문제 등을 다룬 이탈리아계 미국 소설가 겸 각본가. 찰스 부코우스키Charles Bukowski에게 영향을 주었다.

를 내면서, 이틀간의 전투 끝에 야자나무는 승리했다. 그리고 나는 창밖으로 기어 나가 나무의 발치에 앉았다. 시간이 지나갔다. 한 순간, 그리고 다음 순간, 나는 잠들었다. 조그만 갈색 개미들이 다리털에 갇혀 버둥거리고 있었다.

반복적으로 등장하는 '푸른 대기'라는 역설적인 어구에는 조롱이 섞여 있다. 반디니가 성공을 위한 자신의 여정에서 마주치게 되는 모든 것들과 마찬가지로. 또 '버둥거리다'라는 한 문단을 끝맺는 단어는 개미가 젊은 작가의 고통을 조롱하는 것이다.

당신에게도 당신이 선호하는 문체가 있을 것이다. 당신은 그 문체들을 당신의 글에 어떻게 녹여낼 것인가? 누군가의 거친 머리카락에 대해 묘사해야 한다고 해보자. 5분간 멈추지 말고 써보라. 거친 머리카락을 200에서 300단어로 묘사해보라. 그리고 상상을 멈춰라. 쓴 것을 읽어보고 좋은 부분을 가려내보라.

사실 이 작업에서는 우뇌와 좌뇌의 활동력이 결정적이다. 당신의 내부에 자리한 보잘 것 없는 에디터가 하는 잔소리들을 무시하도록 노력하라. 열정적으로 쓰되, 냉정하게 검토하라.

그리고 시를 읽는 것이 좋다. 레이 브래드버리는 매일같이 시를 읽는 습관이 있었다. 시의 운율이 작가적 두뇌를 활성화시키는 데 도움이 될 것이다.

25

열심히 그리고 빠르게 써라

최근에 나는 한 젊은 작가에게 이메일을 받았다.

내가 NaNoWriMo(전국월간소설작가협회)에 가입했다는 얘기를 했던가요? 나에게는 도전이었지만 어쨌든 글을 써 나가고 있어요. 이렇게 육감에 의존해서 글을 쓰는 데서 재미가 생겨나더군요. 그리고 분명 내게는 효과적인 방법이에요! 나는 약간 강박을 느끼고 있는데, 그래서 초고를 쓰고 나면 그것을 가다듬게 될 때까지 좀 잊어버리고 있으려는 경향이 생겼어요. NaNo 덕분에 이야기를 계속해서 끌고 나갈 기운이 생겼어요. 아주 좋아요.

이야기를 계속할 수 있게 하는 의지 덕분에 이야기는 살아 숨 쉬는 생명력을 얻게 된다.

그러니 초고를 쓰고 있는 당신에게 나는 '열심히 그리고 빠르게 써라'라고 충고한다. 전날 쓴 원고를 다시 읽어보고, 계속해서 앞으로 나아가라. 바로 그것이다. 당신은 초고가 완성될 때까지 이 과정을 안정적이고 빠르게 수행해야 한다.

신인 작가들은 실질적으로 자신들의 글쓰기 능력을 향상시키고 싶어 한다. 출판할 기회를 잡을 수 있도록 말이다. 만약 그들이 특히 습작 기간부터 빠르게 쓰는 버릇을 들인다면, 기회는 더 빨리 올 수도 있다. 그 이유는 바로 이렇다.

먼저, 가장 효과적으로 장편소설을 쓰는 법을 배울 수 있는 방법은 장편소설을 한 번 써보는 것이다. 미완성 원고를 (혹은 퇴고하지 않은 원고를) 계속 붙들고 있는 것보다는 반복적으로 장편소설 쓰기에 도전하는 것이 훨씬 효과적이다.

두 번째, 날카로운 감각으로 단어들을 다룰 수 있는 전문가가 되어야 한다. (가장 중요한 감각은 계약금을 받는데 사용되어야 할 수도 있다. 단어들에 대한 감각은 그다음이다.) 전문가는 기분이 내키지 않더라도, 매일매일 자신의 일을 수행하는 사람을 말한다. 자신이 응원하는 농구팀인 레이커스가 패배했기 때문에 혹은 기분이 좋지 않다는 이유로 수술을 거부하는 외과의사는 없다. 또 변호사가 범죄자에게 고용된 처지를 비관해 마음대로 재판을 연기하고 진짜로 결백한 의뢰인을 만나게 될 날을 꿈꾸면서 해변으로 떠날 수는 없다.

컴퓨터 앞에 앉아 지뢰 찾기 게임이나 하면서 뮤즈가 찾아오기를 기다리는 사람을 전문 작가라고 생각하는 사람은 없다. 전문 작가는 영감이 떠오르든 그렇지 않든 간에, 글을 쓰고 또 써야 하는 사람이다.

나는 한 편의 원고만을 달랑 손에 쥔 채 다른 작업을 시작하지도 않은 작가들을 모임에서 만나면 이런 조언을 해준다. "소설을 한 편 쓰시다니, 멋지군요. 당신은 훌륭한 성취를 일궈낸 거예요. 자, 이제 다음 소설을 쓰도록 하세요. 그리고 다음 소설을 쓰는 동안 그다음 소설을 위한 아이디어들을 발전시키도록 하세요."

에디터들과 에이전트들은 작가들이 계속해서 작품 경력을 쌓아 나가기를 원한다. 그들에게 중요한 문제는 당신이 계속해서 책을 써낼 수 있느냐 하는 것이다.

지난 세기의 가장 위대한 소설 중 몇몇은 매일같이 시간을 할애해 빠른 속도로, 그리고 과감한 결단력을 가지고 글을 쓴 작가들에게서 나온 것이었다.

• 윌리엄 포크너[47]는 단 6주 만에 《내가 죽어 누워 있을 때 As I Lay Dying》를 썼다. 그는 자정부터 새벽 4시까지 글을 썼고, 그렇게 쓴 글을 단어 하나 바꾸지 않고 출판사로 보냈다.

(물론 당신이 포크너가 아니라는 점은 알아두어야 한다.)

|47| **윌리엄 포크너William Faulkner(1897~1962)** 20세기의 가장 위대한 작가 중 한 명으로 손꼽히는 미국의 소설가로 노벨문학상을 수상했다. 《내가 죽어 누워있을 때》, 《성역》, 《음향과 분노》 등의 작품이 있다.

• 어니스트 헤밍웨이 역시 그의 걸작《태양은 다시 떠오른다 The Sun Also Rises》를 6주 만에 완성했다. 1925년, 절반은 마드리드에서 절반은 파리에서 썼다.

• 1953년에서 1954년에 이르는 기간 동안 존 D. 맥도널드는 완성도가 높은 소설을 7권이나 써내는 기염을 토했다. 1950년대를 통틀어 그는 훌륭한 책들을 매우 많이 썼는데, 고전이 된《밤의 끝The End of the Night》도 그것들 중에 포함되어 있다. 이 책은 트루먼 카포티의《인 콜드 블러드In Cold Blood》와 비견된다. 또한《열심히 울어라, 열심히 써라Cry Hard, Cry Fast》라는 책도 그때 나왔는데, 바로 이 책에서 나는 이번 장의 제목을 빌려왔다. 다작하는 편이던 맥도널드에게 다른 작가들은 마티니를 홀짝거리며, "페이퍼백 좀 그만 써라."라거나 "진짜 소설을 써라."라며 좀 더 천천히 써야 한다고 지적했다. 그러나 맥도널드는 콧방귀를 뀌면서 단 30일이면 하드커버로 출간되어 잡지에도 연재되고 독서클럽에서도 읽히며 영화로도 만들어질 소설을 쓸 수 있다고 말했다. 그를 비웃던 다른 작가들은 그가 그런 소설을 쓸 수 없다는 데 50달러를 걸었다. 집으로 돌아간 맥도널드는 한 달 만에《사형집행자들The Executioners》을 써냈다. 이 책은 사이먼&슈스터에서 하드커버로 출간되었을 뿐만 아니라, 잡지에도 연재되었으며, 독서클럽에 선정되었고, 〈케이프 피어Cape Fear〉라는

영화로도 두 번이나 만들어졌다.

• 레이 브래드버리는 단 9일 만에 빌린 타자기로, 지금은 고전이 된 《화씨 451Fahrenheit 451》을 썼다. "집에는 갓난아이도 있었죠." 그가 회상했다. "그리고 살아 있다는 기쁨으로 울어대는 통에 집은 너무나 시끄러웠어요. 작업실을 꾸릴 만한 돈도 없었죠. UCLA 주변을 어슬렁거리다가 파웰 도서관 지하에서 들려오는 타자기 소리를 들었어요. 조사차 그곳으로 가봤는데 30분에 10센트를 내면 빌릴 수 있는 타자기 12대가 놓인 방을 발견했죠. 나는 환호하며 가방에 잔돈을 잔뜩 담아 와서는 그 방에 틀어박혔어요. 아흐레가 지나 나는 9달러 80센트를 지불했고 소설 한 편을 완성하게 되었죠. 그러니까, 그 소설은 푼돈으로 쓴 소설이에요."

• 잭 런던은 장래가 촉망된다는 것 외에는 아무것도 없는 젊은 작가였다. 그는 초보의 방식으로 문장들을 겨우 연결할 수 있을 뿐이었다. 그가 가진 것은 욕망이 전부였다. 그는 입을 굳게 다문 채 방에 틀어박혀 글을 썼다. 매일같이. 때로는 하루에 18시간 동안 글을 쓰기도 했다. 그는 계속해서 거절의 편지들을 받았다. 그러나 그는 쓰고 또 썼다. 그가 40세에 죽음을 맞이했을 때, 그는 성공적인 작품들을 가장 많이 써낸 작가 중 한 사람이 되었다.

- 존 오하라[48]는 빨리, 그리고 잘 썼다. 오랜 작가 활동 기간에 장편이든 단편이든 희곡이든 가리는 법도 없었다.

- 찰스 디킨스[49]도 빨리 쓰는 작가였다. 그에게는 열 명의 아이들이 있었기 때문에 그래야만 했던 것이다. 그는 많은 소설들의 1회분을 잡지에 실었다. 그에게는 다음 장을 써내야 할 의무가 있었다.

- 스티븐 킹은 매일같이, 그러나 생일날과 미국의 독립기념일을 제외하고, 하루에 1,500단어를 썼다고 말했다. 그 찬탄할 만한 결과를 인정받아 전미도서협회의 특별공로상을 받았다.

이런 예는 계속해서 들 수도 있겠지만 한 가지 분명한 것은, 글쓰기에서 천재는 다른 분야와 마찬가지로 99퍼센트의 땀으로 이루어진다는 것이다. 위의 작가들은 작가생활 초기에 이미 엄청난 노력을 쏟아부었다. 남들보다 빨리 쓰는 방법을 통해 스스로 더 발전할 수 있도록 자신을 몰아붙인 것이다. 그들은 단

|48| **존 오하라John O'Hara(1905~1970)** 《사마라의 약속Appointment in Samarra》같은 베스트셀러를 남긴 작가. 냉철한 태도로 사회적 지위와 계급적 차이를 관찰했으며, 사회적으로 성공하고자 하는 야망을 가진 인물들을 주인공으로 묘사했다.

|49| **찰스 디킨스Charles Dickens(1812~1870)** 빅토리아 시대 가장 인기 있던 영국의 소설가로 영국 문학사에서 가장 독보적인 인물들을 창조했다. 그는 《올리버 트위스트》, 《크리스마스 캐럴》 등의 작품을 남겼으며, 그의 작품들은 오늘날까지도 꾸준히 읽히고 있다.

지 순간적으로 반짝이는 영감에만 의존해 그 책들을 쓰지 않았다. 그것들은 꾸준히 헌신적으로 몰입해서 매일매일 작업한 결과물이다.

천천히 조심스럽게, 다듬어가며 쓰는 것이 좋은 글쓰기 방법이라고 믿는 작가 친구들이 있다. 그들에게는 그것이 좋은 방법이다. 그리고 당신에게 좋은 방법일 수도 있다. 그러나 빨리 집중적으로 글을 쓸 때만 나올 수 있는 '영역'이 있다는 것을 강조하고 싶다. 무엇이 되었든 간에 '선행 작업'을 하는 데 시간을 들여라. 그러고 난 뒤 도로테어 브랜드[50]의 작은 책《작가가 되려면Becoming a Writer》의 조언을 참고하라.

'수요일 아침 10시부터 글을 쓰기 시작할 거야'라고 스스로에게 말해보세요. 그리고 그 말을 당신의 머릿속에서 지워버려요. 때때로 그 말이 떠오를 거예요. 일부러 무시할 필요는 없지만, 어쨌든 무시해버려요. 당신은 아직 글을 쓸 준비가 되어 있지 않아요. 계속해서 뒤로 미루세요. 사흘 정도는 별로 위험하지 않아요. 오히려 도움이 될 수도 있죠. 하지만 수요일 아침 10시가 되는 순간, 당신은 자리에 앉아 글을 써야 해요.

자, 이제 한달음에 써 내려가는 거예요. 변명거리도 찾지 말고, 글쓰기를 피할 구실도 찾지 마세요. 그저 단순하게 글을 쓰기 시작하세

|50| **도로테어 브랜드Dorothea Brande(1893~1948)** 뉴욕에서 주로 활동한 작가이자 에디터. 1934년 출간된 《작가가 되려면》은 오늘날까지도 널리 읽히고 있다.

요. 좋은 첫 문장이 떠오르지 않으면, 그 칸을 비워두고 나중에 써 넣으세요. 가능한 빠른 속도로 작업하세요. 작업 과정에서 당신이 할 수 있는 최소한의 주의를 기울이면서요.

스티브 마티니[51]를 인터뷰할 때 나는 작업에 임하는 자세에 대해 질문했다고 그는 대답했다.

"내 초고는 꽤 긴 편인데(13만 단어에서 15만 단어 사이) 넉 달에서 다섯 달 사이에 완성되고는 합니다. 이런 이유로 내 작업시간은 매우 길 수밖에 없어요. 대개는 늦은 아침부터 한밤중까지 계속 되고는 하지요. 마감날짜가 다가오면 다음 날 아침까지 쓰기도 합니다. 그렇게 집약적으로 글을 쓰는 와중에도 나는 플롯을 복잡다단하게 꼬아놓으려고 노력하는데, 시간에 제약을 받을수 록 그렇게 하기가 한결 수월합니다. 그럴 때 오히려 복잡한 서사 적 요소들을 다듬기가 더 쉬워져요."

700여 권이 넘는 책의 저자이자 에디터 아이작 아시모프[52] 는 만약 그가 6개월 정도밖에 살 수 없게 된다면 어떻게 하겠느 냐는 질문을 받은 적이 있었다. 그가 대답했다.

"더 빨리 써야죠."

|51| **스티브 마티니Steve Martini(1946~)** 법정물을 주로 쓰는 미국의 소설가.
|52| **아이작 아시모프Isaac Asimov(1920~1992)** 작가이자 보스턴 대학교의 생화학과 교수. SF소설들 과 과학에 관한 책들로 유명한 그는 수없이 많은 작품들을 썼는데, 그의 책들은 듀이십진분류법DDC의 10개 주요 카테고리 중 9개에 걸쳐 포진해 있다. 오랫동안 멘사협회의 부회장직을 맡기도 했다.

26

퇴고하라. 천천히 엄격하고 냉정하게

당신이 속도를 늦춰야 하는 부분은 바로 퇴고 단계다. 쓴 것을 읽어보고, 더 나은 글이 될 수 있게 해야 한다.

퇴고하는 과정에 대해서는 여기서 더 이상 자세히 언급하지 않을 것이다. 그 대신 '많은 부분을 덜어내라'고 말하고 싶다. 당신은 워크샵이나 합평 과정을 통해 개선의 여지가 없는 부분이나 죽은 것처럼 보이는 부분을 발견할 수 있다. 분명 당신의 글에는 고쳐야 할 부분이 있을 것이다. 그런 부분들을 어떻게 알아낼 수 있을까?

작업 과정을 기록하고, 일정을 확인하고, 당신만의 체크 리스트를 만들어라. 이 과정들을 가능한 정확하게 수행하라. 또 당신이 쓴 원고를 시험삼아 주변의 독자들에게 읽게 할 수도 있다. 만약 그들 중 대다수가 당신의 작품을 좋아한다면, 그대로 계속하면 된다. 만약 한 명 이상의 독자에게 비판적인 평가를 받는다면, 그 부분을 수정하고 그대로 계속하면 된다.

솔 스테인[53]은 《스테인의 글쓰기Stein on Writing》라는 책에서 허점이 있는 원고를 부상병동에 빗대어 설명한다. 이것은 상당히 쓸 만한 전략이다. 당신은 가장 심각한 부분부터 응급처치를 해야 한다. 퇴고를 하는 유일한 방법은 없다. 당신만의 퇴고 방법을 개발하는 것이 가장 좋다. 호흡을 가다듬고, 폭탄 탐지 요원이라도 된 것처럼 매일같이 원고를 들여다봐라. 매일같이.

|53| **솔 스테인Sol Stein(1926~)** 작가이자 출판인이며 에디터.

27

대전제를 정하라

에디터나 에이전트들은 하나 같이 '색다른 것'을 찾아 헤맨다. 출판시장에서 찾아내기 어려운 것이 바로 그 색다른 것이다. 이미 시장에는 비슷한 책들이 나와 있는 경우가 많으므로, 당신이 출간을 준비하는 책은 새로우면서도 상업적이어야 할 것이다. 당신은 이런 책을 어떻게 기획할 것인가? 해답은 당신이 어떤 대전제를 갖고 있느냐에 달렸다. 즉, 당신의 '커다란 그림'을 어떻게 설명할 수 있냐는 것이다.

소설 하나를 구상하기 시작했다면 그것과 관련된 아이디어를 문서로 작성하라. 그리고 마치 어린아이가 가을날의 낙엽이나 조개껍질을 수집하듯이 그 소설을 구상하는 데 도움이 될 만한 단편적인 이야기들을 수집하라. 떠오르는 것은 무엇이든 문서화해야 한다. 그런 뒤 마침내 한 편의 소설로 엮어낼 수 있는 대전제를 결정하고, 그것을 전개시켜야 한다.

당신의 아이디어 목록을 찬찬히 훑어보고, 가장 마음에 드는 아이디어 하나를 선택하라. 나는 가장 마음에 드는 아이디어 들을 내가 '곧 불타오를 아이디어들Front Burner Concepts'이라고 이름 붙인 파일에 보관한다. 충분한 잠재력이 있다고 생각되는 아이 디어들만이 이 파일에 보관된다. 나는 파일들을 자주 들여다보 고, 아이디어들의 순서를 바꿔본다거나, 새로운 아이디어를 끼 워 넣기도 하고, 필요 없게 된 아이디어를 삭제하기도 한다.

그러고 나면 내게도 결정을 내려야 할 순간이 다가온다. 모아 둔 아이디어들 중 어떤 것을 소설로 발전시킬 것인가? 앞으로 몇 달간 내가 매달려야 할 아이디어는 어떤 것일까?

당신이 마련한 아이디어들 중 어떤 것이 곧 '불타오를' 수 있 을까? 다음 과정을 통해 당신의 대전제를 들여다보라.

1. 당신의 주요 등장인물들에게 귀기울였을 때 무엇인가 들을 수 있는가? 만약 아니라면,

   • 캐릭터를 창조하라. 당신은 정말로 그를 '보아야' 한다.
   • 등장인물 스스로 자신을 당신에게 드러내 보일 수 있게 대화 장면을 삽입하라.

2. 주요 인물에게 주인공의 자질을 부여하라. 확연히 드러나 도 좋고, 잠재적으로 품고 있어도 좋다.
3. 반동 인물은 누구인가? 그리고 그 인물이 가진 주인공보다

강한 면모는 무엇인가?

4. '절체절명의 순간'은 어떤 순간인가? (물리적으로, 직업적으로, 심리적으로 어떠한가? 이 모든 것들이 뒤섞인 위기인가?)

5. 주인공은 절정 단계에서 승리할 수 있는가?

6. 주인공은 자아의 내부를 들여다보는 능력이 있는가?

- 종결부를 쓰기 시작하라. 작품의 절정 부분에서 주인공이 성장하는 모습을 그리는 것이 중요하다.
- 최소한 작품의 절정 부분을 거치며 주인공이 자신의 인간성에 어떤 본질적인 요소를 배우게 되는가를 고려해야 한다. 예를 들어, 〈리셀 웨폰Lethal Weapon〉에서 릭스는 자신을 쏘려고 했던 총알을 버린다. 왜냐하면 그는 삶은 살아볼 가치가 있으며 친구들의 사랑도 받아들일 만하다라는 것을 깨달았기 때문이다.

7. 휴식을 취하라.

- 쉬는 동안 주인공에 대해서 충분히 생각하고 있는지 살펴라. 플롯이 아니라 주인공 말이다. 주인공이 실제 인물

처럼 여겨지기 시작하는가? 그리고 가장 중요한 것은 주인공이 스스로 이야기를 끌고 나갈 수 있다고 믿겨지느냐이다. 당신의 이야기가 글로 씌어질 만하다고 생각하는가?

- 아침에 잠에서 깨어난 당신은 여전히 당신의 주인공과 그의 이야기에 빠져 있는가?

8. 당신의 아이디어가 시장성을 갖추고 있는지 냉정하게 생각해보라.

- 어떤 사람들이 당신의 이야기를 읽고 싶어 할까? 그들은 왜 그럴까?
- 위의 질문에 대한 답변이 당신의 책을 출판하게 될 출판사에게도 통할까? (정직하게 답해보자.)
- 사람들이 서점에서 당신 책을 훑어보고 난 뒤에도 구매 의사를 보일까?
- 당신의 아이디어를 한 문단으로 서술해보라. 믿을 만한 친구들 몇 명에게 당신이 쓴 것을 보여주고, 반응을 요구하라. 만약 그들이 당신이 쓴 것을 좋아한다면, 훌륭하다. 만약 그들이 머리를 흔든다면, 다른 방법을 찾아보라. 필요하다면 변화를 꾀해야 한다.

9. 당신에게 짧은 이메일을 보내라. 어떤 훌륭한 글을 발견했다고 친구에게 말해주려는 독자처럼 말이다. 당신은 어떤 기분이 들겠는가? 당신이 파악한 장점은 무엇인가? 메일을 쓰는 동안 너무 흥분해서 장점만을 늘어놓아서도 안 되겠지만, 적어도 메일을 받는 사람이 책을 읽어보고 싶은 마음은 들게끔 써야 한다.

10. 일주일 동안 위의 과정들을 따라해보라. 이번 주에는 각기 다른 아이디어들을 가지고 1번부터 9번까지를 따라해보는 것이다. 그러고 난 뒤 당신만의 독창적인 아이디어로 돌아와서, 아직도 당신이 그 아이디어에 매료되어 있는지, 그리고 그 아이디어를 꼭 써야만 한다고 생각하고 있는지 판단해라. 만약 그렇다면, 본격적으로 아이디어를 전개시켜라.

이처럼 매우 간단한 방법을 통해, 당신은 단번에 한 권의 소설로 요리될 수 있는 가능성을 품은 아이디어들로 무장할 수 있다. 결과적으로 당신은 끝까지 밀고 나갈 단 하나의 아이디어를 선택하게 될 것이다. 쉬운 일은 아니다! 그러나 이 과정은 처음 생각해낸 아이디어 하나만 가지고 씨름하는 것보다는 훨씬 낫다. 시간을 낭비하지 않아도 된다.

전문적으로 글을 쓰기 시작한 이후로, 나는 내게 주어진 지상의 시간은 매우 제한적이며, 따라서 매우 제한된 양의 책을 쓸 수밖에 없다는 생각을 해왔다. 나 자신을 위해, 그리고 독자들을 위해 최상의 것을 선택할 필요가 있다. 위의 방법들은 그런 선택을 하기 위해 내가 즐겨 사용하는 것들이다.

이야기의 두 층위를 염두에 둬라

이야기에는 두 개의 층위가 있다. 이것을 설명하기 위한 다양한 용어들이 있지만, 나는 간단히 '외부'와 '내부'라는 용어를 사용한다.

외부의 층위는 (흔히 '플롯'이라 불린다.) 주인공을 둘러싸고 벌어지는 사건들에 대한 기록이다.

내부의 층위는 (흔히 '이야기'와 동급으로 여겨진다.) 플롯의 결과로 인물의 내면에서 벌어지는 일들에 대한 기록이다.

소설을 구상할 때나, 아이디어들을 떠올릴 때, 혹은 단순히 머리만 굴리고 있을 때라도, 항상 두 가지 측면을 같이 생각해야 한다.

위의 두 층위를 설명하고 있는 다른 용어들은 이렇다.

┌ 외부: 행위action
└ 내부: 반응reaction

┌ 외부: 동작motion
└ 내부: 감정emotion

┌ 외부: 목표goal
└ 내부: 성장growth

┌ 외부: 성취attain
└ 내부: ~이 되다become

위의 층위들 중 무엇이 더 강조되느냐에 따라 앞으로 쓰게
될 소설의 성격은 달라진다. 일반적으로 인물 위주의 이야기는
인물의 내적 성장에 더 주의를 기울이게 되는 반면, 플롯 위주
의 이야기는 행위에 더 초점을 맞추게 된다. 그러나 이것은 일반
적인 설명일 뿐이고, 실제로 독자가 느끼게 될 기분을 상상하며
이야기를 쓰려는 당신은 좀 더 구체적인 결정을 내려야 할 필요
가 있다. 등장인물들이 스스로 자아의 내부를 탐험하게 하라.
다음 질문들을 염두에 둔 채 초고를 쓰는 것이 좋다.

1. 소설이 '총체성'을 획득하려면, 작품의 마지막에서 주인공
   은 어떤 인물이 되어야 하는가?

2. 주인공에게 총체성을 부여하는 것은 왜 중요한가? 이 작품
   에서 '삶의 교훈'은 무엇인가?

3. 지금 주인공은 어디에 있는가? (망가졌는가?) 묘사하라.

4. 주인공은 왜 이렇게 행동하는가? (주인공의 과거를 돌이켜보라.)

5. 주인공은 과거에 상처를 받았는가? 과거의 상처는 주인공
   의 현재에 어떻게 드러나는가? (주인공의 행동, 태도, 반응은 어떠
   한가?)

6. 지금 주인공이 총체적인 인간으로 거듭나는 데 방해되는
   것은 무엇인가?

7. 변화를 꾀하려는 주인공에게 필요한 것은 무엇인가? (혹은
   주인공이 변화를 거부하는 까닭은 무엇인가?)

8. 총체적인 인간이 되려는 주인공이 희생해야 할 것은 무엇
   인가?

9. 마지막 장면이나 이미지는 어떻게 주인공의 변화를 입증하
   는가?

우리에게 친숙한 사례인 〈카사블랑카Casablanca〉에서 험프리 보
가트가 연기한 릭Rick을 보자.

1. 영화의 마지막 부분에서, 릭은 총체적인 인간으로 거듭나기 위해 더 커다란 집단(그의 조국과 전쟁)으로 되돌아가야 한다.

2. 교훈은 분명하다. 어떤 사람도 섬처럼 외떨어져 있지 않다. (릭의 경우처럼 주인공이 반영웅인 경우일수록 이 주제는 더욱 친숙하게 느껴질 것이다.)

3. 주인공은 (문자 그대로) 사막에 떨어져 있다. 차를 함부로 몰면서 고개를 빳빳이 쳐든 채 자신의 죽음에도 신경을 쓰지 않는다. (그가 일사에게 이렇게 말하는 부분이 있다. "어서 총을 쏴. 그게 나를 도와주는 거야.")

4. 릭이 이렇게 말하는 이유는 그가 세상에서 가장 사랑한 여인이 그를 배반했기 때문이다. (혹은 그가 그렇게 생각하는 것일 수도 있다.)

5. 릭은 자신의 크나큰 상처 때문에 타인에게 일어나는 일들에 신경 쓰지 않게 되었으며, 술독에 빠져 모든 일들을 냉소적으로만 바라본다.

6. 릭이 자신을 변화시킬 수 없던 까닭은 누구도 진정으로 그에게 가닿지 않았기 때문이다. 친구 샘도, 그가 내팽개친

여자들도 마찬가지였다.

7. 릭은 변화를 강요받으면서도, 그것을 거부한다. 일사가 빅토르 라슬로와 함께 카사블랑카에 나타났을 때도, 릭은 단지 나치의 손아귀에서 그 둘이 벗어나는 것만을 도와줄 뿐이다.

8. 릭은 자신의 행복을 희생한다. 일사는 릭과 함께 떠나야 한다고 주장하지만, 릭은 그녀가 빅토르와 함께 비행기를 타야 한다고 우긴다. 그리고 릭은 목숨을 걸고 나치의 장군인 슈트라세를 저격한다.

9. 마지막 장면에서 릭은 전쟁에 뛰어들기 위해 친구 르노 대위를 따라간다. 다시 태어난 반영웅이 자신이 소속되어 있던 집단으로 돌아온 것이다.

어떤 종류의 소설을 쓰든 간에, 이야기의 내부와 외부라는 두 가지 층위를 반드시 기억하고 있어야만 한다. 그것이야말로 당신의 원고가 에디터와 에이전트들의 게슴츠레한 눈앞에 놓이기 전의 험난한 여정을 지나 그들의 눈을 번뜩이게 할 수 있는 훌륭한 방법이기 때문이다.

29

가능성을 받아들여라

당신이 '인물 위주의 이야기'를 쓰는 작가라면, 적어도 작업시간의 10페센트 이상을 인물의 행동 서술에 할애해야 한다. 인물의 주변에서 지금 벌어지고 있는 사건들을 좀 더 충격적이고, 신선하고, 매혹적이게 하려면 어떻게 써야 할까?

만약 당신이 '플롯 위주의 이야기'를 쓰는 작가라면, 작업시간의 10퍼센트 이상을 인물의 정서를 깊이 파고들어가는 일에 할애해야 한다. 인물이 어떻게 사건에 반응하는가, 그리고 그런 사건들이 인물의 심리에 어떤 위협을 가하는가에 대해서 말이다.

이처럼 10퍼센트 시간 훈련을 하게 될 때는, 때로는 과감하게 시간을 배분할 필요가 있다. 왜냐하면 항상 글쓰기의 막바지에 도달해서야 전체적인 시간을 가늠할 수 있기 때문이다. 한 발짝만 더 나아가라. 조금만 더 시간을 들여라. 그렇지 않으면 목적에 있는 값진 수확물들을 놓쳐버릴지도 모른다. 그러니 이제 새

문서파일이나 노트를 꺼내 멈추지 말고 5분간 글을 써보라. 빠르게 사고를 전환해가며 '나쁜 일'이 벌어질 가능성의 목록을 작성하는 것이다. 편집하지 마라. 좀 더 대담해져야 한다.

그리고 글쓰기를 잠시 멈추고, 몇 분 정도 서성거려보라. 그다음 다시 책상 앞으로 돌아와 당신이 가장 좋아하는 아이디어를 선택하라. 그것을 가지고 한 장면을 써보라. 다른 장면들 몇 개를 더 써보면서, 이 과정을 반복하라.

플롯 위주로 글을 쓴다면, 주인공에게 일어날 법한 나쁜 일들에 대해 생각해봐야 한다. (그럴 만한 일들은 충분히 있다!) 이제 새 문서파일이나 노트를 다시 꺼내서, 5분 동안 '인물이 스스로의 목소리로 말하는 내용을 들어보라.' 가능한 열정적으로 주인공의 내면을 묘사해보라. 물론 주인공의 어조로 말이다. 그리고 주인공의 말에 좀 더 깊이를 부여하라.

다시 글쓰기를 멈춘 뒤, 몇 분간 서성거린 뒤에, 다시 자리에 앉아 가장 잘 썼다고 생각되는 부분을 살펴보라. 그리고 대화나 독백을 통해 주인공의 내면을 나타내는 부분들을 부각시키면서 그 장면을 다시 써라.

30

주인공을 사랑하게 만들어라

플롯에만 신경을 쓴다고 이런 작업이 가능한 것은 아니다. 이야기를 이리저리 비틀고 꼬아대고 추적하며 총을 쏘아대는 상황을 던져놓는다고 독자들이 주인공과 단번에 사랑에 빠지는 것은 아니라는 말이다. 소설이 성공을 거두려면, 독자들이 소설 속의 주인공을 사랑해야 한다.

다시 말하지만, 주인공의 유형에는 세 가지가 있다. 긍정형, 부정형, 반영웅형.

전통적인 모습의 긍정형 주인공은 집단의 가치를 대변하는 영웅에 가깝다. 독자들이 그런 주인공을 사랑하는 이유는 승리를 거두는 모습에서 자신들의 승리를 맛보게 되기 때문이다. 즉, 독자들은 주인공을 통해 스스로의 도덕적 정당성을 확인받고 싶어 하는 것이다.

부정형의 주인공이란, 말 그대로 사람들이 받아들이지 않는 유형의 주인공이다. 만약 이런 주인공이 승리한다면, 나쁜 주인공을 따르는 무리들도 덩달아 승리하게 되기 때문에, 이런 주인공은 실패하는 경우가 많다.

반영웅형의 주인공은 자신만의 도덕적 규범을 따른다. 이런 주인공은 자신이 속한 집단을 떠나 있다. 이런 유형의 주인공이 등장하는 소설에서는 대개 주인공을 과거의 사건과 엮어놓고, 중대한 결정을 내리게 한다. 그는 그대로 머물 것인가, 혹은 과거로 돌아가 다시 혼자가 될 것인가?

독자는 위의 세 가지 중 어떤 유형의 주인공하고도 사랑에 빠질 수 있다. 우리가 긍정형의 주인공을 사랑하는 까닭은 그가 우리 편에 속하기 때문이며, 반영웅형의 주인공을 사랑하는 까닭은 우리가 특별한 인물을 좋아하기 때문이다. 그렇다면 부정형 주인공도 사랑받을 수 있을까?

'금지된 사랑'이라는 오래된 주제를 생각해보자. 대개 권력 간의 갈등 속에서 금지된 사랑도 나타난다. 우리는 강하면서도 부정적인 주인공에게 끌리는 경향이 있는데, 특히 그가 매력적인 인물일수록 더욱 그렇다. 우리도 내면적으로는 그처럼 강한 힘을 지니고 싶어 하기 때문이다.

자, 이제 당신의 주인공들이 듬뿍 사랑받을 수 있게 하려면 어떻게 써야 하는지 알아보자.

1. 위대한 주인공들에게는 투지와 위트, 그리고 '그것'이 있다.

'투지'는 대담무쌍함, 내면의 용기를 말하는데 이것은 주인공이 이야기가 전개되는 동안 발전시켜 나가야 할 것들이다. 위트는 약간의 유머감각을 갖춘 정신적인 명민함을 뜻한다. 주인공이 플롯에 숨겨진 많은 위협들을 헤쳐 나가는 동안 필요한 것이 바로 위트다. 그리고 '그것'은 보통 '성적인 매력'의 뜻으로 사용되지만, 여기서는 내부에서 올라오는 에너지라고 해두자. 무성영화 시대의 여배우 클라라 보우Clara Bow는, 20년대의 '잇 걸it girl'로 각광받았다. 스크린에서 그녀는 자신에게 저항할 수 없는 남성들의 숭배를 받는 역할을 태연하고도 냉정하게 연기했다. 당신의 주인공은 누구나 홀딱 빠질 정도로 매력적인 내면의 '그것'을 품고 있어야 한다.

2. 등장인물들은 위기를 겪게 된다. 시민전쟁 발발 당시의 상황을 그린 〈바람과 함께 사라지다〉의 스칼렛 오하라를 모르는 사람은 없을 것이다. 고난을 겪게 된 그녀는 (자신의 이기심을 버리고) 그 고난을 떨쳐버리기 위해 강해져야 했다. 〈대부〉의 마이클 콜레오네는 자신의 아버지가 살해당했을 때 스스로 대부가 되기 위해 길을 떠난다. 등장인물들도 위기를 겪어야만 한다. 당신은 그들의 내면에서 어떤 일들이 벌어지는지 알아보아야 한다.

3. 주인공의 내면에 흐르는 심오한 생각들이나 갈망, 비밀 그

리고 공포에 대해 충분히, 글을 쓰기 시작하면서부터 미리 알고 있어야 한다. 어떤 작가들은 주인공과 관련된 방대한 양의 전기적 사항들을 미리 결정한다. 내 생각에 이것은 힘든 작업이다. 내가 더 선호하는 방식은 인물들이 스스로 말하게 하는 방법이다. 내 작업은 그저 등장인물들이 의식의 흐름에 따라 이야기하게 놓아두고, 그들의 말을 기록하는 쪽에 가깝다. 마치 등장인물들과 인터뷰라도 하는 것처럼 그들 스스로 말하게 하는 것이다.

4. 독자들이 주인공에게 감정적인 밀착감을 느껴야 한다. 다음의 방법들을 참고하라.

• 주인공이 자신보다는 타인을 배려하게 하라.
• 주인공이 자신보다 더 약한 사람들을 도와주는 부분을 삽입하라. (이것은 바로 '강아지 쓰다듬기' 전략이다.) 텔레비전 시리즈인 〈매드 맨Mad Men〉을 한번 보자. 여자들의 꽁무니나 뒤쫓는 주인공 돈 드레이퍼는, 게이 커플 한 쌍과 엘리베이터에 타게 된다. 게이 커플은 성적인 내용의 대화를 나눈다. 한 여자가 엘리베이터에 탄다. 게이 커플은 계속해서 야한 대화를 나눈다. 드레이퍼는 여자의 불편한 기색을 눈치 채고는, 시끄러운 남자들에게 "모자 벗어요."라고 말한다. 그러자 그 커플은 "뭐라고요?"라고 반문한다. "모자 벗으라고

요." 하고 말한 드레이퍼는 커플 중 한 남자의 머리에서 모자를 벗겨내 그것을 그의 가슴팍에 문지른다. 그다지 대단할 것도 없어 보이는 행동이지만, 이 인물은 필요한 순간에 용기 있는 행위를 한 것이다. 또 한 가지 더 특기할 만한 점은 드레이퍼가 매너에 있어 '클리셰'에 가까운 행동을 하지 않았다는 데 있다. 드레이퍼는 이런 행동 때문에 자신의 개성을 드러낼 수 있는 것이다.

• 주인공을 위태로운 상황이나 고난, 혹은 역경에 처하게 하라.

이런 방법에 따라 주인공을 묘사해보라. 그러면 적어도 75퍼센트의 독자들은 당신의 책을 끝까지 손에서 놓지 못할 것이다.

31

등장인물의 내면에서 갈등과 투지를 발생시켜라

주인공이 내면적 투지를 불태울 때 다음 이야기가 연결되기 시작하고, 바로 이 지점에서 서사도 생겨난다. 주인공이 내면의 투지를 유지할 때 그는 단지 플롯에 의한 것만이 아닌 삶 그 자체를 돌아보게 된다.

그러나 내면의 갈등은 플롯에서 비롯된다. 등장인물이 플롯에 따라 자신의 목표를 좇는 동안 내면에는 당연히 갈등이 생겨날 수밖에 없다. 주인공의 내면에 투지나 갈등을 생겨나게 하려면 다음 방법을 참고하라.

내면의 투지

먼저 주인공이 지닌 가장 긍정적인 자질을 파악하라. 소설을 다 읽고 난 독자들이 주인공에 관해 가장 알고 싶어 하는 것들은 무엇일까? 그런 것들을 결정해야 한다. 그리고 주인공이 긍정적으로 거듭나는 데 방해가 되는 요소들을 적어보라. 소심함이나 우유부단함 같은 요소들 말이다.

다음으로, 주인공이 내면적 투지를 불태우게 될 배경을 만들어야 한다. 주인공의 트라우마는 어린 시절의 우연한 사건에서 비롯된 것일 수도 있다. 혹은 유별난 성장 과정을 겪었을 수도 있다. 혹은 주인공이 우러러보는 인물이 주인공에게 삶에서 결코 아무것도 성취하지 못할 것이라며 그를 좌절시킨 것일 수도 있다. 이렇게 당신의 소설이 독자의 마음을 울릴 수 있도록 주인공에게 극적인 요소를 부여하는 것이 좋다.

내면의 투지는 결코 단순히 플롯에 의해서만 생겨나는 것이 아니다. 주인공은 자신의 과거에서 플롯으로 이동하는 동안 내면에 투지가 생겨난다. 그리고 줄거리를 이끌어 나가는 동안 계속해서 마음속에는 투지가 불타오르고 있다. 플롯이 주인공을 압박하면 주인공은 자신의 투지를 발휘해 사건을 헤쳐 나가야 한다.

주인공이 자기 자신과 대결해야 하는 경우도 있다. 이때 주인공의 내면은 둘로 갈라진다. 따라서 주인공은 자신이 제어할 수 있는 한 쪽을 선택해야만 한다. 평범한 주인공을 원하지 않는다면 이런 과정을 따라해보라. 그러면 당신은 대단한 노력을 들이지 않고도 자연스레 당신의 인물을 역동적이면서도 입체적인 인물로 그려낼 수 있을 것이다.

내면의 갈등

주인공은 플롯이 진행되어감에 따라 내면의 갈등을 겪게 된다. 즉, 주인공이 추구하는 목표에 따라 내면의 갈등도 빚어지는 것이다. 주인공은 자신의 안위를 위해 무언가를 얻어야 할 때도 있고, 무언가를 버려야 할 때도 있다. 목표를 달성하지 못하는 주인공은 물리적인 이유로, 사회적인 이유로, 심리적인 이유로 죽음을 맞이하고 말 것이다.

방해자들과 맞닥뜨리게 될수록 주인공의 내면에서는 점차 포기해야 한다는 목소리가 울리게 된다. 이 목소리는 자신의 순수한 공포에서 나오는 것일 수도 있고 자신의 한계가 명백해 보이기 때문에, 혹은 주인공이 마주한 난처한 상황들 때문에 듣게 되는 것일 수도 있다. 당신은 이런 상황들을 가능한 한 어렵고 난처하게 만들 수 있다. 그러면 자연히 주인공에게는 정서적인 어려움이 더해진다.

다른 예를 들어보자. 내면의 투지를 드러내는 한 페이지 분량의 긴 단락을 고도로 집중해서 써보자. 그리고 내면의 갈등을 드러내는 단락을 하나 더 써보자. 두 단락을 쓰는 동안 스스로의 감정이 급격하게 변하는 것을 느낄 수 있을 것이다. 이렇게 쓴 두 개의 단락이 소설의 어느 부분에 위치할 수 있는지 살펴보라. 물론 필요에 맞게 다시 고쳐 쓸 수도 있다. 그러나 두 개의 단락 모두 당신의 소설 어느 한 부분에 들어갈 수 있게 해야한다.

미키 스필레인[54]은《어느 외로운 밤One Lonely Night》의 주인공 마이크 해머의 내면을 이런 방식으로 드러낸다.

그러므로 판사는 내내 옳았다. 나는 혈관을 타고 흐르는 머릿속의 광기가 날 선 신경들을 껌처럼 씹어대며 나를 사람의 탈을 쓴 미물로만 남아 있게 한다는 것을 느낄 수 있었다. 판사가 옳았다! 황혼녘과 새벽녘에 너무나 많은 일들이 일어났다. 모든 쾌락은 살인에서 비롯되었다. 네가 공포에 질려 있을 때조차 싸늘한 웃음을 지을 수 있도록 하는 외설적인 쾌락……. 나는 살인을 즐겼다. 살인하는 모든 과정을 즐겼다. 나는 응당 죽어야만 하는 사람들을 죽였고, 죽기를 바라는 사람들을 살해했다. 그러나 요점은 이것이 아니다. 나는 쾌락으로 살인을 했다! 판사가 옳다는 것을 알고 있었다! 나는 썩어버렸다. 그리고 나는 그 순간 반쯤은 비웃음으로 내 얼굴이 일그러지고 있다는 것도 알고 있었다. 나는 팔 아래 권총을 지닌 채 기분 좋게 기대어 앉아 있었다. 심장이 쿵쿵 뛰기 시작했다. 누군가가 곧 죽어 나갈 것이기 때문이었다. 그 누군가는 나일 수도 있다. 다른 끝내주는 방법은 생각할 수도 없었다.

독자들이 정서적인 경험을 겪게 되는 순간은 바로 주인공이

|54| **미키 스필레인Mickey Spillane(1918~2006)** 수없이 많은 범죄소설들과 탐정소설들을 쓴 소설가. 마이크 해머라는 유명한 인물을 창조했다.

내면의 투지와 갈등을 드러내는 순간이다. 독자들이 당신의 인물들에게 감정적으로 몰입하게 하려면 위의 방법을 열심히 따라해보라.

32

구원 개념을 이해해야 한다

많은 위대한 소설들은 등장인물이 구원을 받거나, 혹은 구원받지 못하는 이야기를 다루고 있다. 구원을 다루는 이야기를 통해 다소 평범할 수 있는 줄거리도 구체적인 힘을 발휘할 수 있다.

〈사계절의 남자A Man for All Seasons〉는 리처드 리치라는 인물을 통해 구원이라는 주제를 구현하고 있다. 리치는 도덕적 갈림길에 서게 된다. 그는 웨일스를 통치할 기회를 잡으려면 토머스 모어 경에 대한 위증을 해야 한다. (내가 이 영화에서 아주 좋아하는 대사가 있다. 폴 스코필드가 인상적인 대사를 읊조리는 것이다. "어째서, 리처드여. 이 세상 전체를 위해서는 아무런 가치도 없는 영혼이, 웨일스를 위해서는 그렇다는 말인가?") 그리고 토머스 모어는 자신의 원칙을 포기하기를 강요받는데도 불구하고 그것을 거부하는 인물로 그려진다.

〈탈주자The Fugitive〉에서 구원의 기회를 받아들이는 인물은 리처드 킴블(해리슨 포드)이 아니라 샘 제라드(토미 리 존스)다. 그는

"나는 관계없어!"라고 외쳐대는 보안관들하고는 달리, 자신의 일이 아님에도 불구하고 킴블을 구하기 위해 노력한다. 마지막 부분에서 그는 킴블에게 자신이 도와주었다는 사실을 "아무에게도 말하지 마."라고 말한다.

플래너리 오코너[55]는 "자비로워야 할 필요가 있다."고 말했다. 그러니 구원을 받아야 하는 주인공이나, 주인공이 구원받는 데 매개가 될 인물들이 필요해진다. 이런 일들이 어떻게 나타나야 하는지 알아보자.

- 〈브레이브하트Braveheart〉: 윌리엄 월러스의 죽음으로 로버트 더 브루스는 구원을 받는다.
- 〈대부The Godfather〉: 주인공 마이클은 진실을 알려 달라고 하는 부인 앞에서 거짓말을 함으로써 구원을 받는다.
- 〈뻐꾸기 둥지 위로 날아간 새One Flew Over the Cuckoo's Nest〉: 브롬은 맥머피를 통해 구원받는다.
- 〈툿시Tootsie〉: 주인공 마이클은 여성들을 인격적으로 다루는 법을 배우게 되면서 구원받는다.
- 〈카사블랑카〉: 주인공 릭은 술에 절어 보내던 생활을 청산하고 전쟁에 뛰어들기 위해 카사블랑카를 떠나게 되면서

|55| **플래너리 오코너Flannery O'Connor(1925~1964)** 미국 남부를 배경으로 그로테스크한 인물들을 주로 묘사한 소설가.

구원받는다.

- 〈선셋 대로Sunset Boulevard〉: 조 길리스는 구원을 받지만, 이미 때는 너무 늦어 있었다. (비극적인 구원이라 볼 수 있다.)

구원은 '선택'에 결부된 문제다. 인물이 옳은 선택을 하게 되면 그는 구원을 얻지만, 잘못된 선택을 하면 도덕적으로 곤란한 상황에 처하게 된다. 옳은 선택은 주인공을 망가진 삶에서 끌어올린다. (부정적인 힘에 지배당하던 삶을 살아온 주인공은 내면적 투지를 불태우게 된다.)

〈카사블랑카〉의 앞부분에 등장한 릭은 타인에게 무슨 일이 일어나든지 눈썹 하나 까딱하지 않는 인물이었다. 그는 "나는 누구를 위해서도 고개를 숙이지 않아."라고 말한다. 그러나 우리는 릭의 카페에서 우가르테가 경찰에 체포될 때, 릭의 얼굴에 내면적인 투지가 나타나는 것을 보게 된다. 그러나 릭은 목숨을 구걸하는 우가르테를 보면서도 단지 뺨을 실룩일 뿐 그를 돕지는 않는다.

마지막 부분에서 릭에게는 두 가지 선택지가 주어진다. 다른 남자의 아내(그의 진정한 사랑 잉그리드 버그만을 그대로 빼닮은 여자)를 빼앗을 수도 있고, 대의를 위해 자신의 욕망을 버릴 수도 있다. 비록 그의 인생을 희생하더라도 말이다. 우리는 모두 그다음에 무슨 일이 일어났는지 알고 있다.

릭이 일사를 아내로 맞았다면, 그는 그저 빛 좋은 개살구에 지나지 않는 행복을 얻었을 것이고, 계속해서 술을 마셔대며 일사를 괴롭혔을 것이다. 그러나 그가 옳은 선택을 한 덕분에, 그는 진정한 애국자가 될 기회를 가질 수 있었다. 당신의 이야기에 깊이를 부여하려면, 구원의 모티프를 집어넣어라. 구원의 대상은 주인공이 될 수도 있고, 다른 인물이 될 수도 있다.

　당신의 주인공은 어떤 선택을 내릴까? 그리고 그 결과는 어떻게 될까?

33

대전제는 견고하고도 신선한 장면으로 뒷받침해라

소설을 구축하는 벽돌 구실을 하는 것이 바로 '장면'이다. 훌륭한 대전제를 지탱하려면 견고하게 씌어진 장면들이 필요하다. 물론 다채로운 인물들이 페이지마다 등장해야 할 것이다. 그러나 그들 사이에 첨예한 갈등이 나타나지 않는다면 흥미를 가질 독자들은 없다.

당신이 쓰고 있는 소설의 장면들이 상투적으로 읽히거나, 밋밋하고 단조로워지지 않도록 주의하라. 당신은 언제나 신선한 장면들을 써야 한다. 여기 당신에게 도움이 될 만한 기법 다섯 가지가 있다.

하나. 대화에 흐름을 부여하라

오직 대화로만 이루어진 한 장면을 써보도록 해라. 그리고 대화가 자연스레 흘러가게 하라. 너무 깊이 생각해서는 안 된다. 다 쓰고 나면 다시 한 번 읽어보고 무엇에 관한 장면인지 생각해보라.

나는 서로 대립하는 변호사들에 대한 장면을 쓴 적이 있다.

"정말 그걸로 끝났다고 생각합니까?"

"뭐가 됐든 이제 됐어요."

"변호사 자격도 박탈될 텐데요."

"그걸 증명할 수 있다고 생각합니까? 어떤 꼴이 될지 생각이나 해봤어요?"

"내가 어떻게 되든 미리 재볼 필요는 없어요."

"나는 당신 부인 필보다 당신을 더 잘 알아요, 폴."

이 대화에서 마지막 대사가 나올 이유는 어디에도 없다. 그런데 어째서 등장인물은 이와 같은 말을 했을까? 물론 나는 마지막 말을 삭제할 수도 있었다. 그러나 나는 마지막 말이 무언가를 함축할 수 있다고 생각했다. 즉, 이 말을 한 변호사는 지난 6개월간 폴을 몰래 조사해왔다는 것을 은연중에 드러내고 있는 것이다. 이것은 모두 대화를 통해 알려지게 된다. 그러니 당신이 미처 모르고 있던 것이 대화의 흐름 속에서 나타나게 써봐라.

둘. 노출을 피하라

작가가 서사 구조 안에 어떤 정보를 흘리는 순간 이야기의 흐름은 즉각적으로 고정된다. 당신이 주의를 기울이지 않는다면,

중요한 정보는 노출되고 이야기는 재미 없어질 것이다. 당신이 애써 공들여 써낸 장면이 힘을 잃게 될 수도 있다.

가장 먼저 주의해야 할 것은 불필요한 정보 노출을 막는 것이다. 결정적인 순간이 아니라면, 노출을 지연시켜라. 만약 그런 노출이 전체적인 이야기에 결정적인 힘을 행사하지 못하는 것이라면, 그것을 빼버려라. 가장 중요한 정보는 인물 간의 대화나 인물의 생각 속에 '숨겨질' 수 있다.

투박한 예를 한번 살펴보자.

코스모는 성공적인 의사였지만, 그에게는 어두운 비밀이 하나 있었다. 의사생활 초기에 그는 환자의 간을 맹장으로 오인해 제거한 것이다. 그 일로 그는 심각할 정도로 술을 많이 마시게 되었다. 그렇지만 그런 사실을 그의 동료나 환자들이 절대로 눈치 채지 못하도록 했다. 모든 사람들에게 그는 사회의 기둥 역할을 하는 사람으로 알려져 있었다.

매우 진부하다. 그러나 만약 책상 앞에 앉아 있는 코스모에게 전처가 찾아와 더 많은 위자료를 지급하라는 법원 명령을 들이미는 상황이라면?

코스모는 진료기록을 검토하고 있었다.
"밀리!"

"법원 명령이에요."

밀리가 그의 앞에 흉측한 서류들을 내던지며 말했다.

"이렇게 불쑥 찾아오면 안 돼요. 환자들이 기다리고 있단 말이오."

밀리는 웃었다.

"내 앞에서 그 따위 존경받는 의사 행세를 할 생각 말아요. 몇 년 동안이나 동네 술집에 박혀 있는 당신을 찾으러 갔던 사람은 바로 나니까. 아직도 약솜 병 안에 위스키를 숨겨놓고 있죠?"

코스모는 창가 쪽에 올려둔 약솜 병을 흘깃 바라보고는, 다시 전처를 향해 몸을 돌렸다.

"그래서, 어쩌자는 거요. 나를 중상이라도 하겠다는 건가?"

"내가 당신을 중상하려고 했다면, 아마 오래전에 얼치기 의사에게서 간을 떼인 산티니 씨 이야기를 신문에 떠들어댔을 거예요."

"또 나보고 그때 그 일을 생각하라는 건가?"

"도대체 누가, 커다란 병원의 의사로 하여금, 맹장인 줄 알고 간을 제거하게 했을까?"

밀리는 고개를 흔들었다.

"차라리 당신을 해부용 시체라고 생각하고 싶군!"

코스모가 말했다.

"나는 내 이름을 당신 때문에 더럽히고 싶지 않아!"

"법정에서 봐요."

밀리는 몸을 돌려 방을 걸어 나갔다. 코스모는 깊이 숨을 들이쉬고 난 뒤, 약솜 병을 열어 잭다니엘 병을 꺼냈다.

당신은 이제 방법을 알아차렸을 것이다. 이야기 속에서 어떤 의혹이 불거지고, 두 명의 등장인물이 논쟁을 벌인다. 당신은 그 논쟁에서 어떤 정보를 노출해야 한다. 이런 방법은 언제나 효과적이다. 엘모어 레너드[56]는 이런 말을 한 적이 있다. "당신은 소설 속에서 필요한 모든 정보를 대화를 통해 드러낼 수 있다."

인물의 생각을 통해 정보를 노출할 수도 있다. 밀리의 시점에서 위의 이야기를 다시 살펴보자.

밀리는 고개를 흔들었다. "정말이지 한심한 남자야. 아직도 술에 절어서 맹장 대신 간을 제거한 사실을 잊으려고 하는 모양이지."

셋. 사건을 뒤집어라

우리는 낯설지 않은 선택을 하려는 경향이 있다. 그러나 이것은 상투적인 이야기로 향하는 지름길이다. 당신은 사건을 뒤집는 법을 배워야 한다. 지나치게 전형적인 인물이 등장하는 이야기에 몰입하는 독자는 아마도 없을 것이다. 한 손으로는 핸들을 잡고, 다른 한 손으로는 뜨거운 블랙커피를 든 채 고속도로를 질주하는 한밤중의 트럭운전사를 상상해보라. 상상했는가? 장담하건대, 당신은 분명 야구모자나 카우보이모자를 쓴 건장한 남성을 마음속에 떠올렸을 것이다. 익히 알려진 트럭운전사

|56| **엘모어 레너드Elmore Leonard(1925~)** 미국의 소설가이자 각본가로, 50년대까지는 주로 서부극을 썼으나 이후 범죄소설들을 쓰기 시작했다. 그의 소설들은 대부분 영화화되었다.

의 모습 말이다. 이것이 바로 클리셰다. 흥미를 끌 만한 것이 아무것도 없다.

그런데 만약 이 장면을 뒤집어 본다면? 예를 들어 트럭운전사가 여자라면? 이것을 써보라. 자, 이제 당신은 여자 트럭운전사를 묘사해야 한다. 하지만 내 생각에 당신은 여전히 '터프한' 여성을 마음속에 그리고 있는 것 같다. 왜냐하면 모든 트럭운전사들은 터프하기 때문이다. 어떤가? 인물이나 사건, 장면들을 이리저리 뒤집어보라. 위의 여자 트럭운전사가 야회복을 입고 있다면? 당신이 그려낼 수 있는 것은 무엇일까? 어째서 그녀는 그렇게 옷을 차려입었을까? 그녀는 어디로 가는 것일까? 그녀를 따라오는 사람은 누구일까? 당신은 이 놀이를 묘사뿐만 아니라 대화 장면으로도 풀어낼 수 있다.

"우리의 모임을 시작할 시간이야."

존슨이 말했다.

"일정을 확인해보자고."

"좋아."

스미스가 말했다.

"첫 번째 사안은 노어우드 계획이야. 두 번째는 P&L 성명이고, 세 번째는 고용인 이득 관련."

이제 뒤따라 나올 수 있는 대답을 뒤집어보자.

"우리의 모임을 시작할 시간이야."

존슨이 말했다.

"일정을 확인해보자고."

"네가 알아서 해."

스미스가 말했다.

혹은,

"누가 넥타이를 골라줬어?"

"난 그만두겠어."

"병신."

위의 대화처럼 같은 상황을 여러 가지로 써보는 일의 또 다른 이점 하나는, 당신이 등장인물에 관해 통찰한 것들이나 부가적인 설명들을 대화 속에 슬며시 끼워 넣기가 수월하다는 것이다. 원하는 만큼 뒤집기 놀이를 계속해보라. 그러면 인물들, 장면들 그리고 대화들을 신선하게 요리할 수 있을 것이다.

넷. 눈감기 기술을 활용하라

생생한 장면을 그려내려면, 풍부한 세부 묘사를 통해 구체적인 배경을 구축해야 한다. 그러면 이런 세부 묘사는 어떻게 쓸 수 있을까? 주인공이 친구가 살고 있는 집에 막 들어온 참이라고 가정해보자. 눈을 감고 이 집을 '보라'. 그러고 나서 당신이 그 장면을 보도해야 하는 리포터인 양 당신이 본 것들을 기록하라. 눈앞에 드러난 모든 세부사항들을 묘사하고 나서 필요 없는 것들을 편집하라. 그러나 당신의 작업에 도움이 될 만한 생생한 재료들까지 삭제해서는 안 된다.

다섯. 당신의 목표를 상기하라

당신이 쓰는 소설 속의 모든 장면들은 볼록렌즈를 통해 보듯 뚜렷하게 확대된 사건들을 나타내야 한다. 즉, 당신이 쓰고자 하는 바로 그 순간 말이다. 당신이 쓴 장면들이 이런 순간들을 뚜렷하게 드러내지 못한다면, 그 장면들을 버리거나 다시 써라. 볼록렌즈를 들여다보고 있다고 생각해보라. 그러면 사건을 완전히 뒤집거나, 결정적인 대화 장면들을 써낼 수 있을 것이다. 바로 이런 장면들을 통해 특정한 순간이 표면적으로 구체화된다. 심장을 관통하는 총알처럼 명쾌해지는 것이다. 이런 순간은 마지막 한두 문단에서 드러나기 마련이다.

당신은 이런 순간을 파악해야 한다. 글을 통해 드러내려는 것을 스스로 알고 있어야 한다는 말이다. 그리고 볼록렌즈를 통해 보듯 당신의 초고를 들여다보라. 희미하게 드러난 과녁을 볼 수 있을 것이다. 그러나 그것은 고쳐야 할 부분일 수도 있다. 모든 것이 명쾌해질 때까지 당신은 두 번, 혹은 세 번 이상 볼록렌즈를 사용해야 할지도 모른다.

34

유의어를 활용하라

손자의 말처럼 전쟁의 조건은 대지 위를 흐르는 물줄기와도 같아서 하나의 형태로 지속되지 않는다. 병사들은 이런 유동적인 흐름에 적응해야 한다. 글쓰기도 마찬가지다. 유동성은 오히려 호재로 작용할 수 있다. 글쓰기의 유동적인 성질 때문에 당신의 글은 정형화되는 위험을 피해갈 수 있다. 당신은 항상 새롭고 신선한 글을 써 나가기 위해 노력해야 한다.

때때로 아무 생각도 나지 않아 글을 쓸 수 없는 순간을 맞을 것이다. 내게도 종종 그런 일이 일어난다. 그럴 때마다 나는 휴대용 유의어사전을 들여다본다. 등장인물의 배경을 설명해야 한다고 치자. 나는 주인공의 아버지가 생계를 위해 어떤 일을 했는지 알아야 한다. 나는 유의어사전의 아무 페이지나 펼쳐서 눈길이 닿는 첫 번째 단어를 골라 해당 단어의 모든 유의어들을 읽는다. 나는 이렇듯 인물의 직업을 설정해야 하는 경우처럼 필요할 때마다 유의어사전을 통해 모든 가능성들을 타진한다.

예를 들어, 내 눈에 들어온 단어가 '도망자'였다고 치자. 나는 사전에 적혀 있는 '도망자'의 정의를 읽어본다. 도망자는 감금이나 억류 등의 상태에서 벗어나 달아나는 사람이며 유의어로는 탈주자, 도피자 등이 있다. 자, 주인공의 아버지가 현상금 사냥꾼이었다면 어떨까? 혹은 감옥의 간수였다면? 아니면 가명을 쓰면서 살아가는 진짜 도망자였다면? 혹은 투옥된 경험이 있는 도망자였다면? 나는 모든 가능성들을 염두에 둔 채, 그가 가질 법한 직업의 목록을 계속해서 늘려 나갈 수 있다. 이런 목록은 길면 길수록 쓸모가 있다.

또 주변에서 벌어지는 사건들을 떠올리는 인물이 등장하는 장면을 써야 한다고 하자. 나는 지나치게 자기 성찰적인 장면을 피하기 위해 인물이 직접 행동하도록 한다. 나는 땅콩이라는 단어를 발견한다. '땅콩'은 '하찮은 푼돈'이라는 속어의 뜻을 지니고 있다. 예를 들면 '그는 땅콩(푼돈)을 받고 차를 팔았다'는 식이다. 그리고 이 단어의 유의어는 '닭 모이chicken food'다.

나의 주인공은 지역 축제를 즐기는 중이다. 그런데 한 남자가 다가와 그녀에게 땅콩을 (혹은 닭을!) 팔려고 하면서, 그녀의 주변을 떠나지 않는다. 왜 그는 가버리지 않는 것일까? 그는 왜 그런 장소에서 땅콩을 팔려는 것일까? 그는 어쩌면 흥미로운 제2의 인물이 될 수도 있을 것이다.

아니면 그녀는 돈이 좀 필요하다고 생각할 수도 있다. 그녀는 차를 팔고 싶어 하지만, 그 차로는 단지 푼돈(땅콩 값)만을 받을 수 있을 것이다. 어째서 그녀의 차는 땅콩만큼의 값어치밖에 나가지 않는 것일까? 어째서 그녀는 더 좋은 차를 갖고 있지 못한 것일까? 이런 질문들은 그녀의 인생에 관해 어떤 대답들을 마련해주는가? 이런 식으로 나는 계속해서 질문거리를 만들어낸다. 이 방법으로 어떤 장면이나 대화가 예상치 못한 방향으로 굴러가게 만들 수도 있다.

글을 쓰면서 막힌다고 느껴지면, 유의어사전을 꺼내 아무 단어나 찾아보라. 당신의 머릿속에서 아무 일이나 떠올려보라. 그러면 떠올리고 있는 사건들을 당신의 이야기 속에 녹여넬 방법을 찾을 수 있을 것이다.

35

등장인물 스스로 말하게 하라

나는 등장인물들 스스로 말하게 하는 것을 좋아
한다. 그들의 말을 들을 때 그들의 특성을 자세히
파악할 수 있다. 나는 등장인물들의 말을 듣기 위
해서 '음성기록'을 사용한다. 이 방법은 단순히 인
물로 하여금 의식의 흐름을 따라 말하도록 하는
것이다. 인물에게 어떤 상황에서 질문을 던진다. 그
리고 손이 가는 대로 인물의 답변을 받아 적어라.
당신이 쓴 것(받아 적은 것)을 고치지 않는 것이 중요하다. 멈추지
않고 5분에서 10분 정도 써 나가는 것이 가장 좋다. 다시 또 질
문과 답변을 계속하라.

　나는 요즘 한 인물에 대한 작업을 하고 있다. 다음은 그 인물
의 음성기록이다.

　내 이름은 피어폰트 피니야. 사람들은 내 키가 6피트 9인치나 되기
때문에 나를 쳐다보고는 하지. 그래서 뭐? 그게 내가 가진 몸이고,

나는 그 몸을 사용하는걸. 나는 베니스 비치로 가서 농구를 해. 그게 내가 하는 일이야. 농구를 하고 있는 동안에는 살아 있는 기분이거든. 나는 뛰어오를 수 있고, 날 수도 있어. 내가 가장 잘 하는 곳은 바로 아스팔트 위야. 그곳에는 나를 날려버릴 수 있다고 생각하는 놈들이 있어. 하지만 내게는 스카이훅도 어느 정도 있지. 나는 그 놈들을 쓰러뜨리기를 좋아해. 그들을 쓰러뜨리기만 하고 죽이지는 않을 수 있어. 봐, 나는 암살자였어. 세계에서 가장 키가 큰 암살자 말이야.

내가 음성기록을 시작한 바로 그 순간에, 나는 피어폰트가 암살자라는 사실을 모르고 있었다. 그러나 그는 내게 자신이 암살자였노라고 스스로 말했다. 그래서 나는 그 말을 받아 적었다. 하지만 그의 이야기가 내 이야기에 적합하지 않다면, 이야기를 조금 바꾸어 다른 것으로 만들면 된다. 이제 그의 배경에 대해 들어보자.

나는 뉴저지에서 태어났어. 그리고 뉴어크의 험한 동네에서 자랐지. 우리 아빠는 지하철역에서 죽었어. 누군가가 아버지를 플랫폼 아래로 밀어버렸지. 그 놈이 누구인지 아무도 알아내지 못했어. 나는 여덟 살이었고 그 일이 일어난 이후 엄마는 제정신이 아니게 되었지. 나는 어린 여동생들을 돌봐야 했어. 쌍둥이들이었어. 나보다 두 살이 어렸지. 나는 빨리 철이 들어야 했어. 우리가 살고 있던 건물에 불이 났을 때, 그래, 그 화재 때문에라도 나는 빨리 철이 들어야 했지…….

이렇게 계속 써 내려가라. 당신의 등장인물과 교감하며 흥분하게 될 것이다. 글을 쓰고 있지 않을 때에도 그들에 대한 생각을 계속할 수밖에 없을 것이다. 그들은 당신 앞에 실재하는 존재들이다. 조금 이상하지 않은가? 하지만 재미있다. 인물들의 음성기록을 받아 적어라. 당신의 등장인물들은 생동감을 얻을 것이고, 당신이 하고자 하는 이야기 역시 생생해질 것이다.

드와이트 스웨인|57|이 말하길 소설을 쓰려는 열정의 원동력은 무엇보다도 독창적인 인물들을 창조하는 것에서 나온다고 했다. 스웨인은《인물 창조: 허구 속 인물들을 어떻게 창조할 것인가Creating Characters:How to Build Story People》라는 책에서 "각각의 모든 인물들에게서 무언가 새롭고 신선한 것을 발견할 수 있도록 노력하라."고 말한다. "나를 믿어요. 이런 과정 때문에 당신은 흥분을 감추지 못할 거예요. 그리고 바로 이런 흥분을 통해 당신은 글을 쓸 수 있게 되는 거죠."

등장인물들의 말을 기록하면서 당신도 위와 같은 흥분을 느껴야만 한다.

|57| **드와이트 스웨인Dwight Swain** SF소설, 추리소설, 서부극 등을 쓴 미국의 작가.

36

시작을 더 긴박하게 만들어라

손자는 이렇게 썼다. "전쟁을 할 때 필수적인 것은 속도를 다루는 법을 아는 것이다. 적들이 미처 준비를 마치지 못한 때를 노려라. 예상할 수 없는 길로 진군하라. 그리고 아직 무장하지 못한 자들을 공격하라."

또 스티븐 라이트[58]는 이렇게 썼다. "내 집은 고속도로의 중앙분리대 위에 있다. 내가 시속 60마일로 도로를 달리지 않는 한 당신은 내 집을 거의 알아채지 못할 것이다."

위의 격언들은 이제 막 소설을 시작하려는, 마치 조심하고 또 조심해야 하는 전장의 병사와도 같은 당신에게 적용될 수 있다. 당신은 전력을 다해 재빨리 독자들을 사로잡아야만 한다. 내 말은, 시간을 낭비하지 말고 곧장 독자들을 이야기의 세계 속으로

|58| **스티븐 라이트Steven Wright(1955~)** 코미디언이자 배우이자 작가.

끌어들여야 한다는 것이다. 왜냐하면 당신의 어머니(그녀가 당신의 작품을 읽는다면)를 제외한 모든 사람들은 머릿속에 "인생은 너무 짧아. 나는 이런 일에 낭비할 시간이 없어."라고 외칠 준비를 하고 있기 때문이다.

당신의 독자들이 그런 말을 외쳐서야 되겠는가? 최선을 다해 독자들의 불안감을 달래주라. 그들이 이야기에 몰입하게 하라. 그러려면 어떻게 해야 하겠는가? 먼저, 사람들이 책을 읽는 이유를 이해하고 있어야 한다. 그들은 '걱정하기 위해' 책을 읽는다. 그들이 책을 읽는 이유는, 정서적으로 연결되어 있다고 느껴지는 인물들의 고난과 역경을 통해 자신들도 그들처럼 쓰라린 감정을 느끼기를 원하기 때문이다.

그리고 독자들과 인물들 간에 정서적인 연결고리를 만들어야 한다. 가장 첫 번째 단락부터 정서적인 연결을 염두에 두고 써야 하는 것이다. 당신이 쓴 소설이 널리 팔리기를 바랄수록, 등장인물들을 불편을 겪게 하거나 위험에 빠뜨려라. 독자들은 그런 상황에 처한 등장인물들을 보면서 감정적으로 몰입하게 된다. 즉각적으로 큰 위험이든 작은 위험이든, 큰 도전이든 작은 도전이든 어느 것이나 그들의 일상적인 세계에 방해가 되거나, 잠재적 방해가 되는 것들을 집어넣어야 한다. 우리는 본성적으로 곤란에 처한 사람들의 편에 서려는 경향이 있다.

〈오즈의 마법사The Wizard of Oz〉의 오프닝을 기억하고 있는가? 이 질문을 글쓰기 교실에서 수강생들에게 던질 때마다, 나는 미스

걸치가 자전거를 타고 가는 장면이나, 캔자스의 농가를 찍은 장면이라는 대답을 듣게 된다. 사실 첫 번째 장면은 도로시와 토토가 농장을 향해 뛰어 내려가는 장면이다. 도로시가 어깨 뒤를 흘깃 바라볼 때, 우리는 미스 걸치가 토토를 데려가려고 위협하는 장면을 보게 된다. 이것 때문에 도로시의 일상적인 세계에는 즉각적으로 방해물이 생겨난다.

스티브니 메이어|59|가 쓴 《트와일라잇Twilight》의 첫 장에는, 작은 마을로 이사를 온 십대 소녀 벨라가 느닷없이 새로운 학교에 다녀야 되는 상황이 묘사되어 있다. 이런 상황은 언제나 껄끄럽다. 친구도 없고, 이야기도 없다. 우리는 자연스럽게 그런 상황에 대해 알고 있다. 첫 문장은 이렇다.

엄마가 차창을 모두 내린 채 나를 공항까지 데려다주었다.

문단의 마지막 부분에서 우리는 그녀와 엄마가 작별을 해야 하는 상황이라는 것을 알게 된다. 그런 변화가 바로 벨라의 방해물이다. 당신은 곧 다가올 위험을 그저 '암시할' 수도 있다. 마치 딘 쿤츠|60|의 《두려움은 없다Fear Nothing》처럼 말이다.

|59| 스티브니 메이어Stephenie Meyer(1973~) 뱀파이어 로맨스물인 《트와일라잇》 시리즈를 통해 단숨에 유명세를 얻은 작가. 《트와일라잇》은 전 세계적으로 1,000만 부 이상이 팔려 나갔으며, 37개의 언어로 번역되었다.
|60| 딘 쿤츠Dean Koontz(1945~) 주로 서스펜스 스릴러물을 쓴 소설가.

촛불을 밝힌 내 책상 위에서 전화벨이 울렸다. 그리고 나는 무언가 끔찍한 변화가 다가오고 있다는 것을 알고 있었다.

혹은 이미 생겨난 방해물을 설명해야 하는 경우도 있다. 로렌스 블럭[61]의 《에리얼Ariel》처럼.

그녀를 깨운 것이 그 소음이었던가? 로베르타는 결코 확신할 수 없었다.

조금 더 살펴보자.

나는 죽음 바로 그 순간에 대해 기록해야 한다는 강박을 느낀다. 나의 전 생애는 섬광처럼 눈앞을 스치지 않았다.

        - 수 그레프턴, 《순수를 뜻하는'I' I is for Innocent》[62]

   라스 팔마스 호텔의 6층에 화재가 났을 때 로비 브라운로는 점심 식사를 하기 위해 길 건너편의 식당에 있었다.

        - T. 제퍼슨 파커, 《추락The Fallen》[63]

---

[61] 로렌스 블럭Lawrence Block(1938~) 주로 범죄소설들을 쓴 소설가.

[62] 수 그레프턴Sue Grafton(1940~) 주로 탐정소설들을 쓴 작가로. 《알파벳 시리즈》로 명성을 얻었다.

[63] T. 제퍼슨 파커T. Jefferson Parker(1953~) 주로 경찰이 등장하는 소설을 쓴 작가.

남편이 나를 사로잡았을 때 나는 19세였다.

－ 안나 퀸들런,《검정과 파랑Black and Blue》|64|

"다른 생존자에게 불을 지른 사람이 이웃집 사람들이니?"라고 물으면서, 프라 오를로는 아티잔 플렉에게 말을 걸었다.

－ 닐 스티븐슨,《아나템Anathem》|65|

또한 첫 문단의 마지막 부분에 방해물을 삽입할 수도 있다. 앨런 펄섬|66|의《데이 애프터 투모로우The Day After Tomorrow》의 오프닝을 보자.

폴 오스본은 북적거리는 퇴근 인파 사이에 홀로 앉아 레드와인이 담긴 유리잔을 들여다보고 있었다. 그는 피곤했고 상처를 입었으며 혼란스러웠다. 그는 특별한 이유 없이 고개를 들었다. 그러자 그는 숨이 멎는 것 같았다. 건너편에 그의 아버지를 살해한 남자가 앉아 있었다.

|64| **안나 퀸들런Anna Quindlen(1953~)** 소설가이자 저널리스트로,《뉴욕타임스》등에 칼럼을 게 재했으며, 퓰리처 상을 받았다.《검정과 파랑》은 텔레비전 드라마로도 제작되었다.
|65| **닐 스티븐슨Neal Stephenson(1959~)** SF, 사이버펑크 등을 배경으로 하는 추리소설들을 쓴 소설가.
|66| **앨런 펄섬Allan Folsom(1941~)** 소설가, 카메라맨, 에디터, 프로듀서 등으로 일하기도 했으며, 텔레비전 드라마 극본을 쓰기도 했다. 데뷔작《데이 애프터 투모로우》는 1,200만 부가 팔렸다.

할란 코벤은 《약속해 줘Promise Me》에서 방해물이 등장하는 순간을 지연시킨다.

실종된 소녀에 관해 끊이지 않고 새로운 보도들이 쏟아졌다. 항상 사라져버린 십대 소녀에 대해 가슴 아파하는 학생들을 비춘 것이다. 당신은 그녀를 알고 있다. 둥근 무지개 배경 앞에서, 지나치게 곧은 머리카락을 드리우고, 지나치게 자의적인 미소를 지닌 소녀 말이다. 그리고 곧장 잔디밭 앞에 선 불안에 떠는 부모들이 등장한다. 그들을 마이크들이 에워싸고 있다. 엄마는 조용히 눈물을 흘리고, 아빠는 떨리는 입술로 성명서를 읽는다. 그 소녀, 이곳에서 실종된 소녀는 에드나 스카일라다.

첫 번째 문장은 흥미롭기는 하지만 마지막 문장을 읽기 전까지는 인물과 연결되지 않는다. 그러므로 중간에는 독자를 사로잡는 무언가가 구축되어야 한다.

기억하라. 오프닝에서 벌어지는 사건에서 가장 중요한 것은 고차원적인 내용이 아니라 방해물이 얼마나 빨리 등장하느냐다. 이것은 상업소설이나 순수문학이나 마찬가지다. 우리가 인물을 걱정하게 되는 순간이 좀 더 빨리 찾아올수록, 우리는 인물들에게 더 빨리 몰입하게 된다. 그리고 페이지를 넘길수록 우리의 욕망도 커지게 되는 것이다.

37

너무 뻔한 시작은 안 된다

당신의 소설에 쓰지 말아야 할 것들이 있다.

날씨

출판업계에 종사하는 사람들은 날씨 이야기로 시작하는 소설을 읽기 싫어한다. 그들은 초장부터 날씨에 대한 긴 묘사를 늘어놓은 글은 별로 읽고 싶어 하지 않는다. 날씨를 묘사하면서 무언가를 암시할 수도 있겠지만, 그것은 날씨가 인물의 시점이나 장면의 분위기를 효과적으로 만드는 경우에만 그럴 수 있다. 다음을 비교해보자.

1월의 아침, 바람은 차가웠다. 솜털 같은 구름이 하늘에 점점이 퍼져 있었고, 태양은 나무들을 비추고 있었다. 북쪽으로는 빗줄기가 겨울옷을 입고 우뚝 서 있는 산들을 위협하고 있었다.

대신,

달튼은 문이 닫히는 소리를 들었고 아내가 떠나는 것을 알았다. 그는 가운을 걸칠 새도 없이 속옷 차림으로 계단을 뛰어내렸고, 그녀가 빠져나간 문을 열어 젖혔다.

차디 찬 바람이 포치에 선 그를 휘감았다. 아침햇살에 눈이 부셨다. 구름은 조금밖에 보이지 않았다. 아내가 차로 다가가고 있는 것이 보였다.

달튼은 얼어붙은 잔디밭을 맨발로 가로질러 달려가다가 미끄러졌다.

꿈

독자의 정서를 강력하게 환기시키려면 꿈은 전체적인 이야기의 중간 부분에 삽입되는 것이 좋다. 첫 장면부터 꿈을 등장시키지 말라. 첫 장면이 꿈이라는 것을 예상하지 못한 독자들은 불길한 기분을 느끼며 소설속의 상황에 빠져든다. 그러나 곧바로 '그리고 나는 잠에서 깨어났다'는 식의 문장을 읽게 되면 독자들은 찬물을 뒤집어쓴 듯한 기분을 느끼게 되는 것이다. 그러므로 처음부터 꿈속 장면을 넣는 것은 그다지 좋은 방법이 아니다. (다프네 뒤 모리에[67]의 《레베카Rebecca》에게는 미안하게 생각하지만.)

|67| **다프네 뒤 모리에Daphne du Maurier(1907~1989)** 영국의 소설가이자 극작가로 그녀의 작품들 대부분이 영화화되었는데, 《레베카》를 각색한 작품은 오스카 상을 받기도 했다.

에디터들은 꿈으로 시작하는 소설들을 그다지 신뢰하지 않는다. 물론 꿈으로 시작하는 성공적인 작품들을 쓴 작가들을 알고 있다. 당신이 몇 백만 부를 팔아치운 작가가 된다면, 그때쯤 꿈으로 시작하는 소설을 써도 된다.

행복한 나라에 사는 행복한 사람들

'행복한 나라에 사는 행복한 사람들'이라는 말은 내가 착해 빠진 사람들이 등장하는 소설을 두고 하는 말이다. 모범적이고 행복한 가정을 생각해보라. 가족들은 또 하루를 살아 나갈 준비가 되어 있고, 서로 입을 맞추고, 함께 아침식사를 한다. 남편은 일터로 출근한다. 첫 번째 장의 마지막 부분이나, 두 번째 장의 시작 부분에서, 아내는 남편이 자동차 사고로 죽었다는 소식을 듣게 된다. 아직 충분하지 않다.

첫 장에서 '평범한 일상'에 대한 이야기를 그렇게 완고하게 주장해놓고, 바로 그다음 장부터 계속해서 정반대의 삶에 대해서 쓸 수 있을까? 적어도 첫 장면부터 무언가 불길한 일이 일어날 것이라는 사실을 암시하는 것이 좋다. 독자들이 단 몇 페이지만 읽더라도 그런 느낌을 받을 수 있도록 말이다.

딘 쿤츠는 《틱톡》에서 이렇게 썼다.

구름 한 점 없고 바람도 불지 않던 11월의 어느 날, 갑작스러운 그림자가 밝은 물빛의 코르벳을 급습했다. 토미 팬은 그 그림자가 자신을 덮쳤을 때, 세일즈맨 짐 샤인에게서 건네받은 열쇠를 손에 쥔 채, 따뜻하고 기분 좋은 가을의 햇살을 받으며 자동차 옆에 서 있었다. 그는 미친 듯이 퍼덕거리는 날갯짓 소리를 들었다. 하늘을 올려다 보면서, 바다갈매기를 보게 되리라고 예상했으나, 그의 시야에는 한 마리의 새도 들어오지 않았다.

토미 팬이 코르벳의 열쇠를 얻게 되면서 (설명할 수 없는 오싹함에 사로잡힌 채) 장면은 계속된다. 그는 코르벳을 몰고 가면서 어머니 에게 전화를 걸기도 하는 등 일상적인 행동을 계속한다. 그러나 오프닝에 등장하는 불길한 낌새 때문에 우리는 그에게 곧 어떤 방해물이 나타날 거라는 직감을 하게 된다.

38

구체적인 사건으로 시작하라

다음 두 개의 오프닝 장면을 읽어보자.

오프닝 1

우리는 오두막으로 다시 차를 몰고 왔다. 나는 약속돼 있던 대로 깔개 밑에서 열쇠를 찾아냈다. 문은 잠겨 있지 않았다. 문을 열자마자 곰팡내가 풍겼다. 나는 사라에게 안으로 들어가자는 몸짓을 했다. 다행히도 전기를 사용할 수 있었다. 나는 전등불 스위치를 발견했다.

나는 사라에게 소파에 앉으라고 권했고, 그녀는 그렇게 했다.

"이제, 하려던 말을 해봐."

내가 말하자, 사라가 답했다.

"나 임신했어."

오프닝 2

"나 임신했어." 사라가 말했다.

"뭐라고?"

그녀는 다행히도 내가 오두막 안으로 간신히 들여놓은 소파에 앉아 있었다. 춥고 곰팡내가 풍겼지만 나는 더 이상 그런 것들을 느낄 수 없었다. 지금은 아니었다.

두 개의 오프닝은 모두 우리에게 행위를 먼저 설명하고, 그 다음에 정보를 제공하고 있다. 당신의 독자들에게 페이지를 넘기는 순간을 제공하기를 원한다면, 장면들의 첫 부분을 이렇게 쓰도록 하라. 읽는 속도를 늦추려면 '오프닝 1'의 방법을 사용해서 써라. 어째서 하필이면 이 장면이 이곳에 위치하는지, 그리고 어째서 이 장면이 중요한 것인지 독자들이 빨리 알아차려야 한다.

39

당신을 사랑합니다 라고 말하지 마라

등장인물들이 누구에게도, 특히 그들이 사랑하는 사람에게 '당신을 사랑합니다'라고 직접적으로 말하게 해서는 안 된다. '당신을 사랑합니다'라고 말하는 것은 뻔하고 전형적인 수법이다. 동정을 받겠다는 생각인데, 이것은 너무 작위적으로 보일 수 밖에 없다.

그 대신 등장인물들이 '사랑하고 있는 상황'을 보여줘야 한다. 당신이 다루고자 하는 정서적인 내용을 암시하는 단어들을 사용해야 한다. 만약 등장인물들이 간청하거나 말싸움을 하거나 궁금해하거나, 혹은 단순히 사랑하는 감정을 단 둘이 등장하는 장면에서 드러내야만 한다면 예외가 될 수 있다. 하지만 '당신을 사랑합니다'라는 대사는 피할 수 있다면 피하는 것이 좋다. 그런 방법이 없다면, 할 수 없다. 그 대사를 집어넣어라. 하지만 그렇게 하기 전에 대안을 꼭 생각해봐야 한다. 만약 '당신을 사랑합니다'라는 대사를 쓸 수밖에 없다면, 새

로운 방법으로 써보도록 하라. 우디 앨런의 〈애니 홀Annie Hall〉을
보자.

애니: 나를 사랑하나요?

앨비: 어…… 나는…… 사랑은…… 지나치게 허약한…… 단어 같은
데…….

애니: 그래요.

앨비: 나는…… 당신을…… 사렁합니다. 아시잖아요, 당신을 수렁해
요, 당신을 시렁해요. 모음이 잘못되었군요. 단어를 발명해야
해요……. 물론 당신을 사랑합니다.

40

등장인물을 생각에 잠기게 하지 마라

당신은 홀로 자신만의 생각에 사로잡혀 있는 인물이 등장하는 장면을 쓰려고 할지도 모른다. 인물의 내부에서 발생하는 정서를 묘사하는 것은 물론 좋은 일이다. 그러나 인물의 정서를 길게 쓰려고 한다면, 그만큼 인물의 행동에 관한 묘사도 있어야 한다. 지나치게 사변적인 서술은 항상 따분해지기 십상이다.

제임스 그리펀도[68]의 《최후통첩Last Call》에서, 감옥을 탈출한 아이작 림스는 팔려고 내놓은 빈집에 숨어든다. 이제 다음 행선지로 떠나야 하고, 옷도 갈아입어야 한다. 그가 지금까지 입고 있던 옷은 노숙자에게서 훔친 것이다. 따라서 림스에게는 플롯상의 난제가 주어진다. 이제 어떻게 해야 할 것인가? 그는 생각한다. 그러나 이 장면을 단순히 인물의 생각으로만 채워 넣지 않으

|68| **제임스 그리펀도**James Grippando(1958~) 소설가이자 변호사.

려고, 그리펀도는 림스에게 사소한 과제를 던진다. 벼룩이다. 그가 훔친 옷은 벼룩투성이였다. 그래서 그의 살갗과 머리카락은 벼룩범벅이 되어 있다. 그는 옷을 찢어버리고 샤워부스로 뛰어든다. 그리고 그는 옷가게 안에서 옴짝달싹하지 못하게 된다. 그러나 그리펀도는 여기서 멈추지 않는다. 한 노인이 푸들 한 마리를 끌고 다가온다. 푸들이 림스를 본다.

조그맣고 하얀 푸들이 짖어대면서 탁구공처럼 뛰어오르기 시작했다. 마치 "인생 챙기려면 어서 도망쳐! 집 안에 흑인이 있어!"라고 외치기라도 하는 것처럼.

그래서 림스에게는 또 다른 문제가 생겨난다. 짖어대는 개를 어떻게 해결해야 할 것인가? 그는 망치를 집어 든다. 이 장면의 마지막 부분은 훌륭하다. 왜냐하면 우리는 그 불쌍한 푸들에게 무슨 일이 일어났는지를 알고 싶어 하기 때문이다! 그리펀도는 재능 있는 서스펜스 작가답게 우리를 기다리게 하는 법을 알고 있다. 이것이 바로 단순히 인물이 '생각하는 것'만을 가지고 장면을 구성해서는 안 되는 이유다.

41

스펜서 트레이시의 비법

손자는 "병兵은 궤도詭道, 속임수에서 비롯된다."고 했다.

소설도 마찬가지다. 로렌스 블럭이 말했듯, 소설이 거짓말을 하는 이유는 재미와 또 다른 이점을 위해서다. 연기자도 속임수를 써야 한다. 스펜서 트레이시를 알고 있는가? 트레이시는 동시대 배우들 중 최고로 여겨진다. 험프리 보가트는 결코 어색하게 연기하는 스펜서 트레이시[69]를 볼 수 없을 것이라고 했다. 그의 연기는 매우 자연스러웠는데, 희극을 연기하든 비극을 연기하든 아무 문제가 없었다.

그의 비밀, 혹은 비법은 무엇이었을까? 트레이시는 한 인터뷰에서 이렇게 설명한 적이 있다. "내가 어떤 역할을 연기해야 할

|69| **스펜서 트레이시Spencer Tracy(1900~1967)** 1930년부터 1967년까지 74편의 영화에 출연한 미국 배우로 1999년 미국영화학교American Film Institute는 그를 '가장 위대한 남성 배우'로 꼽았다. 트레이시는 아카데미 남우주연상의 단골 후보였으며, 두 번 수상했다.

때마다, 스스로에게 나는 판사가 된 스펜서 트레이시야, 나는 신부가 된 스펜서 트레이시야, 나는 변호사가 된 스펜서 트레이시야, 이렇게 말하면서 역할을 좁혀 들어가는 것이죠. 봐요, 배우가 감독이나 관객에게 제공해야 하는 단 한 가지는 바로 자신의 본능이에요. 그게 전부죠."

이것이야말로 당신의 소설 속에 등장하는 인물들을 살아 숨 쉬도록 할 수 있는 새로운 방법이다. 나는 당신이 그리려는 인물에 대해서는 말할 것도 없고, 내가 다루려는 인물들 역시 어떤 인적사항을 갖춰야 할지 알 수가 없다. 물론 나도 인물에게 본질적인 정보들을 부여하려고 한다. 하는 일이나 생김새, 성격 유형, 성장 배경 같은 정보들 말이다. 그러나 그 밖에도 나는 인물들을 보고 듣기를 원하기 때문에, 인물의 시각적인 특성을 떠올리려고 하거나(인터넷에 있는 인물들의 사진들을 이용하기도 한다.) 인물들 스스로 말하게 하는 방법(음성기록)을 사용하기도 한다.

스펜서 트레이시의 비법은 당신의 인물들을 뼛속까지 들여다볼 수 있는 기회를 제공한다. 당신이 바로 그 인물이라고 생각해 보라. 이런 방법은 말론 브란도에 의해 널리 알려진 '메서드 연기method acting'를 떠올리게 한다. 즉, 마치 바로 그 인물이 된 것처럼 행세하는 것이다. 배우들은 어떻게 바로 그 인물이 되어 즉각적으로 해당 인물의 정서를 받아들이게 되는 것일까?

이후에 이것을 두고 많은 글들이 쏟아져 나왔지만, 내 생각에는 러시아 감독인 콘스탄틴 스타니슬랍스키[70]가 '만일 내가

Magic If '라고 말한 기법을 사용하는 것이 가장 좋은 것 같다. 단순히 말해서 당신이 마치 그 인물인 것처럼 연기하라는 뜻인데, 당신이 맡은 역할이 당신에게 녹아들 때까지 연습에 연습을 거듭해야 한다는 것이다. 그러므로 당신이 만약 인물에 대해 지나치게 긴 인터뷰를 하고 싶지 않다면, 스펜서 트레이시를 흉내 내보라.

로버트 그레고리 브라운[71]은 이렇게 말했다.

만약 내 주인공이 세 아이를 둔 이혼남이자 자신도 모르는 사이 정부를 전복하려는 음모에 연루된 인물이라면, 첫 장면을 구성하기 위해 내가 스스로에게 던지는 첫 번째 질문은 (비록 나의 결혼생활은 행복하고 나의 삶을 음모 따위가 위협하고 있지 않을지라도) 바로 이것이다. 나라면 그 상황에 어떻게 대처하겠는가?

그 후 나는 인물의 태도나 정서의 색채를 결정한다. 만약 내가 빈틈없는 경찰이라면, 혹은 거들먹거리는 정부관리라면 어떻게 행동할까? 나는 이런 방법을 모든 등장인물들에게 적용한다.

짧게 말해서, 나는 '메서드 연기법'을 따르는 배우처럼 연기한다. 나는 인물들의 외면과 내면을 모두 구체적으로 그려내기 위해 풍부한

상상력을 동원한다. 그렇게 나와 인물들이 일체가 되는 과정을 겪어야만 나와 내 책을 읽는 독자들이 등장인물의 독특한 면모를 훨씬 쉽게 읽을 수 있는 것이다.

42

Q의 장비를 무기로 활용하라

소설 창작 강의를 할 때마다, 나는 내가 Q의 장비라고 부르는 것을 설명하는 데 몇 분가량의 시간을 들인다. 영화 속에서 Q는 항상 제임스 본드에게 어떤 장비들을 제공한다. 그리고 그런 장비들로 장난을 쳐서는 안 된다고 말하기도 한다. 제임스 본드 영화에는 Q가 존재해야만 하는 아주 중요한 이유가 있다.

누구나 알고 있는 007영화의 엔딩 장면으로 곧장 넘어가자. 본드는 발목을 묶인 채 거꾸로 매달려 있고, 머리 밑으로는 피라니아 떼가 우글거린다. 악당은 음흉하게 웃으며 "즐겁게 수영이나 하게, 본드." 따위의 대사를 날린다. 그리고 타이머를 조절해 본드가 서서히 피라니아 연못 속으로 잠기게끔 한 뒤, 그 자리를 떠난다. (어째서 악역은 적이 완벽하게 제거되기 전에 항상 그 자리를 떠나는가 하는 흥미로운 질문도 던져볼 수 있겠다.)

점차 몸이 피라니아와 가까워지는 와중에, 본드는 엄지손가락을 움직여 커프스링크에 닿게 하는데 성공한다. 커프스링크는 작은 회전 톱으로 변신한다. 본드는 그것을 이용해 손목을 결박한 밧줄을 풀어낸다. 이제 그는 자유로이 손을 놀려 재킷 주머니에 들어 있던 만년필을 꺼낸다. 사실 만년필 안에는 압축질소로 작동되는 장치가 들어 있었다. 그가 그 장치를 작동시키자마자 피라니아 못을 가로질러 줄이 연결된 갈고리가 발사된다. 발목을 결박한 밧줄도 풀어낸 제임스 본드는 그 줄을 타고 연못의 반대편으로 안전하게 이동한다. 낯선 장비들을 능숙하게 다루어 탈출에 성공하는 제임스 본드를 지켜본 우리는 '얼마나 편리할까! 저런 속임수라니!' 하며 감탄한다. 물론 이 모든 장비들은 Q가 미리 준비해둔 것들이다. Q의 장비들은 이미 영화의 첫머리에 등장했기 때문에 우리는 그것들을 본 적이 있다. 그러므로 필요한 바로 그 순간에 등장하는 Q의 장비들을 보고도 낯설다는 느낌을 받지 않을 수 있다.

소설의 마지막 부분은 주인공에게 모든 희망이 사라진 것처럼 보이는 지점이다. 인물의 내부에서든 외부에서든, 혹은 양쪽 모두에서든 마찬가지다. 하지만 주인공이라면 반드시 피라니아가 우글거리는 연못을 빠져 나갈 수 있어야 한다.

마지막 싸움, 즉 궁극의 시험을 통과하기 위해 주인공에게 필요한 것은 용기다. 바로 여기서 Q의 장비들이 도움이 될 수 있다. 이 장비들은 이야기가 시작되는 초기에 미리 등장해야 하고, 등장인물이 가장 필요로 하는 순간에 필수적인 영감이나 도움을 제공해야 한다.

때때로 Q의 장비는 구체적으로 존재하는 사물일 수도 있고, 정신적인 스승에 대한 기억일 수도 있다. 때로는 도덕성의 늪에서 허우적거리는 인물 자신일 수도 있다. 그 무엇이든 간에, Q의 장비들에 생명력을 부여하는 것도 작가의 몫이다.

프랭크 카프라[72]의 위대한 영화 〈스미스씨 워싱턴에 가다Mr. Smith goes to Washington〉에서, 제임스 스튜어트가 연기한 젊고 순수한 상원의원은 난생 처음으로 워싱턴에 가게 된다. 그곳에서 그는 자신이 사랑하는 미국을 대변하는 모든 것들을 보고 넋을 잃는다. 그래서 그는 수행원들을 물리치고 시내관광에 나섰다가 링컨 기념관에서 끝내주는 몽타주를 보게 된다. 그리고 자신의 눈앞의 광경에 깊은 감동을 받는다. 그는 벽에 새겨진 글자들을 읽는다. 할아버지의 손을 잡은 어린아이가 그 글자들을 크게 소리 내어 읽으려고 하는 것을 본다. 모자를 벗어드는 아프리카계 미국인 신사를 본다. 그리고 다시 링컨 기념관을 정면으로 올려다본다. 젊고 순수한 상원의원을 바라보는 우리의 마음속에도 정서적인 울림이 생긴다.

2막 마지막에서, 스미스는 자신이 붕괴하고 있는 정치판의 꼭두각시에 지나지 않았으며, 돌이켜 싸울 방법이 없다는 것을 알

|72| **프랭크 카프라Frank Capra(1897~1991)**는 시칠리아에서 태어나 미국으로 건너온 영화감독으로, 1930년대부터 1940년대 사이에 뛰어난 작품들을 많이 남겼다.

게 된다. 심지어 아버지의 절친한 친구였던 선배 상원의원에게
서도 배신당한다. 스미스는 이것을 최후의 일격으로 받아들이
고 워싱턴을 떠나기로 마음먹는다. 한밤중에 풀이 죽은 패배자
의 모습으로 링컨 기념관 앞을 지나던 그는 계단에 무겁게 주저
앉는다.

진 아서Jean Arthur가 연기한 정부요원이 그에게 다가온다. 사실
그녀는 스미스를 멍청이라고 생각했다. 하지만 그녀는 냉소의
바다에서 허우적거리는 그를 존중하게 된다. 그리고 말한다. "당
신이 여기 있을 거라는 예감이 들었어요." 그녀가 말을 잇는다.
"처음 이곳에 온 날을 기억하나요? 당신이 링컨 대통령을 두고
한 말을 기억하나요? 누군가 다가오기를 바라면서 이곳에 앉아
있다고 말했잖아요. 당신이 옳았어요. 자신의 일을 꾸준히 헤쳐
나갈 누군가를 기다리고 있던 거예요. 테일러를 공박해서 뿌리
까지 만천하에 드러낼 수 있는 사람 말이죠. 내 생각에 그가 기
다리고 있던 사람은 당신이에요, 제프. 그는 당신이 그렇게 할
수 있다는 것을 알고 있어요. 나도 마찬가지예요." 스미스는 용
기를 얻는다. 그들은 다시 걷기 시작한다. 그는 잠시 걸음을 멈
추고 링컨을 올려다본다.

스미스가 의회에서의 단독 연설이라는 불가능해 보이는 임무
를 받아들였을 때, 우리는 그가 어떻게 그렇게 할 수 있었는지
를 이해하게 된다. 바로 Q의 장비를 통해서다. 또 다른 예도 있
다. 〈스타워즈Star Wars〉에서 루크 스카이워커가 마지막 전투에 임

하게 되었을 때, 그는 힘을 사용하는 법을 기억하라고 말하는 오비완의 목소리를 듣는다. 그것은 그에게 영감을 준다. 많은 고전영화들에서 주인공들은 난관에 봉착할 때마다 오래 전 어머니나 아버지가 했던 말의 울림을 듣는다. 주인공의 마음속에 솟아오르는 도덕적인 감정 덕분에 주인공은 한 번 더 용기를 얻게 되는 것이다.

부정적인 감정이 Q의 장비로 사용될 때도 있다. 게리 쿠퍼Gary Cooper가 윌 케인으로 등장한 고전 서부영화 〈하이 눈High Noon〉에서, 케인은 네 명의 살인자를 대적하게 된다. 마을 사람들은 핑계를 대며 모두 그를 도와주지 않는다. 그는 자신이 아마도 죽게 될 거라는 것을 알고 있다. 그리고 가장 안 된 사실은 그가 막 그레이스 켈리Grace Kelly와 결혼했다는 것이다! 클라이맥스가 막 시작되려는 지점에서 케인은 말을 타고 마을 밖으로 도망쳐야겠다고 생각한다. 그는 그곳에서 아내를 다시 만나 어딘가로 떠나 숨어 살 수도 있을 것이다. 그는 이런 생각을 하면서 말을 맡기는 곳에 있다.

그때 로이드 브리지스Lloyd Bridges가 연기한 하비라는 인물이 들어온다. 겁쟁이인 하비는 위대한 윌 케인의 그늘에 묻혀 지내는 것을 싫어한다. 케인을 본 그는 마을 밖으로 빠져 나가려는 케인을 도와주면, 케인이 진짜 겁쟁이라는 것이 증명될 수 있다고 생각한다. 그러면 하비는 반대로 좋은 이미지를 가질 수 있게 될 것이다.

하비의 심중을 눈치 챈 케인은 만약 마을을 떠난다면 자신이 하비보다 나을 것 없는 사람이 되리라는 것을 알게 된다. 그 순간 케인은 마을을 떠나지 않기로 결정한다. 영화의 초반에 등장하는 하비는 케인이 결정을 내리게 하는 Q의 부정적 장비로 기능한다.

당신도 이런 방식의 이야기를 한번 생각해보라. 무수히 많은 이야기들이 두려움을 극복하는 방법에 대한 문제를 다루고 있다. 주인공에게 위협적인 힘이 가해지는 대부분의 순간, 주인공의 두려움이 고스란히 드러난다. 주인공들에게 포기하라고, 도망치라고 종용하는 것은 바로 두려움이다.

주인공은 포기하거나 도망쳐서는 안 된다는 것을 잘 알고 있다. 이 순간 주인공이 필요로 하는 것은 바로 Q의 장비다. 그에게 Q의 장비를 제공하라. 주인공에게 정서적인 동기를 부여하라. 다음의 방법들을 살펴보자.

1. Q의 장비들 중 어떤 것을 사용할 것인지 선택하라. (물건, 멘토, 도덕적 감정, 부정적 인물)

2. 그러한 Q의 장비들은 이야기의 초반부에 미리 등장해야 한다. 그래야 인물들은 필요한 순간에 Q의 장비들을 잘 활용할 수 있다.

3. 이야기의 중반부에 Q의 장비를 슬쩍 언급함으로써 독자들이 그것을 인지할 수 있도록 하라.

4. 주인공들이 가장 커다란 난관에 봉착한 순간에 Q의 장비를 다시 등장시켜라.

5. Q의 장비 때문에 변화하는 주인공의 행위를 보여줘라. 당신이 Q의 장비에 대해 미리 잘 설명해두었다면, 더 이상의 설명이 없어도 독자들은 무슨 일이 벌어지고 있는지를 충분히 이해할 수 있을 것이다. 상황이 자연스럽게 흘러가도록 해라.

43

적당한 배경을 설정하라

요새는 배경 작업에 신경을 쓰는 사람들이 그다지 많지 않은 것 같다. 훌륭한 오프닝 장면을 쓰는 법에 대한 강의를 마치고 사람들로 가득 찬 엘리베이터를 탔을 때였다. (나는 내가 쓴 장면들을 예시로 들 만큼 아주 건방진 강의를 했다.) 안경을 쓴 수강자가 나를 칭찬하고 난 뒤, 이런 말을 덧붙였다. "그런데 말이죠, 당신 소설의 오프닝 장면에는 배경 작업이 들어가 있던데요. 구구절절하게 배경을 설명해서는 안 된다고 말씀하셨잖아요." 엘리베이터에 타고 있던 거의 모든 사람들이 암묵적인 동의로 고개를 끄덕였다.

나는 항상 글쓰기와 관련된 문제에서 어떤 법칙들이 마치 '포자처럼 퍼지는' 현상에 놀라워해왔다. 마치 텔레비전 시리즈물 〈더 스탠드The Stand〉에 등장하는 독감 바이러스처럼, 처음에는 비평 그룹 안에서 나타나는 법칙들이 포자처럼 빠르게 퍼져 블로그 같은 곳에 등장하다가 마침내는 반드시 따라야 하는 강령처럼 되어버린다. 그런 일이 항상 좋은 것만은 아니다.

사실 배경 작업은 소설의 첫머리에서 매우 중요한 역할을 한다. 그러나 그런 작업이 정확히 어떤 역할을 하는 것인지는 당신도 분명히 알고 있어야 한다.

먼저, 배경 작업은 현재의 이야기가 시작되기 이전에 일어났던 주인공과 연관된 일들을 설정하는 작업이라 할 수 있다. 그런데 여기서 잠재적인 문제가 발생한다. 지금이라는 현재의 시점에서 시작되는 이야기를 읽고 싶어 하는 우리에게는, 배경이 이야기에 방해가 되는 것이다. 하지만 방해물은 인물과 관계를 맺고 있다. 그러므로 배경을 적당하게 설계하는 것이 중요하다. 이야기 자체는 배경만으로 구축되지 않는다. 많은 신인 작가들은 독자들이 인물들을 이해하려면 그리고 첫 장면에 등장하는 인물이 누구인지를 알려면 상당한 양의 배경이 필요하다고 생각한다. 하지만 그렇지 않다. 인물이 겪게 된 난관을 소설의 첫머리에 잘 설정한다면, 독자들은 이미 인물의 배경이 구체적으로 설명될 때까지 오랜 시간을 기다릴 준비가 되어 있을 것이다.

배경은 신중하게 설정되어야 한다. 배경은 독자들이 인물들에게 몰입하는 데 도움을 준다. 인물과 사건의 배경을 알고 난 독자들은 소설에 좀 더 깊이 정서적으로 공감할 수 있게 되기 때문이다. 우리가 등장인물의 인생을 들여다보는 순간, 그리고 첫 장면부터 등장하는 인물을 알게 되는 순간, 그리고 그가 맞닥뜨린 어려움에 대해서 알게 되는 순간, 우리는 주인공에게 몰입하게 된다. 그리고 이때야말로 당신 소설의 첫머리가 작동하는 순간이다.

신인 작가들은 배경을 설정하는 데 지나치게 치중하는 실수를 범하곤 한다. 소설의 첫 장부터 인물의 배경에 대한 이야기만 줄줄이 늘어놓음으로써, 곧 이어지게 될 인물의 행위 때문에 나타날 효과를 반감시키는 것이다.

1774년부터 1879년 사이 황금기에 살던 인물들을 대해 쓰려는 소설가들은 인물들 자체보다 그들의 배경을 설명하는 데 많은 공을 들여야 할지도 모른다. 그러나 그런 시기는 지나갔다. 당신은 인물 그 자체에서 이야기를 이끌어 나가기 시작해야 하고, 필요한 순간마다 인물이 지닌 배경을 조금씩 드러내야 한다.

어떤 유형의 문학작품들은 이런 배경 작업에서 더 자유로운 위치에 있다. 예를 들어 서사시epic 같은 것들 말이다. 역사소설, 과학소설, 연대기적 서사시 등은 독자의 기대에 부응하기 위해 더 역사적인 내용들을 다룬다. 순전히 책의 두께가 독자들로 하여금 그런 기대를 하게 만드는 것이다.

당신도 배경 작업을 철저히 하고 싶은가? 제임스 미치너의 《하와이Hawaii》를 읽어보라. 이 소설은 "100만 년의 100만 년 전에……"라는 말로 시작한다. 아니면 《알라스카Alaska》는 어떤가? 이 소설은 "한 10억 년 전에……"로 시작한다.

배경 작업은 소설의 몸피를 두텁게 하는 데 사용되어야 한다.

그러므로 당신이 그런 소설을 쓰려고 한다면, 소설의 첫머리에 적절한 배경을 집어넣어라. 그 배경은 능동적으로 사용될 수 있어야 한다. 이것이 바로 다음 장의 주제다.

44

배경은 살아 움직여야 한다

살아 숨 쉬는 서술^{active drop}이란, 난관에 처한 주인 공이 직접 생명력 있는 장면을 서술해내는 것을 의미한다. 그 뒤 당신은 인물이 취한 행동이 스스 로 살아 숨 쉴 수 있도록 배경을 설정하면 된다. 《모래와 안개의 집The House of Sand and Fog》을 쓴 안드 레 더버스[73]는 마수드 베라니라는 인물의 서술적 행위를 묘사하는 것으로 소설을 시작하고 있다.

무처럼 뚱뚱한 토레스는 나를 낙타라고 부른다. 그 까닭은 내가 페 르시아인이기 때문이고, 중국 사람이나 파나마 사람, 심지어는 왜소 한 베트남 사람 트란보다도 8월의 햇빛을 오랫동안 견딜 수 있기 때 문이다. 그는 쉬지 않고 매우 빠른 속도로 일한다. 그러나 토레스가

|73| **안드레 더버스Andre Dubus(1936~1999)** 20세기를 통틀어 미국에서 가장 단편을 잘 쓴 작가들 중 하나로 여겨지는 소설가이자 에세이스트이며 전기 작가.

인부들 앞에 오렌지색 화물트럭을 세웠을 때, 트란은 서둘러 물이 담긴 종이컵을 입으로 가져갔다. 더위는 일에 방해가 된다. 매일 아침마다 우리는 소살리토와 골든게이트 공원 사이에 난 이 고속도로 위를 걸어야 했다. 우리는 조그만 쓰레기 작살을 들고 마대를 질질 끌면서 돌아다닌다. 우리는 모두 화물트럭과 같은 색의 조끼를 입고 있다.

우리는 살아 숨 쉬는 서술의 한 부분을 발견한다. 화자는 페르시아인이지만, 그는 자신을 그런 방식으로만 설명하고 있지 않다. 그는 자신이 페르시아인이라는 사실을 다른 사람들이 그를 낙타라고 부르는 것을 통해 드러낸다. 이 장면은 멘데스라 불리는 인부가 베라니 앞에서 하는 말들로 이어진다.

나는 가방을 어깨에 둘러메고 토레스에게 말한다.
"우리나라에서였다면 그 자식을 때려 눕히라는 명령을 내릴 수도 있었어."
"그래서, 낙타? 멘데스의 나라에서라면 멘데스 혼자 힘으로 당신을 때려 눕힐 수도 있었겠지."
"나는 대령이었어, 토레스. 나는 공군 대령이었다고, 알아들어? 토레스? 나는 공군 대령이었어."

이번에는 대화를 통해 주인공의 배경이 점차 드러난다. 대화 역시 화자가 하는 행위 중 하나다. 인물들의 대화를 읽는 당신은 자동적으로 살아 숨 쉬는 서술을 읽고 있는 것과 같다.

베라니와 인부들은 점심을 먹기 시작한다. 다음을 보자.

조국에서의 나는 단지 책상 앞을 지키고만 있는 사람은 아니었다. 나는 이스라엘과 미국에서 F-16 전투기를 사들였고, 내가 테헤란의 대위였을 때는 손수 엔진을 돌보기도 했다. 물론 이곳 캘리포니아에도 항공업체들이 있다. 지난 4년 동안 나는 믿음이 가도록 겉모습을 치장하는 데 수백 달러를 썼다. 프랑스제 양복을 입고, 이탈리아제 구두를 신고 이력서를 여기저기 들이밀었다. 나는 연락이 오는 바로 그 순간만을 기다렸다. 그러나 아무 곳에서도 연락은 오지 않았다.

위와 같은 단순한 내레이션에도 우리가 공감할 수 있는 까닭은 이것이 생명력 있는 장면으로 뒷받침되어 있기 때문이다. 우리가 알고 있는 사실은, 마수드 베라니가 그의 옛 조국에서는 상당한 존경을 받는 지위에 있던 인물이었지만 수년간의 구직 활동에도 불구하고 이제는 쓰레기나 줍는 사람이 되었다는 것이다. 장면이 계속됨에 따라 우리는 그것보다 많은 것을 알게 된다. 더버스는 이 장면을 행위와 뒷배경을 병치시키면서 서술하고 있다.

데이빗 모렐은 《스캐빈저Scavenger》라는 소설을 이런 방식으로 썼다.

그는 이제 더 이상 그녀를 죽은 아내의 이름으로 부르지 않는다. 그 둘이 그토록 닮았음에도, 그래서 더 마음이 아픈데도 불구하고. 때때로, 잠에서 깬 그가 병상 옆에 앉아 있는 그녀를 볼 때마다, 그는 자신이 환영을 보고 있다고 생각했다.

"내 이름이 뭐죠?" 그녀가 물었다.

"아만다." 그가 조심스레 대답했다.

"훌륭해요." 의사가 말했다.

이 주의 깊은 남자는 단 한 번도 자신의 전공을 밝힌 적이 없지만, 밸린저는 그가 정신과 의사라고 추측했다.

"이제 퇴원하실 때가 된 것 같군요."

처음 두 문장이 드러내는 것은 화자가 처한 어려운 상황이다. 화자는 병원에 입원 중이다. 화자의 부인은 이미 죽었다는 것이 배경으로 설정되어 있다. 이것은 화자를 통해 드러난다. 이어지는 장면에서 아만다와 밸린저는 택시를 타고 브룩클린으로 간다. 그리고 아만다의 아파트로 들어간다.

아만다가 자물쇠에 열쇠를 밀어 넣었다.

"기다려요." 밸린저가 말했다.

"숨을 좀 들이마셔요."

사실, 그는 호흡을 가다듬을 필요가 있었다. 그러나 그 때문에 그녀에게 기다리라는 말을 한 것은 아니었다.

"정말 이게 좋은 생각일까요?"

"달리 갈 곳이 있나요? 혹은 당신을 돌봐줄 수 있는 다른 사람이라도 있어요?"

두 질문에 대한 답변은 모두 '아니오'였다. 지난 해, 밸린저가 실종된 아내를 찾아 헤매는 동안, 그는 싸구려 모텔방에만 머물렀고, 하루에 한 번 패스트푸드점에서 산 샌드위치 따위로 끼니를 때울 수있을 뿐이었다. 은행 잔고는 바닥났다. 남겨진 것이 아무 것도 없었다. [배경]

"당신은 나를 잘 모르잖아요." 그가 그녀에게 말했다.

"당신은 나를 위해 위험을 감수했잖아요." 아만다가 대답했다.

"당신이 없다면 나는 죽은 거나 마찬가지에요. [배경] 내가 또 알아야 할 것이 뭐죠?"

그 순간 둘 다 아무 말도 하지 않았다. 그리고 그 순간 밸린저는 자신이 구한 이 여자가 자신의 아내라고 믿었다. [배경]

"며칠 노력해봐요." 아만다가 문을 열었다.

모렐은 흥미로운 오프닝으로 소설을 시작하고 있다. 그는 주인공의 일상적인 삶에 끼어든 어려움을 보여주고, 살아 숨 쉬는 요소들을 집어넣어 인물의 배경을 설명하고 있다. 따라서 독자들은 모렐이 그려내는 주인공에 대해 흥미를 가질 수밖에 없다.

소설의 오프닝을 쓸 때는 독자들이 인물의 배경을 짐작할 수 있는 요소들을 조금씩 쓰는 것이 좋다. 뒷부분에 등장해도 되는 요소들은 뒤에 가서 쓰면 된다. 독자들이 인물에게 공감할 수 있을 만한 요소들을 쓰도록 하라. 그러고 나서 그 요소들이 스스로 '살아 숨 쉬도록' 하라. 이 과정들은 모두 인물들의 행위를 통해 드러나야 한다.

45

점진적으로 드러내라

서사적 구조는 서서히 드러나야 한다. 미스터리는 내재적으로 남겨둔 채 표면적인 사건들을 조금씩 드러내라는 뜻이다. 그래야 계속해서 독자들의 구미를 당길 수 있다. 주인공과 관련된 모든 것들을 처음부터 모두 밝혀서는 안 된다. 독자들에게 '왜 이런 일이 일어나는 거지?', '왜 저런 일을 하는 거지? 무슨 기분으로?' 따위의 질문들이 생겨날 수 있도록 힌트와 행위들을 곳곳에 숨겨놓아야 한다.

독자들이 아직 밝혀지지 않은 문제들을 따라갈 수 있도록 해야 한다. 그리고 그런 문제들은 책의 마지막 부분에서 해결되어야 한다. 존 길스트랩[74]은 《어떤 일이 있더라도At All Costs》에서 이런 글쓰기 방법을 보여준다. 첫 장에서, 우리는 모든 면에서 매

---

[74] 존 길스트랩John Gilstrap 미국사를 전공했으나 이후 구직에 실패, 갖가지 직업을 전전하다 첫 소설 《네이든의 질주Nathan's Run》로 큰 성공을 거두게 된다.

우 능숙한 포드 자동차 딜러 제이크 브라이튼을 만나게 된다. 이제 막 자신의 사업을 시작하려고 한 그는 난데없이 찾아온 중무장한 연방요원들에게 체포된다. 그에게 수갑이 채워진다.

그는 재채기가 나오려는 것을 간신히 참으면서 마음속 조각들을 꿰맞추려고 노력했다.
우리는 항상 조심에 조심을 거듭해왔다.

무엇을 조심한다는 말인가? 길스트랩은 아무것도 말해주지 않는다. 첫 장의 마지막 문장에 이르기까지 말이다.

그는 그와 캐롤린이 아직도 수배자 명단 맨 위에 이름이 올라 있는 것은 아닌가 하는 데 생각이 미쳤다.

와우! 그러나 또 다른 질문이 생겨난다. 이렇게 흠잡을 데 없이 평범하고 열심히 일하는 남자가 FBI의 수배 명단에 올라 있는 까닭은 무엇일까? 길스트랩은 우리를 다시 한 번 기다리게 한다. 거의 100여 페이지가 아무런 설명 없이 지나간다. 제이크와 그의 아내 캐롤린은 열세 살짜리 아들을 데리고 오래전부터 세운 계획에 따라 도시를 탈출하려고 한다. 우리는 또 다시 그들의 배경이 감추고 있는 미스터리를 알아내기 위해 책에 빠져든다. (이런 효과를 노리기 위해, 아들은 부모가 무슨 일을 벌였는지조차 모르는 상황이다.)

길스트랩이 숨겨진 비밀을 드러내는 순간은 본격적인 추격이 시작됐을 때부터다. 그때부터 우리는 서서히 드러나는 플롯에 따라 인물들과 그들의 행위에 주의를 기울이기 시작한다.

46

인물의 행위를 쥐락펴락하는 대화

당신이 과장되고 지루할 뿐만 아니라 투박하기까지 한 대화 장면을 썼다고 치자. 그것을 읽고 있는 사람들에게 당신은 팔리는 소설을 쓸 수 없다는 경고음이 들릴 것이다. 생기 있고 톡톡 튈 뿐 아니라, 변별력 있게 인물들을 그려낸 (그래서 서로 다른 목소리들을 들을 수 있게 하는) 대화 장면을 읽고 싶어 하지 않는 독자는 없을 것이다. 누구나 훌륭한 대화 장면을 좋아한다. 생생한 대화 장면은 어떻게 써야 할까?

저명한 극작가이자 시나리오 작가인 존 하워드 로슨[75]의 유명한 규칙을 상기할 필요가 있다. 그가 말하길[76], 대화 장면은

---

[75] **존 하워드 로슨John Howard Lawson(1894~1977)** 미국의 소설가로 할리우드 내 미국공산당의 수장이었고, 미국작가연합의 첫 번째 회장이기도 했다. 그는 할리우드 블랙리스트에 오른 뒤 멕시코로 건너가 마르크스주의에 입각한 작품들을 쓰기 시작했다.

[76] 《극작의 이론과 기술Theory and Techique of Playwriting》

반드시 '행위의 압축과 확장'을 통해야 한다고 했다.

즉 인물은 자신의 목적과 관계없는 것을 말해서는 안 된다는 뜻이다. 모든 장면에서 모든 인물은 모종의 목적을 지니고 있어야 한다. 그렇지 않다면 해당 인물이 등장할 필요가 없다. 필요도 없는 인물이 등장하느니 의자가 하나 등장하는 편이 낫다. 이것을 염두에 두고, 다음과 같이 써보도록 하라.

1. 한 장면을 쓰기 전에, 당신의 마음속에 각각의 인물들이 지금 이 순간 원하고 있는 것이 무엇인지를 떠올려보라.

2. 인물이 목적하는 것 때문에 갈등이 야기되어야 한다. 인물 간의 직접적인 갈등을 선호하지만, 그렇다고 꼭 '직접적인' 갈등이어야 할 필요는 없다. 한 인물이 어떤 것에 너무나 집중해 있어서 다른 인물이 개입할 수 없는 상황처럼 단순한 갈등을 보여주어도 좋다. 혹은 인물이 직접적인 대답을 회피하려 하거나, 대답하기를 망설이는 상황을 보여주어도 좋다. 무엇이라도 좋지만 순수하게 서로 왔다갔다 주고받는 대화 장면을 쓰도록 하라.

3. 다 쓰고 난 대화 장면을 다시 읽어보라. 이때 스스로에게 질문을 던져보라.

이런 대사가 주인공이 목적을 실현하는 데 어떤 도움을 주고 있는가? 자신의 행위를 함축하고 확장하는 대화 장면을 통해 주인공은 어떻게 보이는가?

47

대화 장면을 먼저 써보라

지금까지 말한 것처럼, 소설은 장면이라는 블럭들로 구성된다. 그러므로 작가는 '이 장면이 있어야 하는 이유는 뭐지?' 하는 질문을 먼저 염두에 두고 글을 써야 한다. 일반적으로 그렇다는 말이다. 당신은 그런 장면을 처음부터 발견할 수 있는 방법을 생각해야 한다. 소설을 구성하는 첫 번째 블럭을 생각해내고, 그것을 쓰기 시작한다. 혹은, 첫 번째 블럭의 조각을 쓰기 시작하고, 나머지 조각들은 나중에 채워 넣기도 한다.

그다음으로 소설을 쓰는 가장 좋은 방법은 대화 장면을 삽입하는 것이다. 지금 쓰고 있는 장면에 어떤 인물들이 등장해야 할지를 먼저 결정하라. 각각의 인물들에게 주제를 던져주고, 말하게 하라. 인물들의 대사가 장면을 구성하는 재료가 될 것이다. 인물들의 입에서 어떤 말이 나오는지는 나중에 점검하라.

때로 인물들이 당신이 예상하지 못한 말들을 하게 되는 상황이 벌어지기도 한다. 바로 이 부분을 집요하게 파고들어야 한다. 글쓰기를 멈추고 잠시 두뇌를 회전시켜라. 당신이 미처 예상하지 못한 인물들의 새로운 이야기가 어떻게 소설에 녹아들고 있는가? 이런 새로운 측면을 계속해서 드러내고 싶은가? 그러기를 원하지 않는다면 언제고 뒤로 돌아가서 인물들에게 뭔가 다른 말을 하게 하면 된다.

대사를 써 보는 것으로 당신은 소설의 장면들을 새로운 각도에서 볼 수 있다. 다른 동기나 의도가 생겨날 것이다. 일단 한번 해보라.

48

말하지 않고 보여주기

RUE^Resist the Urge to Explain는 설명하려는 욕구를 억누른다는 말의 줄임말로, 글쓰기 관련 서적이나 관련 인터넷 사이트에서 수도 없이 언급되는 말이다. 혹자는 RUE의 뜻이 과도한 노출을 피하는 것이라고 하고, 혹자는 '말하지 않고 보여주는' 또 다른 방법이라고 말한다.

둘 다 모두 옳은 지적이다. 설명을 피할 수 있다면, 그렇게 하라. 독자들은 미스터리를 좋아하는 법이고, 사건이 벌어지고 있는 동안 작가가 정보들을 꼭꼭 숨겨놓기를 바란다. 가능한 한 오래 사건을 설명하려고 하지 마라. 순간을 이해하는 데 절대적으로 필요한 경우에만 설명해야 한다.

당신은 '보여주기'와 '설명하기'의 차이를 알고 있다. 그러므로 당신이 쓰고 있는 장면을 호시탐탐 노리고 있는 설명적인 문장들을 피해갈 수 있도록 항상 주의해야 한다. 훌륭한 사례를 한번 보자.

나는 숲속을 향해 뛰어갔고, 심장은 쿵쿵거렸다.

나는 블러드하운드들이 나를 쫓아오는 소리를 들을 수 있었다.

보안관들이 개들에게 소리치고 있었다.

나는 공기를 깊이 들이마시면서 두 발을 움직이려고 애썼다.

두 발이 미끄러지면서 순간 나는 멈춰섰다.

내가 멈춰선 곳 바로 앞은 절벽이었다.

끔찍했다. 뒤에는 개들이 쫓아오고 앞에는 절벽이라니.

주변을 돌아보던 나는 나무들 사이에서 빛나고 있는 총을 보았다.

설명이 억제되지 않은 부분은 이런 문장에 나타나 있다. '끔찍했다. 뒤에는 개들이 쫓아오고 앞에는 절벽이라니.'

'끔찍했다'라는 첫 문장은 독자에게 이 상황을 이미 그가 느끼고 있다는 것을 말해준다. 두 번째 문장은 이미 주어진 정보를 다시 반복하고 있다. 이런 문장들이 없다면, 이 장면은 이렇게 읽힐 것이다.

나는 숲속을 향해 뛰어갔고, 심장은 쿵쿵거렸다.

나는 블러드하운드들이 나를 쫓아오는 소리를 들을 수 있었다.

보안관들이 개들에게 소리 치고 있었다.

나는 공기를 깊이 들이마시면서 두 발을 움직이려고 애썼다.

두 발이 미끄러지면서 순간 나는 멈춰섰다.

내가 멈춰선 곳 바로 앞은 절벽이었다.

주변을 돌아보던 나는 나무들 사이에서 빛나고 있는 총을 보았다.

훨씬 낫다. 긴장감도 떨어지지 않을 뿐 아니라, 독자들은 화자가 경험하고 있는 것을 같이 체험할 수 있기 때문이다.

49

불필요한 대화를 삭제하라

불필요한 대화 장면을 쓰지 않을 수 있는 두 가지 기법이 있다.

- 밋밋한 대화 장면을 삭제하라.
- 대화 장면에 특성을 부여하라.

　　나는 이런 대화를 '서술적인 대화'라고 부른다. 서술적인 대화는 한 장면에서 다음 장면으로 넘어가려고 하거나, 차근차근 단계를 밟지 않고 단번에 상당한 시간을 넘어가려고 할 때, (그리고 2,000쪽에 달하는 소설을 끝마치고자 할 때) 당신이 써야 할 대화 장면을 의미한다.

　　간단히 말해서, 필수적인 갈등이 아니라 단지 전반적인 상황에 대해서라면 서술적인 대화 장면을 조금 집어넣어도 좋다는 말이다. 만약 필수적인 갈등이 나타나야만 하는 상황이라면, 대화 장면도 그것에 어울리는 것이어야 한다. 서술적인 요약은 이런 것이다.

그들은 차에 올라 LA를 향해 달렸다. 두 시간 뒤 그들은 퍼싱 스퀘어 건너편의 주차장으로 들어갔다.

서술적인 대화도 마찬가지다. 실제 대화를 들려주는 대신에, 인물의 시점을 통해 대화를 요약할 수 있다. 대화를 요약하는 이유가 궁금한가? 일차적으로는 긴장감이 떨어지는 대화를 삭제하려는 목적이고, 요약된 대화를 통해 인물들에 대한 이해를 도우려는 목적이다.

존 D. 맥도널드의 소설 《평범한 갈색 포장지에 싸인 소녀The Girl in the Plain Brown Wrapper》에서 트래비스 맥기라는 인물이 등장하는 부분을 보자. 트래비스는 술집에서 페니라는 이름의 여자를 만났다. 서로 소개를 한 뒤 잡담을 나눈다. 이런 대화를 세세히 쓰는 것은 독자를 지루하게 만들기 십상이다. 맥도널드는 그들의 대화를 요약해서 보여준다.

그래서 트래비스는 광산연합회라 불리는 작은 회사에 투자하는 일에 흥미가 있는 사람으로 보이려고 했다. 페니는 한 의사의 사무실에서 안내인이자 회계담당자로 일하고 있었다. 트래비스는 미혼이었고, 페니는 4년 전 결혼해 1년 동안 결혼 생활을 유지했었다. 비가많이 오던 여름이 가고 가을이 오고 있었다. 사방이 습기로 가득했다. 가장 중요한 주제는 사이먼 앤 가펑클의 〈릴리reely〉라는 노래의 가사에 관한 것이었다. "만약 당신이 노래가 흘러 나오고 있는 동안 그 가사들을 알아들을 수 있다면, 하긴 가사는 레코드 케이스에 적혀 있지만, 당신은 그 가사를 정말 좋아할 거예요. 특히 침묵에 대한 부분이 좋아요. 트래비스, 만약에 말이에요. 전에는 한 번도 만난 적이 없는 사람들이 같은 것을 좋아하고 같은 것을 즐긴다면, 그냥 한 번 만나게 된 것이 아니라 그 전부터 아주 오랫동안 서로를 알고 있던 거나 마찬가지라고 생각하지 않으세요? 사람들은 그저 대화만이라도 나눌 기회를 충분히 갖고 있지 못해요. 그리고 사람들은 더는 어떻게도 서로 소통하지 않는걸요. 그리고 모든 사람들은 허전해 보이기만 하고요."

우리는 이 부분에서 여자와 트래비스의 태도에 대한 감을 잡게 된다. 이후 이야기는 계속된다.

50

약한 장면은 안 된다

전설적인 영화감독 존 휴스턴[77]은 언젠가 성공적인 영화를 만드는 비밀은 세 개의 위대한 장면들에 달려 있으며, 그런 영화에 약한 장면은 단 하나라도 있어서는 안 된다고 말한 적이 있다. 소설도 마찬가지다. 위대한 장면들은 기억에 남는 소설을 만든다. 전투원들이 사력을 다해 싸우고 있는 전쟁터를 떠올려보라. 그곳에서는 열정과 패기가 하늘 높은 줄 모르고 치솟고 있을 것이다. 그런 장면에서 벌어지는 일들은 이야기의 마지막까지 막대한 영향을 미친다.

이런 동력을 갖추지 못한 약한 장면들은 그저 부수적인 충전재 정도로만 여겨진다. 어떤 일도 일어나지 않는다. 그저 주저않아 잡담을 하거나 기다리거나 반응을 보이거나 할 뿐이다.

---

[77] **존 휴스턴John Huston** 〈말타의 매The Maltese Falcon〉, 〈시에라 마드레의 황금The Treasure of the Sierra Madre〉, 〈아프리카의 여왕The African Queen〉 등을 연출했다.

소설을 쓰고자 하는 당신은 잠재적으로 위대해질 수 있는 장면을 생각해야 한다. 그 장면에 관해서 메모하고, 소설의 어떤 부분에 그런 장면이 들어가야 할지를 생각해보라. 엔딩 직전의 클라이맥스 부분을 먼저 생각해두는 것도 좋다. 만약 기억에 남을 만한 장면이 떠올랐다면, 곧장 쓰기 시작하라. 그 장면은 당신의 플롯을 든든히 받쳐주게 될 것이다.

초고를 모두 작성했는가? 그렇다면 다음 질문들을 염두에 두고 어떤 장면들이 약한 장면인지 찾아낼 차례다.

"혹시 피곤한 에디터가 그냥 읽지 않고 넘길 만큼 지루한 장면을 쓴 것은 아닐까?"

그런 장면을 삭제하거나, 좀 더 눈에 띄게 다듬어라. 그리고 더 이상 약한 장면들이 발견되지 않을 때까지 이런 작업을 계속하라.

다음으로, 위대한 장면으로 거듭날 잠재력을 갖춘 세 가지의 장면을 골라내라. 그렇다고 해서 당신이 쓴 나머지 장면들이 진부하다는 뜻은 아니다. 모든 장면들은 반드시 존재하는 이유가 있어야 하고, 소설 전체의 버팀목이 돼주어야 한다. 모든 장면에는 긴장감과 더불어 가독성이 있어야 한다. 그러나 세 장면들은 나머지 장면들보다 뛰어난 것이어야 한다. 이런 장면들에는 갈등과 감정, 그리고 놀라움이 들어가야 한다. 세 가지 모두가 필요하다.

갈등, 감정, 놀라움.

'갈등'은 소설의 원동력이 되어준다. 그러면 갈등 구조를 어떻게 표현해야 할 것인가?

그것은 바로 '정서적인 요소'를 통해서다. 독자들로 하여금 인물의 내면을 들여다보게 하라.

마지막으로, 뭔가 '놀라운 것'이 첨가되어야 한다. 예상치 못한 차질이 빚어진다던가, 뭔가가 나타난다거나, 사건이 진행됨에 따라 의문점이 생겨난다던가 하는 등 말이다.

존 휴스턴의 시나리오 〈말타의 매〉를 보자. 이 시나리오에는 약한 부분이라고는 찾아볼 수 없다. (대실 해미트[78]의 원작소설에도 약한 부분은 존재하지 않는다. 시나리오는 원작에 충실하게 각색되었다.) 이 시나리오에는 적어도 세 가지 위대한 장면들이 있다.

샘 스페이드는 거트맨에게 모두가 혈안이 되어 있는 검은 새의 조각상을 찾아야 한다고 한다. 인물들의 갈등과 감정이 고조됨에 따라 내가 좋아하는 두 장면이 모습을 드러낸다.

첫 번째는 바로 시드니 그린스트릿이 연기한 거트맨이다. 그는 독특하고 반동적인 인물로 몸집이 크고, 옷을 잘 차려입고, 이상한 말들을 지껄인다. "나는 입을 꽉 다문 사람을 신뢰하지 않아. 그런 사람은 대개 잘못된 순간에 잘못된 말들을 하기 마련이거든."

|78| **대실 해미트Dashiell Hammett(1894~1961)** 하드보일드 스타일의 탐정소설을 개척한 미국의 소설가.

두 번째는, 장면의 마지막 부분인데, 스페이드는 화가 난 것처럼 가장하며 성질을 부린다. 이런 갑작스러운 전환은 거트맨이나 관객을 모두 놀라게 한다. 스페이드가 문을 박차고 걸어 나갈 때 그의 얼굴에는 야릇한 미소가 어려 있다.

언급할 장면은 두 가지가 더 있다.

한 장면은 스페이드의 아파트에서 벌어지는 일로, 그는 메리 애스터가 연기한 브리지드 오셔네시와 피터 로리가 연기한 카이로와 함께 있다. 1층에는 경찰들이 도착해 있다. 스페이드는 그들을 집안으로 들이려고 하지 않는다. 카이로가 고함을 지르고 경찰들이 들이닥친다. 브리지드가 카이로를 공격한다. 그 뒤, 경찰들이 보는 앞에서 그녀는 카이로를 발로 찬다. 이것도 놀라운 장면 중 하나인데, 그녀가 냉정함을 잃고 여고생처럼 행동하기 때문이다.

또 다른 위대한 장면은 마지막 장면이다. 여기서 스페이드는 브리지드에게 그녀가 파국을 맞이할 것이라고 말한다. 스페이드의 감정은 확고하다. 그는 자신도 어쩔 수 없이 그녀에게 빠져버렸다. 그와 동시에 그는 그녀가 얼마나 나쁜 여자인지도 알고 있다. 그러나 그는 더 이상 그녀에게 놀아나고 싶지 않다. 그는 그녀를 경찰에게 넘긴다.

우리가 얻을 수 있는 마지막 힌트는 이것이다. 위대한 세 가지 장면 중 하나는 마지막 장면이 되어야 하거나, 적어도 마지막 장면과 붙어 있어야 한다는 것이다. 당신의 소설에 이처럼 위대한

세 가지 장면을 삽입하라. 약한 장면을 써서는 안 된다. 그것이
비법이다.

51

희극을 쓰려면 비극에 처한 인물을 등장시켜라

등장인물들은 자신들을 둘러싼 상황을 비극적으로 받아들이지만, 관객들은 오히려 그런 상황을 희극적으로 느끼는 것이 좋은 희극이다. 등장인물들이 지나치게 많은 것들을 선택해야 하는 상황에 놓이게 되면, 그들에게 선택은 '생과 사'에 달린 문제가 되어버리기 때문에, 그들은 사소하지만 비극적인 상황을 겪게 되는 것이다.

텔레비전 시리즈 〈자인펠트〉|79|의 모든 에피소드들이 이런 식이다. 예를 들어 제리는 때때로 바보 같은 것들과 훌륭한 여자친구 중 무엇을 선택해야 할지 망설인다. '나치 수프Soup Nazi'같은 에피소드에서 이런 선택의 순간이 다가왔을 때 제리는 수프

|79| 〈자인펠트Seinfeld〉 미국 NBC에서 1989년부터 1998년까지 방송했던 시트콤. 래리 데이비드 Larry David와 제리 자인펠트Jerry Seinfeld가 공동제작했는데, 자인펠트는 직접 극 속에 등장하기도 한다.

를 선택하고 만다. 또 다른 등장인물 크레이머나 뉴먼은 누군가가 몰래 내다 버린 병들을 주워 푼돈을 벌리려고 한다. 그들은 그 공병들이 포트 녹스 부대에서 나온 것처럼 거짓말을 한다. 조지는 뉴욕양키즈 경기장의 책상 밑에서 낮잠을 자려고 한다. 왜? 힘든 일을 내팽개치는 것이 그의 행복에 필수적이기 때문이다.

〈괴상한 커플〉[80]에 등장하는 오스카 메디슨은 행복해지기 위해 게으름뱅이가 된다. 결벽적으로 깔끔한 성격의 펠릭스가 오스카를 나무랐을 때, 오스카는 자신이 처한 상황이 바그너식의 파국을 맞았다고 생각한다.

〈툿시〉에 등장하는 마이클 도시는 오로지 배우가 되기만을 바란다. 그러나 아무도 그를 섭외하려고 하지 않는다. 그래서 그는 역할을 얻기 위해 도로시 마이클스가 된다. 그는 좀 더 나은 배우가 되기 전까지는 조역밖에 맡을 수 없을 것이다.

이처럼 별 것 아닌 비극적 상황을 설정하면 좋은 희극을 쓰기가 쉬워진다. 이것을 염두에 두면서 등장인물들이 처한 상황을 악화시켜라. 등장인물들이 원하지 않는 방향으로 상황을 몰고 가라는 말이다.

---

[80] 〈**괴상한 커플Odd Couple**〉 미국 ABC에서 1970년부터 1975까지 방영된 드라마. 토니 랜달Tony Randall이 펠릭스 웅거로, 잭 클럭맨Jack Klugman이 오스카 메디슨으로 연기했다. 닐 사이먼Neil Simon의 원작이 있다. 펠릭스와 오스카는 각각 이혼한 경험이 있는데 펠릭스는 괴짜에 가깝고 오스카는 게으르고 편한 것을 추구한다. 그들이 같은 아파트를 빌리게 되면서 벌어지는 소동이 그려져 있다.

52

개요를 작성하라

《뉴욕타임스》의 베스트셀러가 될 만한 작품을 쓰려면 어떻게 해야 할까?

개요를 써라. 혹은 개요를 쓰지 마라.

단순하다. 그렇지 않은가?

앤드류 그로스[81]는 '개요의 대가'라고 불렸다. 그는 소설을 쓰기 시작하기 전 장장 80여 페이지에 달하는 개요를 작성했다. 《뉴욕타임스》의 베스트셀러가 된 《푸른 구역The Blue Zone》과 《다크 타이드The Dark Tide》를 쓴 그는, 개요를 쓰는 기법을 제임스 패터슨에게서 배웠다고 했다. 개요를 미리 작성해보면 글쓰기를 좀 더 수월하게 할 수 있다는 얘기다. "나는 항상 마감일이 언제든 내가 글쓰기에 필요로 하는 것이 무엇인지를 알고 있습니다." 그는 작가들에게 규칙

|81| **앤드류 그로스**Andrew Gross(1952~) 제임스 패터슨과 공동으로 쓴 서스펜스 스릴러물들로 잘 알려진 작가.

을 습득하는 법을 배우는 일부터 시작하라고 조언한다. "나는 플롯을 제어하고 싶어요. 플롯이 나를 제어하기를 원하지는 않지요."

반면, 리 차일드[82]는 이런 이야기를 하기도 한다. "나는 내가 다음 문단에서 쓰려고 하는 것이 무엇인지조차 알지 못합니다." 이와 같이 두 가지 방법론이 있다. 그리고 양쪽 모두 성공할 수 있다. 당신 생각에는 누가 옳은 것 같은가? 둘 다 옳다.

아마도 대부분의 작가들이 미리 개요를 작성하지 않을 것이다. 그들은 대지 위를 자유자재로 뛰놀며 꽃향기를 맡는 것처럼, 그저 글을 쓰는 기쁨에서 나오는 창조적인 자유를 만끽하기를 원한다.

개요를 미리 작성하는 작가들도 있다. 얼마나 넓은 범위의 개요를 미리 작성하는지는 사람마다 다른 문제다. 어떤 작가들은 개요를 최소한으로만 작성하고, 또 어떤 작가들은 더 광범위한 개요를 작성한다.

그 사이에 있는 작가들도 있다. 예를 들면 베스트셀러 작가 마이클 팔머[83]가 그렇다. "나는 각 장이 지닌 분량에 따라 개요를 줄이기도 합니다. 또 내가 개요를 잡고 시작한 책이 진전되

---

[82] 리 차일드Lee Child(1954~) 주로 잭 리처라는 군인경찰의 모험을 다룬 소설을 쓰고 있는 영국 태생의 작가. 미국에서 생활하며 글을 쓰고 있다.

[83] 마이클 팔머Michael Palmer(1942~) 의학 스릴러의 대가로 15권의 소설을 써냈다. 그의 소설들은 항상 《뉴욕타임스》 베스트셀러 리스트에 등극했으며, 35개 언어로 번역되었다.

는 정도에 따라서도 달라지죠. 아직도 글쓰기를 시작하기 전에 어느 정도까지 개요를 잡아야 할지는 모르겠어요. 그리고 미리 개요를 작성했다고 하더라도 실제로 글을 쓰기 시작하면 이야 기의 분량을 어떻게 배분해야 할지도 잘 모르는 경우가 있고요. 이럴 때면 시간과 돈이 무제한적으로 남아 있기만을 바랄 뿐이 죠. 아무튼 나는 원고를 시작하기 전에 개요를 잘 작성하려고 노력하는 편입니다."

칼라 네거스[84]도 이런 방식으로 작업한다. "누군가 내게 개 요를 먼저 잡고 글을 쓰느냐, 아니면 앉은 자리에서 바로 반사 적으로 글을 쓰느냐고 묻는다면, 나는 둘 다라고 대답합니다. 나는 하나의 방법만을 갖고 글을 쓰지는 않아요. 책에 따라 다 른 거죠. 내게 시놉시스는 시작지점과 같아요. 나는 이야기가 나아가는 방향과 특정한 방식으로 글을 쓰라고 자신을 압박하 는 것 사이에서 집중할 때 가장 좋은 글을 씁니다. 이야기가 나 아가는 방향이 내게 글쓰기를 멈추고 개요를 좀 다듬어야겠다 고 하면, 나는 글쓰기를 멈추고 개요를 손봅니다. 진행되고 있 는 이야기가 내가 쓴 것들을 읽어보고 다시 쓰라면, 나는 이미 쓴 페이지들을 다시 읽어보고 고쳐 쓰지요. 만약 이야기가 나아 가는 방향이 퇴고를 그만하라고 명령하면 나는 그렇게 합니다.

|84| **칼라 네거스Carla Neggers** 로맨스 작가협회의 회원이면서 국제 스릴러소설협회의 부회장을 맡았던 미국의 소설가. 50여 편이 넘는 소설을 발표했다.

나는 자신의 규칙을 따르는 편이지만, 그렇다고 군인처럼 명령이라면 껌뻑 죽는 작가는 아니죠."

그저 당신의 상상력을 점검하는 정도로만 개요를 작성하는 것이 좋을 것이다. 물론 개요를 반드시 작성해야 할 때도 있다. 개요를 작성하지 않는 작가들은 대개 초고가 완성된 다음에야 개요를 작성한다. 개요를 미리 작성하는 작가들은 초고를 쓰기 전에 이 일을 한다. 개요를 미리 작성하지 않는 작가들은 대개 초고의 상당 분량을 자발적으로 검토하고 고쳐 쓴다. 개요를 미리 작성하는 작가들은 원고를 쓰기 시작하기 전에 자발적으로 개요를 작성한다. 이런 작가들에게는 소설 전체를 고쳐 쓰는 것보다는 개요를 바꾸는 것이 더 쉬운 것이다.

나는 항상 처음에는 광범위한 개요를 잡는 편이다. 그리고 소설의 전체적인 구성상 필요한 지점에 들어가야 할 이정표 역할을 하는 장면들을 군데군데 배치시킨다. 작가가 되고 나서 얼마간 나는 시나리오 습작을 하던 시기에 쓰던 인덱스 카드들을 사용했다. 오늘날에는 똑같은 작업을 위해 컴퓨터 프로그램을 사용한다.

내가 당신에게 할 수 있는 단 하나의 조언은, 당신이 양쪽 모두 시도해봐야 한다는 것이다. 개요 작성이 내키지 않을 수도 있다. 그러나 적어도 몇 주 가량 시간을 들여 개요를 작성하도록 노력해보는 것이 좋다. 개요를 작성하는 일이 당신의 신경을 긁는다 하더라도 당신은 당신의 내부에서 꿈틀거리는 이야기에 관해 많은 것들을 배울 수 있을 것이다.

만약 당신의 작업이 개요를 작성하는 방식에 가깝다면, 인물들이 당신의 말에 순순히 복종하지 않을 때, 몇 분간이라도 인물이 스스로 자신에 대해 설명하게 해보라. 당신이 미리 작성한 개요가 필요한 순간 변형될 수 있도록 마음의 준비를 하면서 말이다.

어떤 소설이라도 생명력을 얻으려면 스스로 숨 쉴 수 있어야 한다. "천천히, 천천히, 나는 책의 말을 듣는 법을 배우고 있다. 내가 기도를 듣는 것과 같은 방식으로 말이다." 매들린 렝글[85]은 이렇게 쓴 적이 있다. "만약 책이 내게 무언가 완전히 예기치 못한 것을 말해준다면, 나는 그 말을 경청한다. 책이 말해주는 것은 대개 옳다."

|85| 매들린 렝글Madeleine L'Engle(1918~2007) 뉴버리 상을 받은 《시간의 주름A Wrinkle in Time》으로 잘 알려진 작가. 그녀의 작품에는 기독교주의와 현대과학에 관한 흥미가 반영되어 있다.

53

미니플랜을 세워라

머릿속에 아이디어들이 마구 떠오르기 시작한다. 글을 쓰고 싶어진다. 초조하다. 나는 많고 많은 아이디어들을 갖고 있다. 그럴 때면 나는 잭 케루악처럼 글을 갈겨쓰고 싶어진다. 그래서 나는 좀 더 체계적이고 계획적으로 글을 쓸 수 있도록 하는 미니플랜을 스스로 개발했다. 당신도 글을 쓸 때마다 초조해하는 성격인가? 그렇다면 다음 단계들이 도움이 될 것이다.

1. 먼저 한 줄의 문장으로 당신의 아이디어를 개념적으로 요약하라. 당신이 매료될 만한 요약문이 나올 때까지 이 작업을 계속하라. 밋밋한 아이디어들은 지워라.

보험사 영업사원과 섹시한 상류층 부인이 보험금을 두 배로 타내기 위해 그녀의 남편을 살해하려는 계략을 꾸민다.

2. 위의 요약문을 조금 더 길게 늘려보자.

겉은 번지르르한 보험사 영업사원 월터 네프는 자신이 외줄을 타듯
세상을 살고 있다고 생각한다. 그는 고객 중 젊고 섹시한 한 명의 부
인 필리스 디트릭슨을 만나게 된다. 그녀가 발목에 차고 있던 발찌
때문이었을 수도 있고, 공기 중을 떠돌던 인동덩굴 냄새 때문이었을
수도 있다. 어쨌거나 그는 살인을 결심한다. 쾌락과 탐욕 때문에 월
터는 필리스의 남편을 살해하려는 계획에 참여한다. 월터는 살인사
건을 사고로 위장하는 법을 알고 있다. 그래야만 필리스는 두 배의
사망보험금을 타낼 수 있다.

한 가지 문제가 생겨난다. 전설적인 보험사기 조사원 바튼 케예스가
수마일 떨어진 곳에서 일어난 사기사건의 냄새를 맡은 것이다. 월터
는 모든 일들이 완벽하게 꾸며졌다는 것을 알고 있다. 그리고 그렇
게 보인다. 기차 안에서, 그날 밤이 시작되기 전까지는……

당신이 늘린 요약문이 완벽할 필요는 없다. 다만 당신이 계속
해서 길게 발전시켜 나갈 만큼 흥미로운 것이어야 한다.

3. 소설의 첫머리에 등장할 주인공이 겪는 어려움에 대해 써
보라. 당신은 주인공의 난관을 설정할 만큼, 그에 대해 이미
잘 알고 있다. 마음속에 시각적인 이미지를 떠올려보라. 인
물들을 창조하라. 어떤 인물이라도, 심지어는 죽었거나 살

았어도 관계없다. 당신은 프레드 맥머레이라는 인물도, 미키 루니라는 인물도 상상할 수 있다. 필리스와 관계된 인물로 바바라 스탠윅이나 케이트 윈슬렛을 떠올릴 수도 있다. 이제 36장 〈시작을 더 긴박하게 만들어라〉를 참고해 소설의 첫머리를 써보자.

4. 다음 장면을 써보라. 문제를 일으켜라. 혹은 막 일어난 사건에 대한 인물들의 반응을 써라.

5. 머리를 굴려야 한다. 먼저, 다음 장에서 벌어질 사건들을 스무 가지 정도 구상하라. 너무 많이 생각하지 말고 빠른 속도로 생각하라. 그다음 주인공에 대해 생각해보라. 주인공에 깊이를 더하라. 주인공의 내면에 갈등과 투지를 생겨나게 하라. 주인공이 스스로 말하게 하고, 그 말을 받아 적어라. 세 가지 장면을 더 구상하라.

6. 구상한 장면들을 써라.

지금까지 작업한 것들을 일주일 정도 이리저리 머릿속에서 굴려보라. 사건들을 다시 써보고, 다른 인물의 시점에서 써보고, 개요를 다시 설정하는 등 자유롭게 작업하라. 소설을 좀 더 자연스럽게 다듬고 싶다면, 당신은 땀 흘리며 노력해야 한다.

54

이
어
질
이
야
기
가
무
기
다

비교적 순조롭게 소설을 써오던 당신에게 갑자기 막막함이 찾아온다. 이어질 이야기나 장면들을 어떻게 써야 할지 알 수가 없다. 사건들은 각각 따로 노는 것처럼 보인다. 이런 경우 해법은 무엇일까? 다음을 참고하라.

1. 사전, 혹은 유의어사전의 아무 페이지나 펼쳐 단어 하나를 선택하라. 그 단어에서 생각해낼 수 있는 사건들을 스무 가지 정도 목록으로 만들어라.

2. 목록을 다 만들었으면, 나중에 찾기 쉽게 쓰고 있던 원고에 표시를 한 뒤, 진도가 나가지 않는 장면을 건너뛰고 다음 장면부터 쓰기 시작하라.

3. 하나의 장면을 다 쓰고 나서도 여전히 다음의 이야기를 어

떻게 진행시켜야 할지 모르겠다면, 적어도 열 가지 아이템으로 두 개의 목록을 만들어라.

- 첫 번째 목록은 독자들이 다음에 벌어질 만한 일로 예상 가능한 사건들의 목록이다.

- 두 번째 목록은 독자들이 다음에 벌어질 만한 일로는 예상하지 못할 사건들의 목록이다. 두 번째 목록을 참고해 다음 장면을 써라.

4. 글쓰기를 잠시 멈추고 자료를 조사하라. 전문가를 찾아가 보고, 책을 읽어라. 구글을 통해 기사를 검색하라. 눈에 띄는 사건들을 찾아내 당신의 이야기로 만들어라.

5. 시점을 전환하라. 3인칭 시점으로 글을 쓰고 있다면, 1인칭 시점으로 바꾸어 글을 써보라. 다른 방식도 물론 가능하다. 그리고 당신의 글이 어떻게 달라지는지를 보라.

6. 이야기가 늘어지고 뻔해지는 지점으로 돌아가라. 거기서 새로운 돌파구를 찾아내라.

7. 화자가 스스로 말하게 하고, 화자에게 무슨 일이 벌어지고

있는지를 물어보라. 지금 무슨 일이 벌어지고 있는지, 그리고 어떤 일이 지연되고 있는지를 인물들 스스로 말하게 하라. 그렇게 하고 나면 그들이 이야기를 풀어 나가기 시작할 것이다.

8. 장면에 새로운 인물을 도입하라. 그 인물의 깜짝 등장과 그 다음에 벌어지게 될 사건의 연결고리를 찾아내라.

9. 아무 소설책이나 펼쳐 대화 장면을 발견할 때까지 넘겨보라. 찾아낸 대화 장면의 첫 대사를 당신의 화자가 말하고 있다고 생각해보라. 그리고 당신의 화자가 그 대사를 읊는 것부터 새로운 장면을 쓰기 시작하라. 당신의 화자는 왜 그렇게 말하는가?

10. 만약 글쓰기가 정말로 어렵다면, 초콜릿 바 한 개를 먹고 한두 시간 누워 있어라. (물론 초콜릿 바 말고 다른 것을 먹어도 된다.) 다시 일어나서 손으로 5분가량 멈추지 말고 써라. 쓰고 있는 것이 당신 이야기에 아무런 도움이 되지 않을지라도 말이다.

55

시점을 놓치지 마라

3인칭 시점으로 씌어진 소설에서는 모든 일들이 인물의 머릿속을 거쳐 드러나게 된다. 작가는 인물이 무엇을 생각하고 지각하는지를 항상 생각해야 한다. 3인칭 관찰자 시점으로 씌어진 소설에서는 단지 한 명의 인물만이 화자의 역할을 맡는다. 3인칭 전지적 시점으로 씌어진 소설에서는 한 명 이상의 인물들이 화자로 활용될 수 있다. 그러나 하나의 장면에는 한 인물의 시점만 드러나는 것이 가장 좋은 방법이다. 3인칭 시점의 인물들이 작가의 목소리로 말해서는 안 된다. 화자의 머릿속 깊이 파고들어라. 다음 두 가지 방법들의 차이를 살펴보라.

냉정하게, 한 발짝 떨어져서

샬롯은 눈을 떴다. 그녀는 거울 속에서 두 명의 소년들을 볼 수 있었다. 둘 다 열다섯 혹은 열여섯 이상 나이를 먹은 것 같아 보이지 않았다. 그들은 심지어 나이들게 보이려고 노력하는 어린아이들처럼 보이기도 했다. 각각의 손에는 법을 무시하기라도 하듯 맥주 캔이 들려 있었다. 둘 다 허리 위로는 아무것도 입고 있지 않았다. 한 명은 허리에 타월을 두르고 있었고, 발에는 플립플롭을 신고 있었다. 다른 한 명은 반바지에 부츠 차림이었다. 그는 몸이 가늘었고, 코가 컸다. 그가 맥주 캔을 입가에 가져다댔다. 고개를 뒤로 젖히고, 오랫동안 맥주를 마셨다. 맥주를 마시고 나더니, 그는 몸을 떨며 깔깔 웃어댔다. 그러고는 크게 말했다. "입술에 닿는 맥주 맛이 너무 좋군!"

따뜻하게, 인물의 내부에서

샬롯은 눈을 떴다. 그녀는 거울 속에서 두 명의 소년들을 볼 수 있었다—어린 소년들이었다! 둘 다 열다섯 혹은 열여섯 이상 나이를 먹은 것 같아 보이지 않았다! 어른을 흉내 내려는 절망적인 욕망으로 몇 옥타브를 낮춘 목소리에서도 아이다운 기색이 묻어났다. 각각의 손에는 맥주 캔이 들려 있었다. 하지만 애들은 맥주를 마시면 안 돼! 둘 다 허리 위로는 아무 것도 입고 있지 않았다. 한 명은 플립플랍을 신고 타월을 허리에 두르고 있었다. 그 애의 뺨과 목, 그리고 상체에는 아직도 젖살이 붙어 있었다. 샬롯은 기저귀와 땀띠분을 떠올렸다. 다른 하나는 반바지와 부츠 차림이었다. 그는 다른 아이보다 몸이 가늘었지만, 너무 커다란 코 때문에 바보처럼 보였다. 아직 뺨이 코보다 성장하지 못한 것이다. 그는 고개를 뒤로 젖히고는,

입가로 맥주 캔을 들어 올려 거의 수직으로 세운 채 평생 그럴 것처럼 오랫동안 맥주를 마셨다. 그의 목젖이 피스톤처럼 위로 아래로 움직였다. 그러고는 그 아이는 몸을 반으로 접더니, 황홀해하며 외쳐대기 시작했다. "맥주 맛이 너무너무너무 좋아!"

- 톰 울프, 《나는 샬롯 시먼스이다I Am Charlotte Simmons》|86|

두 번째 버전에서, 작가는 흥분된 어투와 느낌표, 그리고 대문자(자기만의 스타일)를 사용해 난생 처음으로 여학생 기숙사 욕실에 들어온 순진한 신입생들처럼 보이는 인물들을 그려내고 있다. 좀 더 따뜻한 느낌으로 3인칭 시점의 인물들을 묘사하고 싶은가? 그렇다면 인물들에게 주어지는 감각들을 묘사하라. 예를 들어, 내 학생들 중 한 명은 이렇게 자신의 소설을 시작하고 있었다.

보던 글로버는 클러치를 밟은 뒤 오토바이의 기어를 4단에 놓았다. 그는 새로 난 해변고속도로를 달려갔다. 바닷물이 둑으로 밀려오고 있었다.

이제 우리는 보던의 머릿속에 앉아 있다. 마지막 문장은 좀

|86| **톰 울프Tom Wolfe(1931~)** 1960년대부터 1970년대까지 뉴저널리즘 운동을 이끈 작가이자 저널리스트. 2004년 발표한 《나는 샬롯 시먼스이다》는 아팔래치아에서 장학금을 받고 온 가난한 학생과 현대 미국 대학에 만연한 물질주의와 성적인 방종과의 충돌을 묘사하고 있다.

미적지근하다. 어떻게 해야 할까?

보던 글로버는 클러치를 밟은 뒤 오토바이의 기어를 4단에 놓았다. 그는 둑으로 밀려오는 바닷물을 바라보며 새로 난 해변고속도로를 달려갔다.

이처럼 좀 더 따뜻한 방법으로 3인칭 시점의 인물을 그릴 수 있다. 당신은 이렇게 쓸 수도 있다.

그는 둑으로 밀려오는 바닷물과 오토바이 소리를 즐기면서 새로 난 해변고속도로를 달려갔다.

단지 조금 문장을 바꾸었을 뿐이다. 이런 차이도 독자들에게 영향을 줄까? 그렇다. 단지 독자들은 그런 변화를 겉으로 깨닫지 못할 뿐이다. 이렇게 작은 변화들이 모이고 쌓일 때 독자들은 더 강력한 독서 경험을 하게 된다.

당신은 독자들을 위해 문장을 쓰는 기법을 연마해야 한다. 당신이 문장들을 조금씩 좋은 방향으로 다듬어갈 때, 당신의 소설은 풍부하고도 다채로워질 수 있다.

56

1인칭 시점을 다루는 특별한 기술

1인칭 시점이 제한적이라고 말하는 사람들도 있다. 작가가 다른 시점으로 쓰는 것이 어렵기 때문에, 그리고 다른 인물의 생각이나 감정을 묘사하는 것이 어렵기 때문에. 그러나 이런 제약들은 1인칭 시점만이 가진 매력이기도 하다. 독자들이 화자의 속내를 가장 잘 들여다볼 수 있기 때문이다. 다른 시점을 사용하는 것보다 1인칭 시점으로 화자를 설정할 때의 매력을 알아보자.

시간을 끌어라

1인칭 시점으로 많은 서스펜스 소설을 써낸 필리스 휘트니는 시간 끌기의 대가다. 그녀는 가장 고조된 순간에 한 장면을 끝내고, 다음 장면으로 넘어가기 일쑤다. 다음 장면의 화자는 이전과는 180도 다른 상황에 서 있다. 조금 전의 긴박감은 어디로 사라졌단 말인가? 휘트니는 화자 스스로 그때의 긴박했던 사건을 다시 떠올리는 순간까지 당신을 기다리게 한다.

1인칭 시점을 다중적으로 사용하라

소설 쓰기에서 가장 많이 사용되는 기법들 중 하나는, 독자가 다수의 등장인물들에게 친밀함을 느낄 수 있도록 다중적인 1인칭 시점을 사용하는 것이다. 어떤 작가들은 각 장에 등장인물의 이름을 제목으로 붙이기도 한다. 그러면 독자들이 시점이 전환되었다는 것을 쉽게 알아차릴 수 있다.

인물들 목소리가 각각 뚜렷하게 구분될수록, 그리고 각각의 무게가 잘 전달될수록, 소설은 쉽게 풀리기 마련이다. 그러려면 당신에게는 좀 더 완성도 높은 글쓰기 능력이 요구된다. 당신은 어떤 시점으로 소설을 쓸 것인가? 1인칭 시점인가, 3인칭 시점인가? 다음을 참고하라.

타인의 머릿속을 들여다보라

타인의 머릿속으로 들어가라는 말은 당신에게 〈존 말코비치 되기〉Being John Malkovich 속으로 들어가라는 말처럼 들릴 것이다. 이 기법으로 씌어진 소설 속의 화자는 다른 인물의 마음속에서 벌어지고 있는 일들을 추측할 수 있다. 예를 들어, 당신은 사라라는 옛 여자친구와 함께 도망 중인 범죄자를 그리고 있다. 그는 잠시 멈춰 생각한다.

나는 사라가 지금 이 순간 무슨 생각을 하는지 알고 있었다. 해가 지고 있었고, 도시의 불빛이 하나둘 켜지고 있었다. 그래, 그녀는 다음에는 누구의 등을 찔러 죽일지 생각하고 있던 거야. 그녀는 택시에서 내려 고위급 회의를 하러 호텔 계단을 걸어 올라가는 사업가 유형의 남자들을 창밖으로 바라보고 있었던 거야. 뷔페식당에 차려진 음식들처럼 보이는 사람들을 보면서 말이지. "누가 다음 차례일까? 음, 어디 보자, 이번에는 샌프란시스코에서 온 중역을 해치우자, 흠……."

다른 인물을 통해 정보를 노출하라

당신의 화자를 3인칭 시점의 인물로 사용할 수도 있다. 같은 장소에 있는 다른 인물을 통해 정보를 얻을 수도 있는 것이다. 로렌스 블럭은 〈악마는 당신의 죽음을 알고 있다The Devil Knows You're Dead〉에서 이런 기법을 사용하고 있다.

9월의 마지막 목요일에, 리사 홀츠먼은 9번가로 쇼핑을 하러 갔다. 그녀는 33번로와 34번로 사이에 위치한 그녀의 아파트로 돌아와 커피를 끓였다. 커피가 추출되는 동안 그녀는 수명이 다 된 전구를 새로 산 것으로 갈아 끼웠다. 식료품을 밀쳐놓고, 고야 콩이 담긴 상자 겉면에 인쇄된 요리법을 읽었다. 그녀가 커피잔을 들고 창가에 앉았을 때, 전화벨이 울렸다.

그녀의 남편 글렌이었다. 그는 그녀에게 여섯 시 반까지 집에 돌아오지 못할 것이라고 말했다.

3인칭 시점으로 씌어진 단락들은 화자인 맷 스쿠더가 입을
열 때까지 계속된다.

나는 그가 버튼다운칼라에 아주 작은 푸른 점들이 박힌 옥스퍼드
셔츠를 입고 테이블 앞에 앉아 있는 것을 보았다. 그의 넥타이는 음
식 얼룩이 묻지 않도록 한쪽 어깨 뒤로 넘어가 있었다. 나는 그가
그렇게 앉아 있는 모습을 전에도 한 번 본 적이 있다. 모닝스타라는
이름의 커피숍이었다.

여기서 스쿠더는 어떻게 그가 목격하지 못한 사건에 대해 알
고 있을까? 우리는 스쿠더를 조사원처럼 활용해, 그가 수집해
온 정보들을 받아들인다. 그는 그가 전에 한 번 본 적이 있는,
넥타이를 어깨 뒤로 넘기는 행위에 대해서도 추측을 한다. 만
약 그런 일이 과거에 '실제로' 일어나지 않았더라면? 이것은 소
설이다. 그리고 로렌스 블럭은 분위기 조성을 위해 세부 묘사를
하고 있는 것이다. 또 당신은 화자에게 어떤 사실들을 알려주는
인물을 등장시킬 수도 있다. 이때 화자는 3인칭 시점의 인물처
럼 그려진다.

"그가 나를 인도하기 시작했어." 트립이 말했다. "그리고 나는 거기

서 빠져나와야 한다고 생각했지만, 뭔가가 나를 계속 앞으로 가게
만들었어."

"네 그 나쁜 호기심 말이야?" 내가 말했다.

"너를 구하려고 했는지도 몰라." 그가 대답했다. "왜 나는 알지도 못
하는 너를 위해서 이런 일들을 할까?"

"그래서 뭘 찾아냈는데?"

트립은 모리스가 자신을 이 도시에서 가장 꺼려지는 지역에 있는
허름한 집의 뒤편에 있는 황폐한 숙소로 데리고 갔다고 말했다. 기
차선로가 거리를 가로지르고 있었다고 했다. 보도를 걸을 때마다
무언가가 부스러지는 소리가 끝없이 울렸고, 도로에 면한 유칼립투
스 나무들은 온통 썩어가고 있었다고 했다.

모리스의 거처는 본래는 연장창고로 사용했을 것 같은 창문도 없는
단칸방이었다. 아주 오랫동안 쌓이고 쌓인 쓰레기들이 바닥부터 천
장까지 닿아 있었다.

노인이 된 모리스는 이것저것 주워 모으기를 좋아하는 사람이었다.
책들, 신문들, 레코드들, 빨갛고 하얀 볼링화를 포함한 신발들. 트립
은 가운데 조그만 생활공간을 갖춘, 괴상하게 생긴 원형극장에 들
어와 있는 것 같다고 생각했다. 군용 담요가 덮인 얇은 매트리스가
가구라고 부를 만한 것의 전부였다. 실내 공기는 퀴퀴하고 무거웠다.
(이 장면은 이런 식으로 계속되다가 화자가 트립과 '실제 대화'를 다시 나누기
시작하면서 끝난다.)

"와우." 트립이 이야기를 마쳤을 때 내가 말했다. "너는 세상에서 가

장 흥미로운 사람을 만난 거야."

1인칭과 3인칭을 뒤섞어라

이런 기법은 오늘날 특히 상업적인 소설에서 많이 사용되고 있다. 순수주의자들은 어쩌면 1인칭과 3인칭을 오가는 기법은 속임수라고 항의할지도 모른다. 그러나 독자들은 당신이 완전히 다른 시점들을 섞어가며 소설을 쓰더라도 개의치 않을 것이다. 여러 가지 시점을 사용할 때의 1인칭 화자는 다른 인물들과 구별되는 독특함을 지녀야 한다. 단지 대명사 '나'를 사용하는 데서 그치는 것이 아니라, 3인칭 시점의 인물들과 명확히 구별될 수 있어야 한다.

"내가 그 사실을 알았더라면……"

3인칭 시점이 아닌 1인칭 시점을 통해서만 쓸 수 있는 기법이 있다. 바로 '내가 그 사실을 알았더라면' 기법이다. (이 기법은 1인칭 현재형 시점으로도 쓸 수 없다.) 왜냐하면 과거를 돌이켜보는 1인칭 화자는 그때 막 벌어지기 시작했던 사건을 영화처럼 묘사할 수 있기 때문이다. 하지만 당신은 이 기법을 너무 자주 사용해서도 안 되고, 허술하게 사용해서도 안 된다. 스티븐 킹은《크리스틴 Christine》에서 이 기법을 사용하고 있다.

그 뒤, 여름휴가가 끝나갈 무렵, 크리스틴을 처음 본 어니는 그녀와 사랑에 빠졌다. 그날 나는 그와 함께 있었다. 우리는 일을 마치고 집으로 돌아가던 중이었다. 그리고 나는 일이 걷잡을 수 없이 되어가기 전에 그 문제를 차분히 들여다보고 싶었다.

형제여, 그는 계속해서 나락으로 빠져들었다. 그렇게 슬프지 않고 그저 즐거울 수도 있었다. 그렇게 빨리 두려워지지 않을 수도 있었다. 그렇게 나쁘지 않고 그저 즐거울 수도 있었던 것이다. 그러나 얼마나 나쁜 상황이었는가?

시작부터 나빴다. 그리고 모든 일들은 급속도로 악화되어갔다.

소설을 잘 쓰는 작가가 되고 싶다면, 시점을 적절히 활용할 줄 알아야 한다. 시점에 대해 좀 더 연구해보라.

유일한 목적을 가진 사람만이 승리할 것이다.

– 손자

소설가들이란 이상한 짐승들이다. 그들은 다른 작가들과
마찬가지로, 모든 것들을 관찰하려고 든다. 그들 주변에
일어나는 모든 사건들은 그들의 잠재적인 이야기와 같다.
그들은 이런 방식으로만 주변을 바라본다.

– 테리 브룩스

3부

전략

57

당신은 상품을 생산하는 사업가다

지속적으로 소설을 쓰면서 살아가고자 한다면, 타인(출판업자들)의 시선으로 자신을 바라봐야 한다. 당신은 그들에게 가치 있는 사람으로 보여야 한다. 사업가 마인드를 지닌 사람들은 가치가 없다고 여겨지는 사람들을 받아들여주지 않는다.

단순하게 계산하면 이렇다. 당신의 책은 출판될 것이고, 그러면 당신은 인세를 받을 수 있다. 당신의 책은 이미 출판사 테이블 위에 올라와 있다. 따라서 당신은 가치 있는 작가로 대접을 받는다.

그러나 대부분의 작가들은 이런 방식으로 생각하지 않는다. 특히 자신의 작품이 신들의 뮤즈가 불을 붙인 신성의 불꽃이라 여기는 작가들은 더욱 그렇다. 그리고 작가들의 관점에서 봤을 때, 우리의 일을 '사업'이라고 부르는 것은 한낱 경마장을 '투자'라고 생각하는 것하고는 다르다.

스릴러 작가 조 무어Joe Moore가 물었다. "당신이 알고 있는 평범한 사람들 중에, 일주일 내내 80시간에서 100시간가량을 일하고, 일 년에 두 번 정도밖에 수당을 받지 못하며, 출판사가 확답을 줄 때까지 잔고에 남아 있는 돈이 얼마인지도 모르는 사람들이 있습니까?" 중요한 질문이다.

당신의 작품이 성공작이 되게 하려면 조금 더 냉정하게 사업가적 기질을 발휘할 필요가 있다. 가장 먼저 해야 하는 일은 바로 목표를 설정하는 것이다. 그리고 나서 목표에 맞는 계획을 전략적으로 세워야 한다.

이런 일들은 당신에게 매우 부담이 될 것이다. 마음을 편히 가져라. 개념 자체는 어렵지 않다. 그리고 이런 계획들을 차근차근 따르다 보면 어느 순간 당신의 책을 출판하게 될 것이다. 자, 다음을 살펴보자.

작가들을 위한 전략적 계획

당신이 작은 기업의 운영자이며, 당신만의 업무계획표를 들여다보고 있다고 가정해보자. 당신의 미래가 어떻게 보이는가? 당신이 지상에서 사용할 수 있는 시간의 총량은 무척 제한되어 있다. 그러므로 미래를 가늠해보며 생산력과 자질을 최대한 높이려고 노력해야 한다. 사업은 정말로 그래야 한다.

1. 비전을 세워라

성공적으로 사업을 해 나가려면 미래 지향적인 비전을 가져야 한다. 모든 것을 포괄할 수 있는 장기적 비전을 수립하라. 당신의 미래가 어떻게 펼쳐질지 글로 써보라. 하루 정도 시간을 들여 당신의 비전을 어렴풋하게라도 그려보라. 혼자 있을 수 있는 장소로 가라. 그곳에서 당신이 작가로서 목표하는 것에 대해 생각해보라.

예를 들면 지금부터 10년 뒤 당신의 모습을 생각해보라는 말이다. 당신은 어떤 사람이 되어 있을까? 당신을 이루는 요소요소는 지금과 어떻게 달라져 있을까? 너무 현실적으로 생각할 필요는 없다. (현실적이라는 말을 어떤 의미로 사용하든) 꿈은 크게 가져라. 그러나 섬세하고 정교한 꿈을 가져라. 당신의 비전을 한 단락으로 서술해보라. 마치 당신이 꿈꾸던 모든 것들이 이루어진 것처럼 말이다. 이렇게는 쓰지 마라.

나는 매혹적인 미스터리 소설들을 아주 많이 쓸 수 있는 작가가 되기를 희망한다.

이렇게 써라.

나는 매혹적인 미스터리 소설들을 아주 많이 써낸 작가가 되었다.

당신의 비전에 대해 서술할 때, 당신의 작품을 다른 작가들의 작품들과 구분하는 요소에 대해서도 서술하라. 당신만의 예

술가적 비전에 대해, 당신 작품들의 이상적 모습에 대해 쓰도록
하라.

나의 미스터리 소설들은 단지 감각적인 세부 묘사나, 박진감 있는 진
행 스타일만이 아니라, 인간 정신의 회복에 대해서도 다루고 있다.

당신이 서술한 당신의 비전을 잘 아는 믿을 만한 사람에게 보
여주고 피드백을 받아라. 스스로 감동할 때까지 계속 고쳐 써
라. 물론 당신은 주기적으로 당신의 비전을 고쳐 쓸 수 있다. 그
러나 일 년에 한 번이면 족한 일이다. 그렇게 당신의 비전을 점
검하고, 고쳐야 할 부분을 고쳐 써라.

2. 기회비용을 계산하라

도서시장은 당신의 노력에 어울리는 보상을 해줄 준비가 되
어 있다. 비록 만족스러운 보상을 받을 수 없을지라도, 당신은
뭔가 끝내주는 한 방을 보여줄 수 있어야 한다. 당신은 지속적
으로, 끊임없이 앞으로 나아가야 하는 것이다.

당신은 '승리의 월계관'을 쓰고 마냥 취해 있을 수만은 없다.
그러므로 당신에게는 지속적인 발전을 위한 프로그램이 필요하
다. 당신은 기회비용을 계산해야만 한다. 정식 출판 작가가 되기
위해서, 당신은 해서는 안 될 일과 해야만 하는 일이 있다. 다른
것들에 시간을 할애할 수 없게 될 것이다. 이런 문제에 관해 당

신의 가족들이나 친구들과 이야기를 나눠보는 것이 좋다. 그들의 이야기를 들어라. 그러나 그들에게 당신이 미친 것 같다는 인상을 남기지는 마라. 그들이 당신의 꿈을 얕잡아 보게 하는 대신 조력자로 만들어야 한다.

당신의 지성과 애정을 다해 작업하라.
당신이 사랑하는 친구들에게 말하듯 즐겁고 자유롭게 작업하라.
의심쟁이들, 비평가들, 야유를 보내는 사람들에게
마음속으로 (적어도 하루에 서너 번은) 조롱을 보내라.

– 브렌다 우얼랜드[87]

〈글을 쓰고자 하는 당신에게If You Want to Write〉

3. 비평적 성공 요인을 파악하라

모든 기업들은 성공을 보장하는 열쇠를 소유하고자 한다. 사업가들과 작가들도 마찬가지다. 비평적으로 성공할 수 있는 요인들은 다음 그림에서 참조하자.

책부터 시작하라. 당신의 소설 말이다. 아직 당신이 쓴 책이

|87| **브렌다 우얼랜드Brenda Ueland(1891~1985)** 저널리스트, 에디터, 프리랜서 작가, 글쓰기 교사. 《글을 쓰고자 하는 당신에게》라는 작법에 관한 안내서로 유명하다.

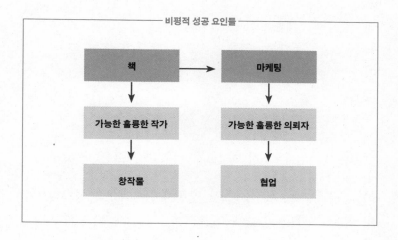

없다면, 당신에게는 아무것도 없는 것이나 마찬가지다. 책을 소유한 당신 앞에는 두 갈래의 길이 존재한다. 첫 번째 길은 당신이 가장 훌륭한 작가가 되는 것이다. 이것은 당신의 결과물에 달린 문제다.

두 번째 방향은 출판사와 함께 당신의 책을 시장에 내놓는 것과 관련된 문제다. 즉, 책을 판매하는 일에 적극적으로 협력해야 한다. 이런 일들이 당신의 글쓰기에 방해가 되지는 않는다.

이제 당신은 당신의 창작물을 갈고 닦아야 할 뿐 아니라, 비평적 성공 요인들을 파악해 출판사와의 파트너십도 유지할 수 있어야 한다. 그리고 반드시 이 모든 일들을 잘 해내야 한다. 어떻게 그럴 수 있을까? 목표를 설정하라. 그것이 다음 단계다.

58

계획 없는 목표는 허망한 꿈

목표를 설정하고 실현시키는 과정을 정리해보면 다음과 같다.

1. 목표를 정확하게 설정하라

먼저 연간 목표를 세워라. 아마도 소설 한 권을 다 쓰는 것이 목표가 될 것이다. 혹은 두 권을 쓸 수도 있다. 혹은 소설 한 권, 그리고 제안서 두 개가 될 수도 있다. 무엇이 되든 간에, 당신이 감당할 수 있는 범위여야 한다. 선택과 집중을 통해 목표의 우선순위를 먼저 정하는 것이 매우 중요하다.

선택과 집중이란, 어떤 것에 에너지를 소비할 것인가 하는 문제다. 당신은 무엇을 진심으로 성취하려고 하는가를 결정해야 하고, 그 대가로 무엇을 돌려받을 수 있는지 따져봐야 한다. 그리고 당신이 출판업에 얼마나 많은 에너지를 쏟아 부을 것인지를 따져봐야 한다.

다음 예를 보자.

나는 단편소설들을 좋아한다. 읽는 것도 좋아하고, 쓰는 것도 좋아한다. 내가 작가로서 발을 내딛게 된 초기에, 나는 단편소설과 장편소설 각각에 얼마나 많은 노력을 기울여야 할지를 결정해야 했다. 객관적으로 말해서, 단편소설 시장은 매우 제한적이다. 그리고 돌아오는 금전적 대가도 매우 적다. 또 내가 보기에 단편소설들은 형식적으로 가장 쓰기 어렵다. 단편소설을 쓰려면 각고의 노력이 필요하다.

그래서 나는 장편소설에 집중하기로 결정했다. 예상되는 금전적 보상도 더 컸다. (나는 전업 작가가 되기를 원했다.) 몇 편의 단편들을 써왔고, 출판도 했지만, 그것은 내게는 부업에 가까운 일이다. 무엇보다도 단편소설을 쓰고 싶어 하는 다른 작가들도 많다. 그들은 문학잡지에 실리는 것만으로도 만족할 수 있는 것이다.

또 다른 계산법이 있다. 이상하고 실험적인 소설들을 읽는 것도 좋아한다. 나는 그런 소설들을 읽던 도중에 아이디어가 떠오르기도 한다. 그러나 실험적인 소설들은 고작 손에 꼽을 정도로만 팔릴 뿐이다. 나는 읽히는 작가가 되고 싶다. 그렇다고 해서 내가 일탈적인 형식의 소설들을 결코 쓰지 않겠다는 뜻은 아니다. 그러나 나는 사람들이 기대하기 마련인 소설을 쓰고 싶었고, 상업적인 소설들을 썼다. 나는 상업소설들도 좋아한다. (만약 당신이 자신이 좋아하지 않는 것들을 쓰고 있다면, 다른 것을 써라.)

2. 종이에 당신의 목표를 써라

왜? 종이에 당신의 목표를 적는 것만으로도 당신의 두뇌는 활성화되기 때문이다. '지하실의 소년들'은 당신이 잠들어 있을 때도 움직인다. 그들에게 당신의 목표가 주어지면 그것을 따르는 것이다. 적어둔 목표를 자주 읽어보라. 매일같이 읽는 것이 좋다. 필요에 따라 우선순위를 다시 정하는 것도 좋다. 그 목표들은 항상 당신의 눈앞에 있어야 한다. 가능한 구체적일 수록 좋다.

나는 일주일에 5,000단어를 쓸 것이다.

3월 1일까지 소설을 끝낼 것이다.

9월 15일까지 내가 쓰는 장르를 다루는 에이전시 여섯 곳을 찾아낼 것이다.

12월 10일에 나는 가장 괜찮은 에이전시 세 곳에 원고를 보낼 것이다.

3. 계획을 세워라

당신이 세운 목표에 도달하기 위해 필요한 모든 것들을 머릿속으로 생각해보라. 목표에 도달하기까지 나타날 모든 장애물들도 예상해야 할 것이다. 그 장애물들을 피해갈 것인지, 아니면 장애물까지도 포함해 작업할 것인지에 대한 계획을 세워라. 피해갈 수 없다면 당신의 목표를 현실적으로 수정해야 할 것이다.

계획을 세우면 단계별 우선순위를 정하라. 파레토 법칙이라

알려진 '80-20법칙'을 따르는 것이 좋다. 이것은 일반적으로 80 퍼센트의 성취는 20퍼센트의 활동에서 나온다는 뜻이다. 20퍼센트는 당신의 '가장 높은 가치를 지닌 활동'을 만들어낸다.

예를 들어, 당신이 글을 쓸 때 가장 선호하는 장소는 어디인가? 조용한 곳에서 혼자 쓰는 것이 좋은가? 스타벅스가 좋은가? 공원 벤치가 좋은가? 가장 선호하는 시간은 언제인가? 아침인가? 저녁인가? 새벽 2시인가? 이런 종류의 일들에 대한 목록을 가능한 많이 만들어라.

4. 목표를 향해 즉각적으로 행동하라

1번부터 3번까지의 단계들을 차례차례 지나온 당신은 당신의 목표를 위해 작고 사소한 일이라도 해야만 한다. 소설 속 한 장면을 쓰는 것처럼 단순한 일일 수도 있고, 줄거리에 대해 메모를 할 수도 있고, 주요 등장인물의 말을 기록하는 것일 수도 있다. 당신은 즉각적으로 행동하는 동안 순간에 대한 감각을 습득하게 된다.

5. 목표를 향해 매일 무언가를 하라

멈추지 마라. 매일같이 작업해야 한다. 뭐, 그럴 수 없는 날도 물론 있을 것이다. 정상적인 일이니 걱정할 필요는 없다. 당신 자신을 몰아세우지 마라. 당신의 주간 계획표대로 작업할 수 없을지도 모른다. 일주일 동안 일이 잘 되지 않았다면, 잊어버리고 다음 주로 넘어가라.

그저 매일매일 무언가를 하면 된다. 일주일에 6일 정도면 충분하다.

6. 신속하게 결정하라. 당신은 절대 그만둘 수 없다

당신은 작가다. 그저 소설을 쓰고 싶어 하는 사람이 아니란 말이다. 당신은 작가다.

진짜 작가는 결코 글쓰기를 멈추지 않는 반항아다.

- 윌리엄 서로연[88]

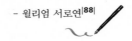

7. 매년 당신의 비전과 목표를 되돌아보라

비전과 목표를 재설정해야 할 필요가 있다면, 그렇게 하라. 그러나 언제나 미래의 방향을 염두에 두어야 한다.

8. 프로답게 행동하라

당신이 사업상 누군가를 만나게 되면, 프로답게 행동해야 한

|88| **윌리엄 서로연William Saroyan(190~1981)** 아르메니아 태생의 미국작가로, 미국에서 벌어지는 아르메니아인들의 삶에 관한 이야기를 주로 썼다.

다. 다음을 기억하라.

- 프로는 타인의 시간을 낭비하지 않는 사람이다.

- 프로는 논점을 파악할 줄 알고, 상대편이 찾는 것이 무엇인지 안다.

- 프로는 상대편이 요청한 것을 제때에, 적절한 형식으로 내놓을 줄 아는 사람이다.

9. 축하하라

목표에 도달한 당신에게 어울리는 보상을 생각해보라. 어깨를 으쓱거려도 좋다는 말이다. 꾸준히 책을 내고 싶은가? 사기가 오를수록 좋다.

언제나 문을 두드려야 한다. 두드려야 열릴 것이다.

- 오티스 챈들러^{Otis Chandler}

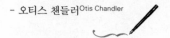

59

네트워크를 구축하라

당신은 전문 스파이처럼 출판사와 접촉해야 한다. 가능한 한 많은 쓸모 있는 정보들을 모아놓아라. 그래야 필요한 순간에 그 정보들을 활용할 수 있다. 바로 이것이 네트워킹이다. 그러나 대부분의 사람들은 이런 네트워킹을 잘 활용하지 못한다. 그들에게는 잠재적인 접촉조차 최후의 수단이다.

때문에 그들은 먼저 접촉을 하는 사람이 아니라, 그저 접촉을 기다리는 사람이 되어버린다. 하지만 그 누구도 기다리고만 있는 사람에게 먼저 연락하지는 않는 법이다. 당신은 상호간의 네트워킹을 구축할 필요가 있다. 타인이 당신에게 주는 가치는 당신이 그에게 제공할 수 있는 가치와 비례한다.

> 민감해라, 예민해라! 그리고 누구의 적지라 할지라도
> 당신의 척후병을 보내라.
>
> - 손자

때문에 절대로 온라인 부대들이 당신의 작품을 공격만 하도록 내버려두지 말아야 한다. 그들에게 무언가를 보여주어야 한다. 당신 자신에게 정당한 평가를 내릴 수 있는가? 그렇다면 자연스러운 기회가 찾아올 때까지 기다려라. 당신은 준비가 된 것이다. 네트워킹을 쌓기 위한 방법은 이렇다.

1. 그룹에 가입하고 모임에 출석하라.

2. 남의 말을 경청하라. '2-1 법칙'을 활용하라. 누군가에 대한 필수적인 정보를 알아내려면 2분 안에 날카로운 질문을 던질 수 있어야 한다. 그들에게 질문을 하고, 질문을 받아라. 당신에 대한 필수적인 정보도 1분 안에 대답할 수 있어야 한다. 대답을 할 때는 조심스럽게 하라. 자신을 과도하게 포장해서도, 너무 겸손해서도 안 된다는 말이다.

3. 이메일을 통해 사람들과 접촉을 유지하라.

4. 접촉대상들과 나눈 이야기와 당신에게 필요한 정보들을 모두 기록하라. (가족, 자녀, 흥미 거리 등)

5. 접촉대상의 우선순위를 정하라.

6. 잔소리꾼이 되지 마라. 필요할 때마다 적절한 만남을 유지하라.

7. 인터넷에서 흥미로운 글을 발견하면, 저자에게 당신의 링크를 보내라.

8. 대단한 일이 벌어지면 (만남, 훌륭한 리뷰, 에이전트와의 연결 등) 당신이 접촉하고 있는 사람들에게도 이것을 알려라. 그러나 그들에게 당신의 인생과 관련된 모든 것을 시시콜콜 얘기하지는 마라.

9. 전 대법원장이던 조셉 스토리Joseph Story의 말에 따르면, "간결해라, 정확해라, 당신의 문제들을 적나라하게 꿰뚫어보고, 손에 단단히 쥐고 있어야 한다."

10. 당신의 접촉대상들을 자주 들여다보라. 국제적으로 범위를 넓히고, 체계적으로 접촉하라.

60

휴식을 취하면서 글을 써라

단지 한 단락만을 쓸 수밖에 없을지라도, 일주일에 6일은 작업하도록 하라. 매일같이 작업하는 것이 매우 중요하다. 어떤 사람들은 이런 내용이 배제된 스케줄을 작성하기도 한다. 그러나 만약 매일매일 글을 쓸 수 있는 상황이라면, 그렇게 하라. 그리고 분량을 채워라. 적어도 하루에 350단어 이상을 쓰는 것이 좋다. 바보라도 하루에 350단어는 쓸 수 있다. 바보에게 지지 마라. 모든 문장들이 완벽할 필요는 없다. 그저 글을 써 나가야 한다. 잘못된 문장들은 나중에 수정하면 된다. 그러고 나면 일주일에 한 번 정도는 휴식을 취하라. 나는 휴일인 날에는 하루 종일 빈둥거리면서 아무것도 쓰지 않는다. 그렇게 하고 나면 충전된 기분이 든다. 내일을 위한 원기가 회복되는 것이다. 나는 좀 더 창조적으로, 그리고 활력이 넘치게 된다.

하루를 쉴 수 있기 때문에 좀 더 생산성을 높일 수 있다. 휴식 때문에 생산성이 떨어지지는 않는다.
아주 효과적이다.

> 싸워야 할 때와 싸우지 말아야 할 때를
> 아는 사람은 언제나 승리한다.
> 　　　　　　　　　- 손자

61

당신도 700권의 소설을 쓸 수 있다

아이작 아시모프는 700여 권이 넘는 책을 썼다. 그에게는 (그가 여러 번 말한 것처럼) 글쓰기에서 벗어난 하루는 존재하지 않았다. 그의 작품들은 여전히 매력적으로 읽히고 있다. 그는 어떻게 그렇게 많은 글을 쓸 수 있었을까?

그는 타자기 앞에 쏟아 부을 시간을 쥐어짜냈다. 그에게 저녁식사 전 15분의 여유시간이 주어진다면, 그는 일상적인 대화를 나누거나 드라마를 보거나 그 외의 다른 일들을 하는 대신, 그 짧은 시간조차 글을 쓰는 데 썼을 것이다. 그는 자신의 아파트 안에 여러 대의 타자기를 놓아두었는데, 각각의 타자기들로 다른 프로젝트들을 진행했다. 그는 그 타자기들 중 하나를 골라 15분씩 글을 썼다.

나도 자투리 시간을 활용하는 편이다. 나는 1초면 작동되고 AA사이즈 건전지로 전원이 공급되는 멋진 워드 프로세서인 '알파스마트 네오'로 많은 글을 썼다. 단지 글을 쓰려는 목적을 위해서는 노트북보다 나은 물건이다. 무게도 1파운드밖에 나가지 않아서 들고 다닐 때도 거의 무게감이 느껴지지 않는다.

노트와 연필을 선호한다면, 그것들을 가지고 작업하라. 언제든 몇 줄이라도 작업할 수 있는 자투리 시간을 찾아야 한다. 티끌모아 태산이다. 그러나 사회생활이 불가능할 정도로 지나치게 많은 시간을 쥐어짜내려고 해서는 안 된다. 마이클 비숍은 "한 명의 인간으로서 성공하기 위한 모든 중요한 단계들을 밟아 나가는 데 실패하고서 작가로 성공을 거두기는 무척 어려운 일이다."라고 말했다. "그렇게 하지 않도록 노력하라."

다음과 같은 훈련을 해보라.

일주일 단위로 표시된 시간표를 출력해서, 다음 페이지에 나와 있는 대로 칸을 나누어라. 그리고 당신이 꼭 해야만 하는 일상적인 일들이 있는 시간대를 빨갛게 칠해라. (주말 시간표는 별도로 작성해도 좋다.) 빨갛게 칠해진 칸보다 그렇지 않은 칸들이 더 많을 것이다. 공란으로 남은 칸들은 언제든 사용할 수 있는 자투리 시간이다. 약속시간을 정하듯 이 칸들에 당신의 계획들을 써 넣어라. 그리고 나면 다른 일들을 할 수 있는 시간도 활용할 수 있을 것이다. 이처럼 체계적으로 시간을 관리하는 당신에게는 더 큰 보상이 주어질 것이다.

어려운 일들이 생기더라도 우리는 항상 글을 쓸 준비가 되어 있어야 한다. 그것이 우리가 불운을 피할 수 있는 방법이다.

	월	화	수	목	금
6:00					
7:00					
8:00					
9:00					
10:00					
11:00					
12:00					
1:00					
2:00					
3:00					
4:00					
5:00					
6:00					
7:00					
8:00					
9:00					
10:00					

62

에이전트들은 언제 만나야 하나

이제 에이전트들에 대해 알아볼 시간이다. 대개 에이전트들은 한손으로는 원고를, 다른 한손으로는 작가들을 쥐락펴락하는 우선권을 갖고 있다. 좋은 에이전트를 찾으려면 출판이라는 기나긴 전투에 임하는 자세로 접근해야 한다. 당신에게는 정보와 인내심, 그리고 조심스러운 행동력이 요구된다. 나쁜 에이전트를 만나는 것은 차라리 만나지 않느니만 못하다. 당연한 말이다. 누구라도 명함을 내밀며 자신이 에이전트라고 말할 수 있다. 그들 중 몇몇은 이런저런 수수료를 요구할 수도 있고, 원고를 수정하겠다는 명목으로 당신에게는 실질적인 원고료를 지급하지 않을 수도 있다.

어떤 에이전트들은 그들이 할 수 있는 한 많은 신인 작가들과 계약한 뒤 그들의 원고를 모아 아무 데나 찔러보기도 한다. 그런 에이전트들은 당신이 작가 이력을 쌓는 일에는 아무런 도움도 되지 않는다. 당신은 계약을 맺을 가능성도 전혀 없이 1년, 2

년, 혹은 수년을 허비하게 될 수도 있는 것이다. 이런 생각을 하며 나는 맥그레거 문학 에이전시^{MacGregor Literary Agency}의 에이전트 칩 맥그레거^{Chip MacGregor}에게 조언을 구했다.

에이전트에게 가지 말아야 할 때

- 당신이 검증된 작가가 아닐 때: 일반적으로 출판사들이 찾는 것은 멋진 아이디어들이 반짝이거나, 표현력이 좋거나, 훌륭한 글들이다. 때때로 그들은 세 가지를 모두 발견하는 경우도 있지만, 대개는 세 가지 중 한두 가지를 찾아내는 데 그친다. (나는 아직 검증되지 않은 몇몇 작가들의 원고를 받기도 하는데, 내가 그들의 아이디어나 글을 좋아하기 때문이다. 그러나 나는 신인 작가들에게 지나치게 많은 시간을 쓸 수는 없다. 기성 작가들에게 시간을 할애했을 때보다 돌아오는 보상도 적다. 때문에 대개의 에이전트들은 알려진 작가들과 작업하는 것을 선호한다.)
- 당신의 원고가 미완성일 때.
- 다른 사람들이 당신의 원고를 비판하기를 바라지 않을 때.
- 거절당할 준비가 되어 있지 않을 때: 출판 역시도 험난한 사업이다. 내가 일주일에 얼마나 많이 '아니오'라는 대답을 듣는지 상상할 수 있겠는가? 만약 당신이 '아니오'라는 대답을 들을 준비가 되어 있지 않다면, 혹은 당신이 비판적인 반응을 받아들일 수 없다면, 혹은 당신이 수정의 요구를 받아들일 수 없다면, 차라리 다른 일을 하라. 그런 당신은 출판

업계의 냉정함을 받아들일 수 없을 것이다.

- 당신 생각에 인세의 15퍼센트를 그냥 날려버리는 듯한 기분이 들 때: 나와 함께 일하는 작가들이 내게 돌아오는 몫에 대해 억울하게 여긴다고 생각하지는 않는다. 그들은 내가 그들이 직접 부딪혔을 때보다 더 많은 돈을 벌게 해준다는 것을 알고 있다. 그러나 그렇게 생각하지 않는다면, 당신은 아마도 에이전트와 같이 일할 준비가 되어 있지 않은 것이다.

- 책을 판매하고 계약 조건을 협상하는 일을 즐긴다면, 당신은 당신 스스로 에디터들을 만날 수도 있을 것이다. 그렇게 된다면 자신을 얼마든지 추켜세워도 좋다.

에이전트를 만나야 할 때

- 출판사가 당장이라도 관심을 보일 만큼 끝내주는 소설을 썼을 때: 에이전트는 당신이 유리한 계약을 맺을 수 있도록 협조할 것이다.

- 누구를 찾아가야 할지 모를 때: 에이전트는 출판업계와 강력한 관계를 맺고 있다. 항상 믿을 만한 에이전트에게 담당하고 있는 작가들이 누구인지, 최근에 맺은 계약이 어떤 것인지에 대해 물어보라. 실제로는 담당하는 작가가 한 명도 없거나, 어떤 실질적인 계약도 체결한 적이 없는 에이전트라면, 당신은 그가 정말로 에이전트 일을 하는지, 아니면 그런

척만 하는 것인지 따져봐야 한다. 한 가지 더! 에이전트들은 인간관계에 살고 인간관계에 죽는다. 당신이 고른 에이전트가 좋은 인간관계를 맺고 있는지 알아보라.

- 당신이 출판계약에 관해 아는 것이 없을 때: 한 번 맺어진 계약은 책이 절판되지 않는 한 모든 부분에 법적 영향력을 행사한다. 향후 몇 년 동안이나 당신의 인생에 영향을 미칠 수 있는 것이다.
- 어떤 계약 조건이 좋은지 나쁜지 알 수 없을 때.
- 저작권에 관한 사항들을 이해하기 힘들 때.
- 당신의 책을 어떻게 마케팅해야 할지 알 수 없을 때.
- 당신에게 시간이 없거나 혼자서 출판사와 협상하기를 원하지 않을 때.
- 당신 자신과 당신의 책을 스스로 광고하거나 판매하는 일을 원하지 않을 때.

63

에이전트를 거치지 않고 출판할 경우

그렇다, 에이전트를 통하지 않고 출판을 성사시키기는 매우 어렵다. 하지만 불가능한 일은 아니다. 혼자 힘으로 출판사와 접촉하고 싶다면, 다음을 유념하라.

1. 에디터를 열광시킬 만한 소설을 써라. 그러려면 당신에게는 피드백이 필요하다. 당신에게는 훌륭한 프리랜서 에디터가 필요할 것이다. (두 명, 혹은 세 명이 필요할 수도 있다.) 그리고 당신은 당신이 쓴 소설이 얼마나 매혹적인 작품인지를 확인할 필요가 있다. 당신은 아마도 이런 일에는 적격이 아닐 것이다.

2. 시놉시스와 함께 에디터의 마음을 사로잡을 수 있는 편지도 써라.

3. 당신의 원고를 검토하기에 적당한 에디터를 물색하라. 그렇게 찾아낸 에디터는 절대적으로 당신의 원고와 비슷한 유형의 소설들에 흥미를 느낄 사람이어야 한다.

4. 에디터가 저항할 수 없도록 설득하라.

5. 에디터에게 편지를 쓰거나, 직접 대면해 설득하라. 당신은 작가들의 회의나 이벤트가 있을 때 에디터들을 만날 기회를 잡을 수 있다. 끝내주는 제안을 쥐고 모임에 가서 에디터들을 만나 깊은 인상을 남겨라. 당신은 곧 그들의 초대를 받게 될 것이다.

이렇듯 섬광처럼 빠르게 지나가는 기회를 잡아야 한다. 그러나 곧장 에이전트를 찾아 나설 것인가? 계약을 성사시키려면 두 눈을 크게 뜨고 봐야 한다. 출판계약도 상당히 까다로운 종류의 계약이다. 당신은 변호사를 고용할 수도 있다. 그렇다고 아무 변호사나 고용해서는 안 된다. 당신 사촌이 큰 로펌에 근무한다고 해도 소용없다. 출판계약은 전문인이 해야 한다. 믿을 만한 에이전트를 통해 계약을 맺을 수 있다면 행복한 일이다. 만약 당신이 이미 에디터의 책상 위에 계약서를 올려놓았다면, 에이전트들은 기꺼이 당신을 돕는 일에 나설 것이다.

64

단 한 명의 에이전트만을 노리지 마라

그러면 어떤 에이전트를 어떻게 찾아야 할까? 유명한 작가들의 에이전트들을 소개받을 수도 있다. 아니면, 작가 회의에서 일대일로 에이전트들을 만나 당신의 원고를 보여주어라. 혹은 에이전트들에게 문의하는 편지를 쓰는 것이 먼저일 수도 있다. 가장 먼저 해야 할 일은 누가 좋은 에이전트인지를 아는 것이다. 그러나 그것을 어떻게 알 수 있나? 당신이 쓰는 장르에서 성공한 작가들을 담당하는 에이전트를 찾는 것도 한 방법이다. 혹은 작가들의 웹사이트에서 정보를 얻을 수도 있다.

《문학 에이전트 가이드Guide to Literary Agents》의 최신판을 입수해서 꼼꼼히 살펴보라. 당신의 소설을 잘 봐줄 만한 에이전트들 20~30명 정도를 목록으로 만들어 정리하라. 그리고 우선순위를 정하라. 에이전시의 웹사이트를 방문해 원고 투고 규정을 읽어보라. 그들의 실적을 확인하라. 신뢰할 만한 문학 에이전트들은 담당하는 작가들의 리스트를 웹사이트에 등재해두고 있다. 계약서를 쓰기도 전에 수수료나 기타 명목으로 돈을 요구하는 에이전트들은 피해야 한다. 감언이설로 자비 출판을 하자고 하거나 대신 원고를 수정하겠다고 나서는 에이전트도 피해야 한다.

우선 순위에서 상위권을 차지한 에이전트들에게 한꺼번에 문의를 하라. 얼마나 많은 에이전트들에게 메일을 보낼 것인가? 의견이 엇갈리겠지만, 대부분 대여섯 명이면 적당하다. 모든 에이전트들에게 메일을 보내는 것도 나쁘지 않다. 전망을 크게 갖는 것이 좋기 때문이다. 당신의 하위 목록에 들어 있는 에이전트에게서 연락이 올 수도 있다. 그렇다면 일단 받아들여라. 상위 목록에 있는 에이전트에게서도 언제고 연락이 올 것이다.

에이전트들은 사업이 돌아가는 방식을 잘 알고 있다. 그러므로 작가들이 동시에 여러 명의 에이전트에게 연락을 취할 필요가 있다는 것도 잘 안다. 만약 그들이 이런 일들을 잘 모르거나, 별로 내키지 않아 한다면, 다른 에이전트를 구하라. 작가들의 문의에 답변을 주는 데 몇 달 씩이나 기다리게 하는 행위는 정당하지 않다. 게다가 그런 행위는 업무 태만에 가깝다.

하지만 특정 에이전트에게 그가 선택된 이유를 언급하며 문의를 할 때는, 여러 군데에 메일을 보내는 것처럼 보이는 인상을 남겨서는 안 된다. (그저 메일의 첫머리에 '당신의 이름을《문학 에이전시 가이드》에서 발견했습니다'라고 쓰면 된다.)

원고의 일부나 전체를 에이전트에게 보낼 때도 마찬가지다.

여러 명의 에이전트들에게 동시에 같은 원고를 보낸다면 문제가 생길 소지가 있는 것도 사실이다. 그러나 당신의 인생은 한 번 뿐이고, 답변 한 줄을 받기 위해 몇 달, 혹은 일 년 이상 기다리기에는 시간이 없다.

그러나 에이전트에 따라 독점적으로 원고를 검토하고 싶어하는 경우도 있다. 당신은 해당 에이전트가 믿을 만한 사람인가를 따져보고, 그에게만 원고를 넘길 것인지 스스로 결정해야 한다. 훌륭한 에이전트는 기다려볼 만하다. 그러나 언제까지고 기다리고만 있을 수는 없는 법이다.

한 에이전트에게만 원고를 보여주었다면 얼마나 기다려야 적당할까? 바위가 닳아 없어지기를 기다리지 않는 이상, 4주에서 6주면 책상머리에 앉아 원고를 전부 검토하기에 충분한 시간이다. 해당 에이전트에게 원고 검토에 얼마나 시간이 걸리겠는지 미리 물어보라.

만약 한 에이전트가 당신의 원고를 담당할 의사를 밝힌다면, 당신의 원고에 관심을 보이는 다른 에이전트들에게 이 사실에 대해 알려야 한다. 그리고 그들의 수고에 감사를 표해야 한다. 이런 과정을 통해 경험을 쌓을 수 있을 것이다.

핵심은 이것이다. 의뢰를 하면서 동시에 원고를 투고하는 것은, 대부분의 에이전트들에게는 규범과도 같다. 이것은 사업이다. 그래야만 한다. 정중하면서도 전문성을 보여야 한다. 이렇게만 한다면 당신의 노력은 보상을 받을 것이다.

현실적일 필요가 있다. 당신의 에이전트는 한 명 뿐이지만, 에이전트는 당신 말고도 담당하는 작가들이 많다. 당신만 신경 쓸수는 없다는 뜻이다. 그러나 당신이 지속적으로 글을 쓰고, 또그것이 시장성이 있다면, 당신의 에이전트는 점점 더 당신을 중요한 작가로 생각할 것이다.

65

에이전트의 성향을 미리 파악하라

얼마 전에 나는 열 명의 문학 에이전트들과 자리를 함께할 기회가 있었다. 그들은 다음과 같은 말을 남겼다

에이전트가 작가에게 원하는 것

- 내게 신선한 목소리를 들려주세요.
- 내가 계속 읽고 싶은 마음이 들도록 한 방 날려주세요.
- 첫 부분의 몇 페이지를 읽는 것만으로 내가 빠져들 수 있는 책이어야 해요.
- 나는 95퍼센트 이상 준비되어 있는 작가가 필요해요. 단지 80퍼센트 정도 준비된 작가와 일할 시간은 없습니다.
- 당신 안에 있는 것을 쓰세요.

'끌림'이라는 규정하기 힘든 개념에 대해

- 인물, 설정 그리고 페이지를 넘어가게 하는 힘이 잘 조화돼야 합니다.
- 세르지오 레오네Sergio Leone의 영화처럼 두드러지는 스타일을 확립해야 합니다.
- 그것이 바로 당신입니다.
- 페이지에서 개성을 드러내세요.
- 당신의 심오한 진실에서 나오는 것을 쓰세요.
- 예술가로서의 당신을 표현하세요.

이런 사람들은 사절합니다

- 유명한 작가들과 비교하는 것은 어불성설입니다.
- 결말을 알려주지도 않는 시놉시스는 보내지 마세요.
- 엉성한 원고도 사절입니다.
- 오탈자가 있는 원고도요.
- 다른 에이전트에게 보낼 제안서도.
- 에이전트의 이름을 잘못 쓰지 마세요.
- 에이전트의 투고 규정을 어기지 마세요.
- 세부사항들을 빠뜨린 경우도 있어요. 글자 수, 장르, 당신의 전화번호를 적는 것을 잊지 마세요.
- 당신의 회고록에 대해서는 관심 없어요.
- 무작정 원고를 들이밀지 마세요. 더 적당한 에이전트를 찾

는 것이 나을 수도 있어요.

- 거의 배경만을 설명하느라 구체적인 상황이 등장하지 않는 첫머리로 시작하는 소설도 별로예요.
- 초고만 보내지 마세요.

이메일 투고에 관해

- 이메일로 원고를 보낼 때는 인쇄본을 보내는 것처럼 다뤄주세요. 너무 귀여운 폰트나 장식을 더하지 마세요.
- 양식을 갖춘 메일을 보내세요. 직접 편지를 쓸 때처럼 당신의 연락처를 남기세요.

66

아직 본업을 포기하지 마라

모든 소설가들의 마음속 깊은 곳에는 꿈 같은 일에 대한 소망이 너울거리고 있다. 생업을 포기하고 전업 작가가 되려는 소망 말이다. 호숫가의 오두막에서 새들이 지저귀는 소리를 배경 음악으로 커피를 마시면서 하루 종일 글을 쓰는 삶을 소망하는가? 아니면 업무에 짓눌린 대도시의 통근자들이 일을 하느라 생을 낭비하고 있는 동안 단칸방에 들어앉아 하루 종일 글을 쓰는 삶을 소망하는가? 그래, 당신의 소망 말이다. 그 소망은 어떻게 이룰 수 있을까? 다시 한 번 생각해보자. 다음을 숙지하라.

1. 너무 빨리 본업을 팽개치면, 당신의 글쓰기에도 악영향을 미칠 수 있다. 당신이 글 쓰는 일로 고통을 받으면 시장의 논리를 따르려는 유혹을 받기 쉬워진다. 하지만 명심하라. 당신이 어떤 유행을 감지했다고 해도, 이미 시류에 편승하

기에는 항상 너무 늦다.

2. 당신의 소망은 현실적이지 않을 수도 있다. 그러나 이상만
   을 좇다가 절망하는 것은 한순간이다.

3. 전업 작가가 되기 위해서는 상당한 욕망과 자기절제가 필
   요하다. 스테파니 그레이스 윗슨[89]은 "결단력, 신념, 자기부
   정, 자기억제 그리고 때로는 며칠 동안 라면만 먹고도 지낼
   수 있는 능력이 필요하다."고 말했다.

아, 당신의 직업을 싫어한다고요?

왜 그렇게 말하나요? 당신처럼 말하는 사람들은 아주 많아요.

'모든 사람들'이 그렇죠. 어느 술집을 가더라도

그런 사람들을 만날 수 있어요.

– 드류 캐리[90]

|89| **스테파니 그레이스 윗슨Stephanie Grace Whitson** 1975년부터 미국 네브라스카에 살며 어린
아이들에게 네브라스카의 역사를 가르치다가 소설을 쓰게 되었다. 그녀의 주된 관심사는 서부에
살았던 개척자적 정신을 지닌 여성들이다.

|90| **드류 캐리Drew Carey** 미국의 배우이자 코미디언, 포토그래퍼, 쇼 진행자 다수의 영화, 텔레비전
드라마 등에도 출연했다.

4. 당신에게는 금전 계획이 필요하다. 어림잡아 적어도 두 권 이상의 책을 계약해야 하고, 인세를 받아야 한다. (푼돈을 긁어모아가며 살 수는 없다.) 계획을 세우고 나면 당신은 한 달 생활비로 얼마를 쓸지를 결정하고, 그에 맞추어 현실적으로 당신의 일상을 조절해야 한다.

5. 본업으로 벌어들일 수 있는 금전적 혜택을 무시하지 말라. 스릴러 작가인 샤론 던은 말한다. "고정적으로 들어오는 수입은 마음의 평안을 가져다준다. 매일같이 청구서가 날아들어오는 패닉 상태에서 살게 되면, 글을 쓰기가 훨씬 더 어려워진다. 당신이 인정받는 작가가 되더라도 인세는 들쭉날쭉하게 들어올 것이다."

6. 본업을 유지하면 사람들과 정상적으로 지내는 일이 쉬워진다. 한 에이전트가 말하길 본업을 포기한 어느 작가가 '이상한 놈'이 되었다는 이야기를 들었다고 했다. 그리고 사람들이 자신을 좀 더 주목하기를 요구한다는 것이었다. 이런 일이 벌어지면 곤란하다. '정상적인' 사람들과 지속적인 관계를 유지할 수 있도록 본업을 그만두지는 마라. 그들이 당신의 현실적 기반이 되어줄 것이다.

7. 당신은 본업을 통해 플롯이나 인물들에 대한 아이디어를

얼을 수 있다. 스티븐 킹이 《유혹하는 글쓰기》에서 쓴 것 같이, 사람들은 직장에서 벌어지는 이야기를 읽기 좋아한다. 시시한 직업이라도 어울리는 인물만 만난다면 흥미로운 배경이 되어줄 수 있다.

67

끝내 주는 제안서를 기획하라

모든 소설가들은 매력적인 제안서 쓰는 법을 알고 있어야 한다. 매력적인 제안서를 받은 에이전트들은 당신의 원고를 검토하기로 결정할 것이다. 그리고 당신에게 완성된 원고를 보내달라고 요청할 것이다. 그러면 당신은 출판을 위한 첫 관문을 통과한 셈이다. 제안서에는 다음의 세 가지 사항들이 포함되어 있어야 한다.

- 검토 문의
- 시놉시스
- 첫 부분의 세 장章

원고 검토를 의뢰하는 편지글을 공들여 작성해야 한다. 그래야 제안서를 받는 사람이 당신의 원고에 관심을 갖게 될 수 있다. 잘못 쓴 편지는 보내지 않느니만 못하다. 시놉시스는 소설을 전체적으로 파악할 수 있는 것이어야 한다. 그리고 소설 첫 부분의 세 장를 첨부해야 한다. (어떤 에이전트들은 첫 부분의 5~10페이지 정도만 요구하기도 한다.) 어째서 다른 부분이 아닌 첫 부분의 세 장일까?

- 당신이 중간 부분을 보내게 되면, 에이전트나 에디터는 그것을 소설의 오프닝이라 생각하고 무언가 잘못되었다고 생각할 것이다.

- 독자들은 소설의 오프닝을 읽고 나머지를 판단한다. 에디터나 에이전트들은 당신이 소설의 첫 부분부터 독자들을 끌어당길 수 있는지 알고 싶어 한다.

당신의 제안서를 받은 에디터나 에이전트들은 당신이 보낸 소설 원고의 첫 페이지부터 읽기 시작할 것이다. 어째서일까? 시간을 절약할 수 있기 때문이다. 독자들은 당신의 제안서에는 관심이 없다. 그들은 제안서가 아니라 당신의 소설을 읽는다. 독자들의 시간을 빼앗지 마라.

장별로 요약하는 것은 어떨까? 특별히 요구되는 경우에만 그렇게 하는 게 좋다. 요구가 없다면 그럴 필요는 없다. 소설을 요약해서 좋을 것도 없다. 어떤 소설가들은 제안서를 쓰는 법에 관한 책을 읽고 소설책 제안서가 논픽션 제안서와 같은 방식으로 씌어질 수 있다고 착각하기도 한다. 그래서는 안 된다. 논픽션 제안서에는 챕터 요약문이 필수적이다. 그런 의미에서 책을 구성하는 각 부분들에 대한 정보를 제공하는 것은 나쁘지 않다.

그러나 소설은 이야기다. 요약된 장만을 읽고 내러티브를 구성할 수는 없다. 그렇다. 단지 편지, 시놉시스, 샘플 장만을 보내라. 이 모든 것들을 당신은 〈젊은이의 양지A Place in the Sun〉|91|의 엘리자베스 테일러처럼 저항할 수 없을 만큼 매력적으로 다듬어라. 당신이 쓰기 나름이다. 당신의 원고에 달린 문제라는 말이다. 당신의 원고를 쓰는 사람은 바로 당신이다. 원고를 들이미는 방법이 중요할 수밖에 없다. 단순하게 제안서를 꾸며야 한다. 다음 장의 조언들을 참고하라. 그러면 제안서를 쓰는 것 따위는 문제도 아니다.

|91| **〈젊은이의 양지〉** 1951년 미국에서 상영된 영화로 테오도르 드레이저(Theodore Dreiser)의 소설 《미국의 비극An American Tragedy》을 원작으로 한다. 노동자계급의 한 젊은이가 삼촌의 공장에서 일하는 한 여성과 부유한 상류층 소녀인 다른 한 여성과 엮이게 되면서 벌어지는 갈등을 그리고 있다.

68

검토 의뢰서도 첫 부분에 공을 들여라

에이브러햄 링컨은 인간의 다리가 얼마만큼 길어야 할지에 대한 질문을 받은 적이 있었다. 그는 즉시 대답했다. "땅에 닿을 만큼만 길면 됩니다." 링컨이라면 검토를 문의하는 편지를 훌륭하게 쓸 수 있었을 것이다.

당신의 편지는 기본적인 정보와 함께 당신의 상업적인 감각을 다소 드러낼 수 있을 만큼의 길이를 갖추어야 한다. 때때로 당신은 단지 검토를 문의하는 편지만을 보내게 될 텐데(특정 에디터나 에이전트들의 규정에 따라), 그런 경우일수록 상업적인 감각을 표출하는 것이 중요하다. 당신의 원고를 읽는 사람들은 당신의 책이 팔릴 수 있을 것인지, 시장성이 있는지, 얼마나 많은 사람들이 당신의 책을 흥미로워 하고, 구매 의사를 밝힐 것인지 알고 싶어 한다.

검토를 문의하는 편지를 쓰는 법에 대한 수많은 조언과 충고들이 곳곳에 떠다닌다. 대부분은 당신이 투고한 원고에 관해 짧게 소개하면서 편지를 시작하라고 말한다. 예를 들면, '귀사에서 이런 유형의 소설들을 다루고 있다고 들었습니다' 따위로 시작하라는 것이다. 만약 이런 방식으로 편지를 시작하고 싶지 않다면, '담당자님, 부디 제가 제 생각들을 언어로 표현하느라 얼마나 많은 시간을 들였는지 헤아려 주시기 바랍니다'라는 내용의 편지를 보내는 작가들을 닮아서는 안 된다.

물론 에디터나 에이전트들은 연간 수천 통이 넘는 비슷비슷한 편지들을 받는다. 따라서 옛날 방식을 그대로 따르기보다는, 대안적인 형식의 편지를 보내는 것이 좋다. 원고를 소개하는 일을 건너뛰고 곧장 플롯에 대해 이야기하라. 어째서일까? 왜냐하면 플롯이야말로 에이전트나 에디터들 그리고 독자들이 작가에게서 기대하는 것이기 때문이다. 시작부터 그들을 사로잡아야 한다. 그들을 사로잡아라.

세 단락 정도 길이의 편지를 쓰면 충분하다. (물론 당신의 이름과 주소, 이메일 주소, 전화번호를 상단에 명기해야 한다. 사업상 주고받는 편지들처럼 말이다. 수취인을 분명히 해라. 그가 남성인지 여성인지는 알고 있어야 한다. 그리고 그들의 성과 이름을 같이 쓰지 마라. 이상하게 보일 것이다. 이메일로 검토를 문의하더라도 다음의 형식을 유념하라.)

플롯을 설명하는 문단

플롯을 설명하는 문단의 첫 문장은 전체적인 줄거리를 설명해주는 것이어야 한다. 다음을 보자.

협잡꾼에 가까운 변호사가 하루 종일 진실만을 말하도록 강요받는 다면 그는 어떻게 될까?

아내를 살해했다는 죄를 잘못 뒤집어쓴 존경받는 외과의사가 스스 로 진짜 살인범을 잡을 때까지 미군부대의 수색을 피해야 한다.

테러리스트들의 인질이 된 수십 명의 사람들을 LA의 고층빌딩에서 구출할 수 있는 단 하나의 희망은 바로 뉴욕에서 온 단독으로 출동 한 경찰이다.

이런 문장들이 매력적으로 보이는가? 그래야 한다. 이처럼 단 한 문장으로 플롯을 설명할 수 없다면, 당신은 아직 원고를 투 고할 준비가 덜 된 것이다. 단 하나의 간명한 문장을 써낼 수 있 을 때까지 작업하고 또 작업하라. 그리고 사람들에게 보여줘라. 특히 당신과 아무런 관계가 없는 사람들에게 보여주는 것이 좋 다. 한 문장으로 된 줄거리만을 듣고도 그들이 당신의 책에 흥 미를 보이는가?

당신이 순수문학을 쓰든 상업소설을 쓰든, 자신의 소설을 한 문장으로 간명하게 요약할 수 있어야 한다. 플롯을 설명하는 문 단의 나머지 부분에서는 줄거리를 대략적으로 제시해야 한다. 두 번째 문장은 주요 인물의 이름, 직업, 상황을 드러내는 것이 어야 한다. '[이름]은 [직업]이며, [상황]의 인물이다.' 즉, '이야

기의 사실성'을 보여주어야 하는 것이다. 플롯을 설명하는 문단
은 전체적으로 영화 예고편 기능을 한다.

전미육군원수인 윈터 매시는 법조계에서나 군사계에서나 많은 적
들을 둔 인물이다. 판사의 딸인 루시 더커리는 그녀의 인생을 통틀
어 그 무엇을 위해서도 싸워본 적이 없는 인물이다. 그런데 루시의
어린 아들이 유괴를 당하는 일이 벌어졌고, 아들을 살해하겠다는
협박이 이어졌다. 아들을 살리기 위해서는 루시의 아버지가 악한
범죄자들을 방면해야 한다. 매시는 그들을 구제하는 일에 가장 근
접한 인물이지만, 자신을 섬뜩한 이중첩자로 만들지도 모르는 임무
를 들고 온 아름다운 FBI요원이 누구인지 모른다. 그리고 계속되는
배반들이 그를 옥죄어온다. 루시는 전심전력으로 아들을 구해야 하
고, 매시는 가장 신뢰해왔던 사람들을 의심해야 한다. 왜냐하면 덫
에서 빠져나가는 방법은 단 하나뿐이기 때문이다.

소설책의 뒤표지나 아마존이 제공하는 책들의 요약문을 읽
고 위와 같은 플롯을 설명하는 문단을 써보는 연습을 하라.

이력을 설명하는 문단

이제 제목, 장르, 단어 수 그리고 당신의 이력을 설명하는 문
단 하나를 써라. 지금까지 어떤 작품들을 써왔는지, 또 당신이
다루는 분야에서 어떤 경험을 쌓았는지를 설명하는 것이 좋다.

어디에서 태어났는지 혹은 얼마나 글쓰기를 사랑하는지에 대해 설명하는 것은 좋지 않다. 당신은 TV 인터뷰를 하고 있는 것이 아니다. 가장 최악인 경우는 당신의 책이 제임스 패터슨이나 해리 포터와 같은 성공작이 될 것이라고 장담하거나, 영화화되어 극장마다 상영하게 될 것이라고 에이전트나 에디터를 현혹하려고 시도하는 경우다.

당신이 왜 소설을 쓰게 되었는지, 당신의 할머니나 습작시절의 친구들이 당신의 책을 어떻게 평가하고 있는지, 어째서 출판사들은 당신을 주목해야 하는지를 설명하느라 시간을 낭비하지 마라.

작가 회의에서 해당 에이전트나 에디터를 만난 적이 있거나, 그들의 강연을 들은 적이 있다면, 혹은 그들의 블로그에서 좋은 글을 읽은 적이 있다면, 그것을 간략하게 설명하는 것도 나쁘지 않다.

모든 사람들의 다리는 땅에 닿을 만큼 충분히 길다.

[제목]은 9만 5,000단어로 씌어진 법정스릴러물입니다. 나는 14년간 변호사로 살았습니다. 이것은 내 첫 소설입니다. 나는 그레이터 다우니 작가 회의에서 당신의 강연을 들은 적이 있습니다. 그때 내 프로젝트가 당신의 구미에 맞을 것이라고 생각했습니다.

위의 설명은 단순하면서도 제 구실을 다 하고 있다. 에이전트나 에디터는 샘플 원고를 읽을 마음이 들 것이다. 그러나 만약 당신의 장르가 조금 남다른 편이라면, (예를 들면 뱀파이어가 된 아미쉬 교도 같은) 읽는 이의 이해를 도울 필요가 있다. 만약 당신이 유사한 장르의 다른 소설들을 알고 있다면, 당신의 소설이 '○○○ 스타일'이라고 말할 수도 있다. 만약 당신이 새로운 소설 장르를 개척하고 있다면, 여러 장르들의 조합으로 당신의 소설을 설명할 수 있다. 예를 들면, '이 소설은 비벌리 루이스[92]가 쓴《공포의 별장》과 비슷합니다'라고 설명하는 것이다. 하지만 당신도 예로 든 작가들, 혹은 그 이상의 작가들처럼 쓸 수 있다는 사족을 붙이지 말라. 그것은 당신의 소설을 읽는 사람이 직접 판단할 문제다.

출판 경력에 대해서는 어떻게 써야 할까? 논픽션물을 쓴 적이 있다던가, 시를 써봤다던가 등 당신이 소설을 쓸 줄 아는 사람이라는 것을 보여주는 데 도움이 되지 않는 사항들은 적지 마라. 권위 있는 신문에 단편을 등재한 사실을 쓰는 것은 좋다. (너무 오래되지 않았다면) 전에 쓴 소설들을 적는 것도 좋다. 하지만 자비로 출판한 소설에 대해 쓰는 것은 쓰지 않는 것만 못하다.

당신이 문예창작학위가 있다면, 그것도 써라. 당신이 (전미 미스터리 작가협회나 국제 스릴러 작가협회처럼) 인정받는 모임의 일원이라면, 그것도 쓸 수 있다. 잘 알려진 선생님의 워크샵에 참여한 적이

|92| **비벌리 루이스Beverly Lewis** 기독교주의에 입각해 70여 편이 넘는 소설을 써낸 작가.

있다면, 그것도 써라. 당신이 (법정변호사나 FBI요원과 같은 분야에 대한) 특수한 지식을 갖고 있다면, 그리고 그런 지식들이 소설의 주요 제재와 연관 된다면, 그것도 써라.

마지막으로, 잘 알려진 유명작가에게서 격려편지를 받은 적이 있다면, 그것도 써라. 그렇지만 그런 편지를 받을 계획이 있다고는 쓰지 마라. 하지만 유명한 작가가 직접 당신의 원고를 읽을 수도 있다. 그런 경우에는 이런 사실에 관해 조금 언급하는 것도 좋다.

감사를 표현하는 단락

당신의 노고에 감사드립니다.
깊은 감사의 인사를 전합니다.

위의 두 문장 이외에는 아무것도 덧붙일 말은 없다. 애원하거나, 억지 농담을 할 필요는 없다. 당신은 프로답게 편지를 써야 한다. 결정은 읽는 이에게 달린 문제다. 편지는 그저 편지의 역할을 하면 된다. 이제 다른 일을 해야 할 때다.

나는 '답신을 기다리고 있겠습니다'라는 식으로 편지를 끝마치지 않는다. 물론 당신은 답신을 기다릴 것이다! 그들에게 답변을 듣기 위해 시간을 들여 제안서를 보내는 것이 아닌가. 그러나 당신이 답변을 기다리겠다고 적는다 해서 그들이 쉽사리 당신의 기대에 부응할 것도 아니다. 그런 말을 편지에 적는다고 해서 마음 상할 일은 없겠지만, 그래도 하나마나한 말이다.

당신은 어떤 '플랫폼'을 갖추고 있는가?

오늘날 플랫폼이라는 단어는 출판업계에서 가장 유행하는 말이다. 플랫폼이란 무엇일까? 당신이 딛고 서 있는 기반, 즉 당신에 대한 입소문을 퍼뜨릴 수 있는 사람들을 의미한다. 당신은 플랫폼 위에 서 있고, 사람들과 수다를 떤다. 만약 당신이 멋진 수다쟁이라면, 사람들은 당신에게 돈을 지불할 것이다. 그러면 당신은 책을 쓰고 책을 판다. 그리고 돈을 번다. 출판사도 마찬가지다.

오늘날 플랫폼은 유명한 블로그처럼 중요한 독자들과 접근할 수 있는 방법까지도 포함할 정도로 확장된 의미로 사용되는데, 비교적 명료하고 세분화된 주제에 대해 관심을 갖는 논픽션 작가들에게 자주 적용되는 단어다.

소설가들의 문제가 여기 있다. 우리는 다양한 관심을 갖는 다양한 독자들을 위해 글을 쓴다. 그런데 그들은 누구이며 어디에 있는가? 물론, 당신의 소설이 특정한 분야를 다루고 있거나, 헌신적인 독자들이 당신을 따를 때(주의-트위터의 '팔로워'들은 당신을 따르는 것이 아니다.), 혹은 인터넷상에서 누군가가 광적인 지지를 보내올 때(주의-당신의 엄마나 여동생의 광적인 지지는 그다지 필요 없다.), 당신도 플랫폼을 갖추고 있는 셈이다. 그것에 관해 당신의 이력을 설명하는 플롯에 써라.

당신이 책의 마케팅 방법에 대해서까지 뜬금없는 소리를 할 필요는 없다. 〈투데이 쇼The Today Show〉의 출연 요청이 올 것이라는 등의 말들 말이다. 누구라도 당신이 허풍을 떨고 있다고 생각할 것이다. 하지만 만약 당신이 기본적인 마케팅을 현실적으로 도울 수 있다면—낭독회, 지역 서점과의 관계를 통한 마케팅 등—이에 대해 알려도 좋다. 어떤 작가들은 여러 장의 완벽한 마케팅 계획을 제안서에 첨부하기도 한다. 그러나 과유불급이라는 말을 명심하라. 당신이 비즈니스나 마케팅과 관련된 실제적인 배경을 갖고 있지 않는 한, 오히려 당신의 신용도가 하락할 수도 있다.

내게 '지나치게 공들인' 제안서를 좋아하지 않는다고 말한 에디터도 있었다. 이처럼 너무 꼼꼼한 마케팅 계획안을 내놓으면 오히려 에이전트가 마음에 들어 하지 않을 수도 있다. 가장 안전하게 베팅하는 방법은 당신의 콘셉트나 콘텐츠가 갖추고 있는 시장성을 자세히 설명하는 것이다.

그 외 덧붙일 말들

그리고 물론 다음의 필수사항들을 잊어서는 안 된다.

1. 오탈자를 내지 말 것.

2. 비즈니스상 오가는 편지의 형식을 지킬 것. 행간을 띄우지 말 것. 나는 사각형 모양의 단락들을 좋아한다. (들여쓰기를 하지 말 것.) 단락마다 한 줄 비우기를 하는 것이 좋다. 이것은 읽기에 가장 수월한 형식이다. 당신이 선호하는 바에 따라 들여쓰기를 하거나 단락들 사이에 빈 줄을 남기지 않아도 된다.

3. 다른 사람에게 잘못 보내지 말 것.

4. 수취인의 이름을 정확히 쓸 것.

5. 여러 사람들에게 단체 메일을 보내지 말 것. 그러면 누구나 다른 수신자들이 있다는 것을 알게 됨. 그들 각각에게 따로따로 메일을 쓸 것.

6. 요청이 있기 전까지는 전체 원고를 보내지 말 것.

7. 프로답게 행동할 것. 귀여운 폰트나 비즈니스 편지에서 사용되지 않는 모든 것들을 쓰지 말 것.

8. 지나치게 자기 방어적이거나, 경멸적이거나, 자기 파괴적이거나, 멍청해 보이는 편지로 거절의 위험을 무릅쓰지 말

것. 당신이 변했다고 말하면서 두 번째 기회를 달라고 애걸하지 말 것. 앞으로 나아갈 것.

9. 단순하게 쓸 것.

10. 투고 규정을 준수할 것. 예를 들어, 에이전시에 따라 검토문의 메일과 함께 원고의 첫머리에 해당하는 몇 페이지를 메일 내용 안에 바로 붙여넣기로 보내야 할 경우가 있다. 이런 경우 당신은 규정에 따라 파일을 따로 첨부하지 말아야 한다. 그들이 원하는 투고 규정만을 따라야 한다.

69

오프닝에서 사로잡아라

앞에서 설명한 것 같이, 제안서의 일부는 샘플 원고의 첫 부분들이 되어야 한다. 어째서일까? 첫 페이지부터 엉망인 원고라면 나머지를 읽는 데 시간을 허비할 필요가 없기 때문이다. 그러므로 당신은 소설의 첫 부분부터 그들을 매혹시킬 수 있어야 한다.

그리고 다음을 기억하라.

1. 첫 문장, 혹은 적어도 첫 단락은 인물의 일상세계에 난데없이 나타난 방해물을 드러내야 한다.

2. 처음 한두 페이지에 대화 장면을 삽입하라. 예리한 대화 장면을 읽는 사람은 당신이 쓰고자 하는 바를 단번에 알아차릴 수 있다.

3. 만약 첫 번째 챕터에 대화 장면을 쓰지 않을 계획이라면, 첫 챕터를 던져버리고 두 번째 챕터를 첫 번째 챕터로 만드는 방법을 생각해보라. 이렇게 할 경우, 당신은 소설의 오프닝이 좀 더 흥미진진해질 수 있다는 사실에 스스로 놀랄 것이다.

4. 당신이 대화 장면 없이 소설을 시작해야만 한다면, 해당 장면에 대화가 들어갈 수도 있겠다는 느낌을 주어야 하고, 읽는 사람이 인물의 시점을 즉각적으로 따라가게 해야 한다.

5. 날씨나 상황 설정, 꿈에 대해 길게 진술하는 것으로 소설을 시작하지 마라.

6. 각각의 챕터를 끝마칠 때마다 독자들이 계속해서 읽고 싶다는 느낌을 갖도록 해야 한다.

7. 첫 부분의 세 챕터들은 각각 3,000 단어 이상을 채우는 것이 좋다.

당신의 오프닝 챕터들은 판매에 직결되는 부분이라는 점을 명심하라. 따라서 바쁜 에이전트나 에디터들이 전체 원고를 검토할 생각이 들도록 해야 한다. 그들은 당신의 소설이 시장성이 있는지 없는지에 대해 즉각적으로 알고 싶어 한다.

사람들이 지갑을 열게 해야 한다. 그들이 당신의 전체 원고를 요청하게 하라. 출판계약을 맺은 뒤에라도 에디터와 함께 소설의 오프닝 부분을 수정할 수 있을 것이다. 하지만 장담컨대 제안서와 함께 보낸 오프닝을 더 좋아할 것이다. 그때 써서 보낸 오프닝으로 출판 기회를 잡게 된 것이기 때문이다.

70

완벽한 시놉시스를 작성하라

훌륭한 소설의 시놉시스는 이런 것이다.

- 잘 읽혀야 한다.
- 이야기 스스로 이야기해야 한다. (어떤 설명이나 안 내, 혹은 저자의 개입이 들어가서는 안 된다.)
- 현재 시제로 씌어져야 한다.
- 처음 언급되는 등장인물의 이름은 강조해서 구별되게 써야 한다.
- 두세 페이지로 쓰고, 행간을 띄워야 한다.

당신의 책꽂이를 훑거나, 서점이나 도서관에 가서 당신이 쓰려는 장르의 소설책 커버에 나와 있는 시놉시스들을 읽어보라. 당신의 시놉시스도 비슷한 느낌을 가질 수는 있지만, 두세 페이지 이상의 분량일 것이다.

기억하라. 독자들은 당신의 시놉시스만을 읽고 전체 원고를 읽을지 읽지 않을지를 판단한다. 그러므로 시놉시스는 두세 페이지를 넘기면 안 된다. '맛만 보여줘야' 하는 것이다. 시놉시스의 구실은 그것으로 충분하다. 게다가 점점 더 많은 에이전트와 에디터들은 두세 페이지 분량의 시놉시스를 요구하고 있다.

어림잡아 소설에서 1만 개의 단어가 쓰였을 때마다 한 페이지의 시놉시스가 있어야 한다는 규칙을 내세우는 경우도 있다. 드물지만 이런 규칙에 따른 시놉시스를 요구하는 곳도 있는데, 그러면 그것에 맞추어 시놉시스를 작성해야 한다. 힘들겠지만 그들의 규칙에 따라야 한다. 빠르게 시놉시스를 작성해라. 완벽하게 쓸 필요는 없다. 그저 재료를 다듬기만 하면 된다.

위와 같은 요구에 따라 열 페이지를 넘긴 시놉시스는 어떻게 처리해야 할까? 그때는 두세 페이지로 잘 줄여야 한다. 이것이 바로 과잉 보상이다. 먼저 큰 덩어리로 나누어놓고, 각각의 덩어리들을 압축시켜라. 그렇게 하면 열 페이지 이상의 시놉시스를 두세 페이지로 줄일 수 있을 것이다.

위와 같은 방법으로 시놉시스를 쓸 경우의 장점은, 긴 분량의 시놉시스를 요구받았을 때 이미 준비된 것이 있다는 점이다. 그저 최선을 다해 수정하기만 하면 된다. 당신은 이미 긴 버전의 시놉시스를 작성해둔 것이다.

시놉시스를 작성하는 형식은 다음과 같다.

•사방에 1인치 정도의 여백을 두어라.

- 행간을 띄워라.
- 이름, 주소, 이메일, 전화번호를 첫 페이지의 왼쪽 윗부분에 행간을 띄우지 말고 써라.
- 페이지의 맨 위에서 3분의 1 아래 중간 부분에 대문자로 제목을 쓰고, 그 밑에 시놉시스라고 표시하라.

노인과 바다THE OLD MAN AND THE SEA

시놉시스

- 두 줄을 띄우고, 시놉시스를 시작하라. 오른쪽 끝의 행말들을 가지런히 배열하라.

산티아고는 쿠바 국적의 나이든 어부로, 지금까지 그에게는 계속 불운만 찾아왔다. 그는 84일 동안 아무것도 낚지 못했다. 동네 사람들은 그를 비웃었다. 때문에 헌신적인 젊은 조수 마놀린은 부모에게 산티아고를 떠나 좀 더 능력 있는 어부를 찾아가라는 압력을 받는다. 그러나 매일 밤마다 그는 산티아고를 몰래 돕기 위해 찾아와 미국 야구에 대한 이야기를 한다.

내일은 꼭 무언가를 낚으리라고 결심하면서, 산티아고는 홀로 배를 타고 멕시코 만류의 파도 속으로 나아간다. 그는 미끼로 쓸 참치를 잡았다. 그리고 나서 청새치를 낚는다. 매우 큰 것이었다. 너무나 커서 산티아고가 오히려 끌려갈 정도였다. 산티아고의 시야에서 육지가 멀어진다. 이제 싸움이 시작되었다.

• 두 번째 페이지부터는 머리말 부분의 왼쪽과 오른쪽에 다음을 기재하라.

헤밍웨이/노인과 바다	시놉시스(페이지○○)

위의 사항들만 유념한다면, 무리 없이 시놉시스를 작성할 수 있을 것이다. 단순하게 작성하는 것이 중요하다. 그래야 읽는 사람이 방해받지 않고 이야기 그 자체에만 집중할 수 있기 때문이다.

71

자신을 소개할 상황에 대비하라

당신은 언제나 누군가와 급작스럽게 대화할 상황에 대비하고 있어야만 한다. 스티븐 스필버그와 엘리베이터에 동승했다고 생각해보라. 30초라는 짧은 시간동안 당신의 책을 그럴듯하게 설명할 수 있어야 한다. 좀 더 실질적인 상황을 가정해보자. 당신은 컨퍼런스에서 한 에이전트의 맞은편에 앉아 있다. 그러면 그에게 번개처럼 빠른 속도로 자신을 표현해야 할 것이다.

그런 경우, 빠르면서도 효과적으로 대화할 수 있는 방법은 무엇일까? 당신은 이미 준비가 되어 있다. 당신이 이미 작성한 검토 의뢰서의 첫 부분을 말하면 되는 것이다. 다른 무언가를 새롭게 만들어낼 생각은 하지 마라. 그것은 시간 낭비에 지나지 않는다. 그저 당신의 검토 의뢰서만 생각하고 생각하라. 우연히 맞닥뜨린 에이전트나 에디터에게 빠른 속도로 당신의 책을 설명해야 할 때는, 부드럽고 자연스러운 열정이 드러나게끔 하라.

(숨이 가쁠 정도로 떠들어대서는 안 된다.) 단어 하나하나를 떠올리려고 애쓰지 마라. 당신은 이미 다른 사람에게 잘 설명할 수 있을 만큼 당신의 책을 충분히 알고 있다.

당신이 해야 할 말들을 미리 간결하게 요약해놓는 것이 좋다. 단 한 문장만으로도 듣는 사람을 매혹시킬 수 있을 정도로 다음 두 가지 방법들을 참고해 다듬고 또 다듬어라.

1. '만약에……'로 시작하는 문장

만약 어느 베스트셀러 작가가 그의 광팬에 의해 어딘가에 감금된다면?

2. '이런 일이 벌어졌다'고 설명하는 문장

중산층에 속하는 한 정원사가 납치된 아내를 구하기 위해 3일 만에 200만 달러를 마련해야 한다.

이런 식으로 짧은 문장들을 만들어둔다면, 당신은 언제 누군가와 맞닥뜨리게 되더라도 곧장 당신의 소설을 설명할 수 있을 것이다. 만약 엘리베이터에 동승한 (혹은 그 밖의 어느 장소에서라도) 누군가가 당신의 소설에 관한 짧은 소개를 부탁한다면, 당신은 미리 준비해둔 짧은 문장을 읊어주기만 하면 된다. 만약 그 사람이 좀 더 알고 싶다고 한다면, 검토 의뢰서의 첫 부분을 이야기해주면 되는 것이다. 현재 진행하고 있는 소설을 짧은 문장으로 요약하고, 검토 의뢰서의 첫 부분을 항상 기억하고 있어야 한다. 진행 중인 소설을 갖고 있지 않은가? 바로 시작하라.

소설을 다 쓰고 나면, 나는 그것을 에디터에게 보낸다.
에디터가 그 소설을 읽는 동안, 나는 새로운 소설을
쓰기 시작한다. 절반가량을 쓰고 나면,
나는 해당 소설에 관한 간략한 시놉시스를 작성한다.
출판사가 관심을 보일 정도면 충분하다. 그렇게 일차적으로
검토를 마치고 나면, 나는 시놉시스를 치우고
다시 쓰던 소설로 돌아간다.
(내 출판사는 이런 작업방식에 대해 한 번도 불평한 적이 없다.)

- 스튜어트 우즈Stuart Woods

72

작가 회의에서

어떻게 행동할지 생각하라

훌륭한 작가들이 참석하는 행사라면 당신에게 동료 작가들이나 독자들, 그리고 업계 종사자들과 대면할 기회를 마련해줄 것이다. 그들과 만나는 것은 결코 시간 낭비가 아니다. 특히 당신이 그 자리에 참석하기 위해 많은 돈을 지출했다면 더욱 그렇다. 다음을 명심하라.

1. 계획을 세워라. 행사에 참석하는 사람들이 누구인지 확인하라. 당신이 만나고 싶은 사람들의 우선순위를 정하라. 그리고 누구의 강연을 들을 것인지도 미리 계획하라.

2. 할 수 있다면 미리 약속을 정하는 것이 좋다. 때로는 미리 예약이 가능한 경우도 있다. 만약 당신이 예의 바르고 프로답게 행동한다면, 그들을 만나게 될 확률은 높아질 것이다. 당신이 만나려고 약속한 모든 사람들을 다 만나지 못하게

될 수도 있다. 그러면 나중에 당신이 해당 행사에 참석하지 못하게 되어 유감이라는 내용의 정중한 이메일을 보내면 된다. 이때 당신의 원고를 짧게 소개하라.

3. 작가들의 행사에 참석할 때는 다음 두 가지를 반드시 명심해야 한다. 지루하게 굴지 말고 절망하지 마라.

4. 다른 참석자들과도 대화를 나누어라. 유명인들이나 업계 종사자들에게만 집중하지 말라는 말이다.

5. "저요, 저요, 저요" 하면서 자신만의 이야기를 늘어놓지 마라. 다른 사람들이 하는 말을 귀담아 들어라. 다른 사람들은 무엇을 쓰고 있는지 물어보라. 대화가 자연스럽게 이어지도록 하라.

6. 항상 글쓰기의 테크닉을 연마해야 한다. 이메일이나 문자 메시지를 보내거나, 트위터를 하는 데만 시간을 소모하지 마라. 사람들을 직접 만나고 직접 대화하라.

7. 처음 만난 사람들을 곧바로 당신의 소셜네트워킹에 끌어들이지 마라. 그들을 먼저 알아야 할 필요가 있다. 기억하라, 진정한 네트워킹은 다른 사람들이 지닌 가치에 대한 당신

의 판단에 달렸다.

8. 명함을 받자마자 가능한 한 빨리 그 사람에 대한 주요 정보를 기록하라.

9. 승부사가 되어라. 당신이 만난 사람이 전에 당신과 행사에서 마주친 사람에게 흥미를 보인다면, 그 둘을 엮어주어라. 그 두 사람 모두 당신을 가치 있는 사람으로 생각하게 될 것이다.

10. 주최자를 포함해서 모든 사람들을 존중하는 태도로 대하라. 당신의 태도 때문에 사람들의 대접이 달라질 것이다.

73

원고가 거절당했다고 해서 사람까지 거절당한 것은 아니다 |93|

바너비 콘래드|94|는 번쩍거리는 복장을 갖춰 입은 투우사와 경기장 밖에 있던 기자들 사이에 오간 대화를 이야기한 적이 있다. 한 기자가 물었다. "어떻게 투우사가 되었습니까?" 투우사가 대답했다. "작가가 되는 길이 불확실해 보였기 때문에 투우사가 되기로 마음먹었습니다."

말이야 바른 말이지, 우리 중 대다수는 거절하는 답변을 또 듣게 되는 것보다는 차라리 성난 황소의 뿔과 마주하는 것을 택할 것이다. 적어도 황소는 우리가 쓸 수 없는 것을 쓰라고 강요하지는 않는다. 우리는 예사로 거절당하리라는 사실 또한 이미 알고 있다. 거절을 피할 수 있는 방법은 없

|93| 론 굴라트Ron Goulart가 한 말.

|94| **바너비 콘래드Barnaby Conrad(1922~)** 1943년부터 1946년까지 스페인 말라가에서 부영사로 재직한 이력이 있는 작가. 스페인에 체류하는 동안 투우하는 법을 배웠다. 스페인, 페루, 멕시코에서 투우경기에 참가한 유일한 미국인이다. 존 스타인벡John Steinbeck은 콘래드의 《마타도르 Matador》를 그해 가장 훌륭한 책으로 꼽기도 했다.

다. 그러나 거절에 의연하게 대처하는 방법은 있다. 거절하는 편지에는 대개 한두 가지 공통적으로 포함된 것이 있다. 해당 출판사는 현재 당신의 원고를 출판하기에 적합하지 않다던가, 그들의 기준에 미치지 못한다고 말하는 것이다. 첫 번째 이유라면 당신이 더 이상 할 수 있는 일은 없다. 그러나 두 번째 이유라면 그저 더 잘 쓰는 법을 배우기만 하면 된다.

어떤 이상한 이유 때문에, 누군가가 당신에게는 작가가 될 자질이 없다는 식의 말을 할 수도 있다. 그러면 그저 그 말을 귓등으로 흘려버리면 된다. 감히 누가 당신의 미래를 예견할 수 있다는 말인가? 글쓰기는 노력의 산물이다. 사람들은 글을 쓰는 법을 배울 수 있다. 그 누구도 당신이 글 쓰는 방법을 결코 배울 수 없을 것이라고 말할 자격은 없는 것이다.

한 눈먼 에디터가 훗날 노벨문학상을 수상하게 된 작가에게 이런 말을 한 적이 있다. "미안합니다, 키플링|95|씨. 하지만 당신은 영어를 어떻게 써야 할지 모르고 있는 것 같군요." 그러나 우리는 당연히 키플링을 기억하고 있다. 그 에디터는 오늘날 이름조차 알려져 있지 않다.

|95| **루디야드 키플링Kipling(1865~1936)** 영국의 소설가이자 시인. 봄베이에서 태어난 그는 《정글북The Jungle Book》을 비롯해 수많은 이야기로 명성을 얻었으며, 그가 쓴 아동문학들은 오늘날 고전으로 평가되고 있다.

나는 얼마나 높이 올라갈 수 있는가를 보고
누군가의 성공을 점치지 않는다. 나는 그가 바닥을 쳤을 때
어떻게 다시 올라가느냐를 본다.

- 조지 S. 패튼 장군General George S. Patton

얼마나 잘 알려졌는가 하는 문제하고는 별개로, 모든 작가들에게 거절당한 경험이 있다는 것을 당신이 알고 있다면 좀 더 위안을 받을 수 있을 것이다. 새로 날아든 거절의 편지가 당신의 손끝에서 펄럭이고 있을 때, 이런 사실을 떠올린다면 분명 크나큰 위로를 받을 수 있을 것이다. 다른 작가들이 거절당한 사례들을 통해 당신은 인내심의 가치를 배울 수도 있다. 내 작가적 우상인 윌리엄 서로연은 그가 첫 번째 단편을 발표하기 전까지 받았던 1,700여 통에 이르는 거절 편지들을 30인치 높이로 쌓아놓았다고 한다. 《뿌리Roots》의 작가 알렉스 핼리[96]는 조그만 잡지에 글을 싣게 되기까지 매일매일, 일주일에 하루도 쉬지 않고 8년 동안이나 글을 썼다. 이런 과정들이 쌓이고 쌓인 끝에 그들은 결국 돌파구를 찾아낼 수 있던 것이다.

푸쉬카트 프레스Pushcart Press에서 출간된 《끔찍한 거절들Rotten Rejections》이라는 조그만 책은 내가 좋아하는 책 중 하나로, 대단

|96| **알렉스 핼리Alex Haley(1921~1992)** 아프리카계 미국인 작가로 말콤X에 관한 전기의 공저자.

히 유명한 작가들이 받은 거절의 편지들을 간략하게 소개하고
있다.

제인 그레이[97]는 당대의 베스트셀러 작가 중 한 명이다. 한
에디터는 이런 말로 그의 초기작을 거절한 적이 있다. "나는 당
신이 내러티브나 허구를 쓸 수 있는 작가라는 확신을 할 수 없
습니다."

토니 힐러맨[98]은 근무지를 떠나지 못하는 나바호족 경찰관에
관한 이야기를 써서 수백만 부를 팔았다. 한 에디터가 그에게 말
하길, "만약 당신이 이것을 다시 고쳐 써야 한다는 사실을 받아
들인다면, 인디언과 관련된 내용은 모두 빼버리세요."라고 했다.

《동물 농장Animal Farm》의 조지 오웰은 이런 편지를 받았다. "미
국 내에서 동물과 관련된 소설이 팔리는 것은 불가능합니다."

위의 작가들도 거절당하는 마당에, 당신이 거절당하지 않으
리라는 법은 없다. 그러니 당신은 다만 잘 해 나가고 있다고 생
각하라. 그리고 멈추지 말고 글을 써라! 물론 당신에게 외려 도
움이 될 만한 거절의 편지가 있을 수도 있다. 그러나 불행하게도
사려 깊은 거절의 편지를 쓰는 사람들은 드물다. 에디터들에게
는 차분히 자리에 앉아 당신의 원고에 나타난 잘못에 대해 쓰

|97| 제인 그레이Zane Grey(1872~1939) 모험극과 옛 서부에 대한 향수가 어린 작품들로 유명세를
    얻은 소설가.
|98| 토니 힐러맨Tony Hillerman(1925~2008) 탐정소설 작가이자 논픽션 작가로 나바호부족과 관
    련된 작품을 많이 썼다.

고 있을 만한 시간적 여유가 없다.

그럼에도 불구하고 누군가는 시간을 들여 당신에게 진심 어린 충고를 해줄 수도 있다. 그러면 당신은 그의 충고를 통해 무언가를 배울 수 있을 것이다. 그런 에디터에게는 감사의 편지를 써라. 그러면 에디터는 그 편지를 한낱 감사의 편지로 여기지 않을 것이다. 당신은 그의 마음속에 좋은 기억으로 자리할 것이다. 물론 동일한 에디터에게 다른 원고를 투고한 경우에 이런 편지를 보내는 것은 그다지 효과가 없을 수도 있다. 구체적인 사유를 포함한 거절의 편지를 받게 될 경우, 그것을 이정표로 활용하라. 그러면 당신의 궁극적인 목적(출판)에 한 걸음 가까이 갈 수 있을 것이다. 그저 확신을 품고 계속해서 글을 써라.

과거에는 안녕을 고하라. 그리고 당신의 어제를 좀 더 위대하고 숭고한 노력으로 인도하도록 하라. 헛되이 날아간 기회들, 외견상의 실패, 그리고 쓰디 쓴 절망에 대한 후회와도 작별하라.
"○○○수도 있었는데"라고 생각하지 말라.
"○○○할 것이다"라고 생각하라.

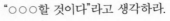

- 그렌빌 클라이서[99]

|99| **그렌빌 클라이서Grenville Kleiser(1868~1935)** 자기개발서를 많이 써낸 는 캐나다의 작가로 후반에는 미국에서 집필했다.

74

할 수 있다면 홍보에 참여하라

앞서 언급한 윌리엄 골드먼의 경구 '누구도 아무 것도 모른다'는 말은 홍보에도 적용될 수 있다. 누구도 아무것도 모르기 때문에, 당신은 결코 자신을 강박적으로 몰아붙여서는 안 된다.

나는 골드먼의 경구를 이렇게 변형했다. "작가로서의 성공은 홍보에 대해 느끼는 불안감에 반비례한다." 오직 성공을 위해 스스로를 홍보하려는 노력에서 생겨나는 불안감은 온전히 글쓰기에만 바쳐야 하는 에너지를 소모시킨다. 왜냐하면 당신이 가진 가장 강력한 홍보 도구는 바로 잘 쓴 책 한 권이기 때문이다.

잘 쓴 책이 뭐냐고? 그것은 스티븐 킹이나 노라 로버츠[100]의 뛰어난 소설들이 아니라, 바로 열정, 영혼, 기술, 노력, 마음, 작업, 피, 눈물, 땀, 고난이 깃든 당신의 소설이다. 그러나 이 모든

|100| **노라 로버츠**Nora Roberts(1950~) 165권 이상의 로맨스 소설을 써낸 소설가.

것들에도 불구하고 그 누구도 보장하지 않고 그 무엇도 보장되지 않는다. 그래도 강박적으로 자신을 알려야 한다는 생각에 체력을 소진해서는 안 된다.

이런 사실들은 아무것도 의미하지 않는 것일까? 그렇지 않다. 나는 스스로를 알리는 데 전혀 관심이 없던 베스트셀러 작가들을 알고 있다. 나는 당신에게 단순한 지침들을 알려주고자 한다. 글을 쓸 시간을 잡아먹지 않고, 인간관계를 여전히 좋게 유지할 수 있고, 빚을 지지 않고 할 수 있는 것들을 하면 된다.

스스로를 홍보하는 데 가장 좋은 방법들로는 무엇이 있을까?

1. 당신의 책.

2. 당신의 책.

3. 당신의 책.

4. 당신의 웹사이트.

5. 리뷰들.

6. 광고.

미디어의 주목을 받기는 쉽지 않다. 정보오락사회가 주목하는 분야는 논픽션이기 때문이다. 그러나 만약 당신이 사회적 현안들을 소설에서 조금이라도 다루고 있다면, 당신에게는 인터뷰를 할 기회가 생길 수도 있다.

7. 사람들과의 직접적인 만남. 서점의 광고. 독자와의 대화(동네부터 시작해서 점차 범위를 넓혀가라.), 기타 등등. 사람들이 줄을 길게 늘어설 것이라고 기대하지 마라. 당신은 할 수 있는 대로 '한 번에 한 명씩'의 독자를 만들어야 한다. 시간을 들여라. 그러나 당신이 위의 1, 2, 3단계와 아래의 8, 9, 10단계들을 차근차근 밟아 나간다면 고정적인 독자들이 생겨날 것이다.

8. 당신의 책.

9. 당신의 책.

10. 당신의 책.

소셜네트워킹 미디어

블로그나 페이스북, 트위터 등의 소셜네트워킹 미디어들의 효과에 대해서 나는 이렇게 생각한다.

당신은 이런 미디어들을 이용할 수 있다. 그러나 너무 많은 에너지를 소모하지는 마라. 어떤 사람들은 소셜네트워킹을 통해 상당한 누적 효과를 누릴 수 있다고도 믿는다. 때로는 그럴 수도 있다. 하지만 그런 효과를 보려면 당신은 엄청난 양의 시간과 에너지를 쏟아 부어야만 하고, 그렇게 하더라도 그에 상응하는 보상이 따를지는 의문으로 남는다. 당신의 책이 제 몫을 다 하지 않는다면 더욱 그렇다.

만약 당신의 책이 주어진 역할을 충분히 해낸다면, 빠르게 입소문이 퍼지게 될 것이다. 이것이 당신이 자신을 홍보하느라 열을 올리는 것보다 훨씬 효과적이다. 물론 당신이 스스로를 알리는 데 얼마나 많은 시간을 사용하든, 그것은 당신의 자유다. 그러나 사람들은 현란한 광고문을 읽는 일에는 관심이 없다는 것을 알아두어야 한다. 당신은 사람들에게 뭔가 가치 있는 것을 제공해야 한다. 유용한 정보라든가, 오락적인 요소, 혹은 환기할 수 있는 무언가를 소설로 담아내기 위해 할 수 있는 한 모든 노력을 쏟아 부어야 한다. 그래야 비로소 당신은 사람들에게 당신과 당신의 책에 관한 이야기를 언제고 할 수 있는 자격을 갖게 된다.

내가 광고하는 데 쓴 돈의 절반은 버린 것이나 다름없다.
문제는 어떤 절반인지 모르겠다는 점이다.

– 존 워너메이커John Wanamaker

75

에디터들과 돈독하게 지내라

에디터들도 사람이다. 그러므로,

1. 정중하게 행동하라. 그들은 이미 충분히 괴롭다.

2. 시간을 엄수하라. 에디터들은 마감일을 정확히 지키는 작가들을 좋아한다. 하지만 그들도 마감이 늦어질 수밖에 없는 상황이 생길 수 있다는 것은 이해한다. 이런 경우 미리 그들에게 알려야 한다. 그 편이 낫다.

3. 마음을 열어라. 마음을 열어놓아야만 한다. 에디터들도 당신이 좋은 책을 쓰기를 바란다.

4. 때에 따라 당신의 주장을 관철시켜야만 하는 경우가 있다. 그럴 때도 신중하게 싸울 수 있어야 한다. 모든 문제들을

걸고넘어질 수는 없다.

5. 감사하는 마음을 가져라. 크리스마스나 출간 일에 감사카
   드나 작은 선물을 보내는 것이 좋다. 그들은 두고두고 기억
   할 것이다.

76

모범적인 작업 방식을 만들어라

글쓰기란 자고로 뺨이 책상에 달라붙을 때까지 죽치고 앉아 쓰고 또 쓰는 자세에 달렸다. 당신은 확실한 규칙을 정해두고 가능한 스케줄대로 작업을 진행해야 한다. 물론 모든 작가들이 이런저런 규칙에 매여 있지는 않다. 어떤 작가들은 시간표에 따라 엄격하게 작업할 것이고, 또 어떤 작가들은 좀 더 느슨하게 작업할 것이다. 자신을 가장 잘 아는 사람은 바로 자기 자신이다. 하지만 스케줄을 짜는 연습을 해보고, 얼마간이라도 그에 따라 생활해보는 것이 나쁠 이유는 없다. 작업 방식은 언제라도 바뀔 수 있다.

나는 몇몇 훌륭한 작가들을 만나 그들만의 '전형화된' 하루에 대해 질문했다. 당신도 곧 알게 되겠지만, 그들의 작업 방식은 모두 제각각이다. 당신은 그들의 작업 방식에서 발견한 한두 개의 아이디어들을 당신만의 것으로 만들 수 있을 것이다.

나는 새벽 5시 15분에 일어나 치실질을 한다. 그 후 20분간 명상을 하고, 17살짜리 아이를 깨우는 데 45분을 소비한다. 아이에게 아침을 먹이고, 버스를 태워 학교로 보낸다. 그러고 나서 주방을 청소하고, 커피를 끓이고, 15분 정도 신문을 본다. (대부분은 스포츠면 만을 읽는다.) 마침내 두 잔째 커피를 끓일 때는 8시 30분 정도가 되어 있다. 그러면 이메일을 몇 통 보내고, 글을 쓰기 시작한다. 내가 무엇을 하고 있는지 알게 될수록, 내가 쓸 수 있는 시간은 늘어난다. 하루에 5~6페이지를 쓰는 것이 내 목표이다. 다섯 시간이 지나고 나면, 나는 제정신이 아닌 상태가 된다. 그러면 잠시 휴식을 취하면서 이메일을 몇 통 더 보낸다. 오후나절에는 책상머리에 앉아 잠시 잠을 잔다. 전화벨이 울려 나를 깨우기를 바라면서 말이다.

- 마이클 팔머

내게 글만 쓸 수 있는 날이 있었는지 나는 정말 모르겠다. 만약 그런 날이 하루라도 있었다면, 나는 이렇게 행동했을 것이다. 잠에서 깨어, 아내와 커피를 마시고, 이메일을 보낸 뒤, 좋아하는 식당에 가서 아침을 먹거나 집에서 때우고, 기력이 고갈될 때까지 글을 쓸 것이다. 저녁은 친구들과 먹겠다.

- 스티븐 쿤츠

글만 쓸 수 있는 날은 내게 주어지지 않았다. 처음부터 나는 독립적으로 생각하고, 바깥을 지향하고, 무엇보다도 큰 그림을 볼 수 있도록 교육받았다. 이미 말했듯 나는 '24/7 프로젝트(하루 종일 프로젝트)'를 생각 중이다. 예를 들면, 나는 항상 침대 옆에 노트와 펜을 놓아둔다. 분명 잠들기 전 전등을 끄자마자 소설 중간 부분에 대한 수많은 생각들이 떠오를 것이기 때문이다. 나는 대개는 아침에만 글을 썼다. 그러나 지난 몇 년간 내 작업 방식도 바뀌었다. 이제 나는 오후 서너 시가 될 때까지 글쓰기를 시작하지 않을 때도 있다. 그 이유는 나도 잘 모르겠다. 다만 글쓰기는 기본적으로 비합리적인 경험이다. 그리고 힘든 일이다. 그러나 글을 쓰지 않는 누군가에게 이런 경험에 대해 설명하는 것은 더욱 힘들다.

- 에릭 밴 러스트바더[101]

마감일이 닥쳐오면 나는 거의 하루 종일 글을 쓴다. 뭐, 거의 반나절 정도 쓰는 경우도 있다. 마감일이 멀리 있을 때는 치과의사나 의사들을 찾아가거나 세차를 하고 볼링을 치러 간다. 나는 언제나 조금이라도 운동을 하려고 노력하고 친구들과 재미있는 시간을 보내려고 노력한다. 그러나 마감일이 다가오면 사정은 달라진다. 마감일과 관계없이 변하지 않는 것이 있다면, 나는 아침형 인간이고 아침에는 글을 쓴다는 점이다.

- 리사 잭슨[102]

|101| **에릭 밴 러스트바더**Eric Van Lustbader(1946~) 스릴러 작가.

|102| **리사 잭슨**Lisa Jackson 로맨스 작가.

생산적인 작가가 되고자 하는 당신에게는 강철 같은 의지가 필요하다. 인터넷은 작가들에게 가장 좋기도 하고 가장 나쁘기도 한 대상일 것이다. 인터넷은 자료를 조사하는 데는 쓸모가 있지만, 글쓰기에만 전념해야 할 당신에게는 최악의 방해물이다. 나는 하루에 2,500단어를 쓰겠다는 목표를 갖고 있다. 다섯 페이지 정도에 해당하는 분량이다. 목표량을 달성하자마자 나는 다른 일을 하기 시작한다. 하지만 글만 써야 하는 날에는 온종일 책상 앞에 앉아 있어야 한다. 남가주대학에서 나를 지도했던 스탠리 랠프 로스 교수에게서 배운 방법들 중 하나는, 한 장이 다 끝나더라도 그 날의 글쓰기는 마치지 말라는 것이었다. 그렇게 해서 나는 또 다시 새로운 장을 시작할 수 있게 되고, 몇 문장이라도 더 쓰려고 노력하게 되는 것이다. 이런 방법을 통하면 다음 장을 어떻게 써야 하나 하는 걱정을 조금이나마 덜게 된다. 나는 이미 다음 장을 쓰고 있는 것이다. 다음 날 책상 앞으로 다시 가 보면, 여전히 글쓰기는 진행 중이다. 그리고 나는 내가 쓰고 있는 스릴러가 진행되어가고 있는 과정을 보면서 즐거움을 느낀다.

- 브래드 토어[103]

나는 일주일에 닷새에서 엿새 정도 글을 쓴다. 나는 일주일 내내 작업하지 않으려고 엄청나게 애를 쓴다. 사실 그렇게 하기란 너무 쉽

|103| **브래드 토어Brad Thor(1969~)** 스릴러 작가로,《뉴욕타임스》베스트셀러에 수차례 등극했다.

다. 아침나절의 한 시간 동안 수영을 하거나 산책을 하면서 책에 대해 생각한다. 오늘은 무엇을 써야 하나, 이야기는 어떻게 흘러가고 있나 등을 생각하는 것이다. 그러고 나서 나는 네다섯 시간 정도 글을 쓴다. 그날의 초고를 작성하는 것이다. 대개 정오에서 2시까지, 그리고 오후 3시에서 6시까지 작업한다. 그 사이에는 산책을 하거나, 커피를 마시러 가거나, 전화로 수다를 떤다. 초고를 작성하고 나면(대개 하루에 서너 개의 초고가 쌓이게 된다.) 6시부터 9시까지는 그것을 다시 읽어보고 수정하면서 보낸다.

- M. J. 로즈

요즘 나는 낮이고 밤이고 열 시간 정도는 글을 쓰던 습관을 유지하지 못한다. 내 작업시간은 아침 11시경에 시작된다. 그리고 1시 반이나 1시 45분에 점심을 먹기 위해 잠시 휴식시간을 갖는다. 오후 2시가 되면, 점심을 먹으면서, 나는 〈랜뷰, 펜실베이니아Llanview, Pennsylvania〉를 본다. 이곳에서는 어떤 일이라도 벌어질 수 있다. 기억상실, 부활, 도플갱어, 연쇄살인, 방화, 천상의 나라 방문하기……. 분명 랜뷰의 사람들은 유별난 삶을 살아간다. 3시 반 정도가 되면 나는 다시 책상머리로 돌아와 7시가 될 때까지 작업을 계속한다. 내가 하루에 다섯 시간 정도 작업할 수 있다면, 썩 괜찮은 날인 것이다. 그리고 나는 아직도 시간이 좀 더 있다는 사실을 알고 있다.

- 피터 스트롭Peter Straub

나는 사고와 글쓰기 사이에 어떤 비율이 존재한다는 것을 발견했다. 내가 막 새로운 책을 시작한 순간에는, 사고 쪽으로 급격하게 무게가 실린다. 그러나 이야기가 진행돼감에 따라, 나는 사고의 비율을 줄이고 좀 더 글을 쓰는데 집중하게 된다. 시간이 흘러 책의 90퍼센트 정도를 썼을 때는, 나는 이야기가 스스로 이야기를 쓰고 있다는, 가슴 벅찬 희열을 경험하게 된다. 혜성의 꼬리를 붙들고 떨어지지 않으려고 갖은 애를 쓰는 것처럼 말이다. 새 책을 쓰기 시작할 무렵이면, 나는 산책을 하면서 생각하는 데 많은 시간을 쓴다. 그리고 하루에 500단어 정도만 쓰면 괜찮다. 책의 중반부에 다다르면, 나는 하루에 1,000단어는 써야 마음이 놓이기 시작한다. 그래서 컴퓨터 앞에서 더 많은 시간을 보내게 된다. 2,000단어를 썼을 때는 대단히 기분이 좋다. 책의 3분의 2 지점에 다다르면, 하루에 3,000단어 정도는 써야 한다. 이때는 하루에 8시간 정도를 작업하고, 가끔 머리를 식힌다. 22시간 동안 쉬지 않고 글을 썼던 날은 내 최고 기록으로 남아 있다. 손가락이 뭉그러지고 머릿속이 타들어가는 것 같았다. 그날 나는 8,200 단어를 썼다. 물론 마지막 두 개의 단어는 'The End'였다.

— 배리 에이슬러[104]

글 쓰는 날에 전형이란 없다. 플로리다에 살고 있는 나는 갑판 위에

---

[104] **배리 에이슬러Barry Eisler(1964~)** 스릴러물을 주로 쓰는 베스트셀러 소설가.

서나 서재, 아니면 주방에서 글을 쓴다. 오마하에서는 차양이 내려진 포치에서나 조그만 오두막에서, 아니면 한밤중에 침대 위에 앉아 글을 쓴다. 나는 서성거리는 버릇이 있기 때문에 입식형 책상을 사용한다. 그리고 대화나 장들 어떤 부분들을 노트에 기록한다. 다른 노트에는 조사한 자료들을 기록해둔다. 요즘은 가능한 노트북을 사용하려고 노력한다. 손으로 쓰는 것이 수월하게 느껴지기는 하지만, 노트북으로 작업하는 쪽이 훨씬 신속하기 때문이다. 나는 내가 글쓰기 마라톤이라 부르는 것을 계속하고 있다. 나는 적어도 한 주 정도는 어떤 약속이나 만남, 행사 등을 스케줄에서 치워버리려고 노력하고, 아침부터 저녁이 될 때까지 글을 쓴다. 나는 커피를 즐겨 마시는 편은 아니지만, 마라톤을 하듯 글을 쓸 때면 주전자 째로 벌컥벌컥 마셔댄다. 이런 것이 나의 전형적인 작업방식이다.

– 알렉스 카바[105]

|105| **알렉스 카바Alex Kava** 심리적인 서스펜스 소설을 주로 쓰는 작가.

살아남으려면

당신이 시간을 얼마나 들여 글을 쓰든, 당신은 비평가들의 공격을 받게 될 것이다. 심지어 당신을 공격하는 사람이 전문적인 비평가가 아닐 수도 있다. 당신의 동료 작가들일 수도 있고, 인터넷상의 익명의 인물일 수도 있다. 아니면 당신의 정신 나간 삼촌일 수도 있다.

미키 스필레인은 항상 비평가들의 공격을 받았다. 한 인터뷰에서 그는 이렇게 말했다. "나는 그들을 신경 쓰지 않아요. 그 사람들은 그저 공짜로 책을 받아 당신을 찢어발기려고 하는 것뿐입니다. 그들에게는 물론 나도 공격의 대상이죠. 한 가지 중요한 사실은, 나는 세계에서 다섯 번째로 많이 번역된 책을 쓴 작가라는 겁니다. 내 앞에는 레닌, 고리키, 톨스토이, 쥘 베른이 있죠. 그게 아무 의미도 아닐 수도 있지만, 재미있는 사실이죠. 어느 날 내가 사람들과 차를 마시고 있다고 칩시다. 누군가가 다가와 내게 이렇게 말하는 거예요. '당신의 책이

7권이나 베스트셀러 상위목록 10권에 들어 있다니, 미국인들의 독서취향이란 얼마나 끔찍한가요?' 그러면 나는 그를 바라보면서 '내가 3권을 아직 더 쓰지 않은 것을 다행인줄 아쇼' 하고 말하죠."

재치와 짜증이 섞인 스필레인의 답변은 우리에게 시사하는 바가 있다. 그저 단순히 당신을 공격의 대상으로 삼은 비평가들이 있다. 그러면 당신은 그를 그저 무시하면 된다. 그러나 당신에게서 구체적인 면면들을 지적하는 비평가들에게서는 배울 점이 있다.

그러니 그들에게서 무언가를 배우고, 얻어내라. 나머지는 무시해라. 그저 당신이 의사에게 보여주어야 하는 통증이나 증상이라고 생각해라. 의사들은 당신을 진찰한다. 그리고 당신이 나을 수 있을 것이라고, 당신의 길을 가라고 말해준다.

글을 쓰는 데 사용하는 모든 시간은, 당신이 글쓰기에 조바심을 내는 데 사용하는 시간이 아니다.

- 데니스 팔럼보[106]

---

[106] **데니스 팔럼보**Dennis Palumbo 미국의 소설가로, 심리치료사 자격증을 갖고 있다. 주로 미스터리와 서스펜스 소설들을 썼다.

당신이 비난을 받게 된다면

1. 숨을 깊이 들이쉬고 그날 하루는 비난에 관해 아무것도 생각하거나 말하지 마라. 물론 당신은 그것을 생각할 수밖에 없을 것이다. 베개를 후려치거나 케이크 한 판을 다 먹을 수 있다면, 그렇게 하라.

2. 다음 날이 되면, 좀 더 냉정하게 당신에게 가해진 비난에 대해 생각해보라. 스스로에게 다음 질문들을 해보라.

• 내가 즉각적으로 동의할 만한 내용들이 있었나? 정직하게 생각해보라. 스스로에게 정직하지 않다면, 당신은 성장할 수 있는 기회를 놓치게 된다.

• 내가 받은 비난에 전문적이라기보다는 개인적인 내용들이 있었나? 기억하라. 당신에게 가해진 비난이 개인적인 것이라면, ('이봐요, 계속해서 글을 쓰려고 하다니 노력이 가상하군요. 하지만 당신이 알아야 할 분명한 사실 한 가지는, 당신에게는 이런 일을 할 재능이 없다는 거예요.' 같은) 잊어버려라. 이런 사람은 바보일 뿐이다.

• 당신의 글쓰기에서 취약점이 발견되면, 구체적으로 어떤 점이 약한지를 파악해보라. 예를 들어, 당신은 3차원적인 인물을 창조하는 데 어려움을 느낄 수도 있다. 혹은 대화가 밋

밋할 수도 있다. 뭐가 되었든 간에 도전의식을 가지고 써라. 도전, 그것이 전부다. 그리고 도전은 멋진 일이다. 도전을 통해 당신은 좀 더 성장할 것이다.

• 문제가 있는 부분을 스스로 공격하는 버릇을 들여라.

당신이 정말 상처를 받았다면

30분 정도는 상처로 아파해도 좋다. 더 이상은 안 된다. 다시 글을 쓰기 시작하라. 글쓰기야말로 공격적인 리뷰나 이메일, 회의적인 반응에 대처할 수 있는 유일한 해독제다. 그리고 다시 글을 쓰기 시작하기 전에, 이렇게 외쳐보라. "나는 아리조나 위를 날고 있는 독수리다!"[107]

|107| 〈자인펠트〉에 등장하는 인물인 프랑크 콘스탄사의 독백.

손자와 내가 보내는 마지막 격려

> 장군은 지혜, 성실, 자비, 용기, 엄격함이라는
> 덕목을 가져야 한다.
>
> – 손자

당신이 스스로 작가로서의 삶을 다스리고 싶다면, 손자가 보내는 다음의 충고를 따르라.

지혜

당신이 하는 일을 더 잘 알게 될수록, 그리고 계속해서 작업을 해 나갈수록, 당신은 점점 더 현명해질 것이다. 그리고 열린 사고를 해야 한다. 어깨에 무거운 짐을 짊어지고 있는 사람은 당신만이 아니다. 출판업계라는 곳은 당신의 자화자찬 따위는 신경도 쓰지 않는다. 자만심은 아무것도 해결해주지 못한다. 당신이 계속해서 작가적 이력을 쌓아 나가고 싶다면, 객관적이고 냉정해질 필요가 있다. 할 수 있는 한 타오르는 열정을 갖고 글을 써라. 열정의 불길과 차가운 열정을 언제 어떻게 사용해야 할지를 아는 것이 바로 지혜다.

성실

새미 글릭[108]의 시대는 끝났다. 무언가를 성취하려면, 진지한 자세로 임해야 한다. 이것은 단지 글쓰기에만 국한된 문제가 아니다. 사람들을 다룰 때도 같은 자세를 취해야 한다. 라디오 코미디언 프레드 앨런은 이렇게 말한 적이 있다. "할리우드에서 성실성이란 성실성을 죄다 긁어모아도, 각다귀의 배꼽 한 개, 캐러웨이 씨앗 두 알, 그리고 에이전트의 마음을 다 모아놓은 것도 안 된다." 당신의 성실성은 이것보다는 반드시 커야 한다.

자비

시카고 컵스의 위대한 2루수인 라인 샌드버그는 명예의 전당에 입성했을 때 이런 말을 남겼다.

|108| 〈누가 새미를 달리게 하나?Who Makes Sammy Run?〉라는 소설의 주인공 새미 글릭은 뉴욕의 유태인 게토에서 태어나 우연히 할리우드에 발을 들여놓게 되면서 엄청난 성공을 거두게 되는 인물이다.

"나는 구장을 밟을 때마다 항상 경외심을 가졌습니다. 그것이 존중입니다. 나는 당신이 절대로 당신의 상대팀이나 당신의 동료들, 당신의 구단과 당신의 매니저, 그리고 당신의 유니폼조차 경시하지 않기를 바랍니다. 당신은 훌륭한 경기를 펼칩니다. 예전부터 그래왔듯 말입니다. 안타를 치고 3루수를 바라보며 베이스들을 밟아 나갈 준비를 합니다. 존중하십시오. 많은 사람들은 내가 오늘의 영예를 안을 자격이 있다고들 말합니다. 그러나 나는 이런 영예를 위해 경기에 임하지 않았습니다. 나는 긴 터널의 끝에서 받게 될 보상을 바라보며 경기에 임하지 않았습니다. 나는 당신이 지금 생각하고 있는 것, 즉 존중심을 품고 정당하게 경기하는 것만을 생각했습니다. 오늘의 영예를 받을 자격이 있는 사람들은 내게 경기에 임하는 법을 알려준 사람들입니다. 그들이 해야 한다고 생각했던 것, 그리고 내가 해야 한다고 생각했던 것을 알려준 사람들 말입니다."

존중하는 마음으로 글을 써라. 키보드 앞에, 혹은 펜을 쥐고 앉아 있을 때 항상 경외심을 품도록 해라. 열심히, 열정을 가지고 글을 써라. 그것이야말로 당신이 하고 있는 일이기 때문이다. 다른 작가들을 멸시하거나 글쓰기의 고충을 늘어놓느라 시간을 낭비하지 말라.

용기

글을 쓰려면 용기를 내야 한다. 당신의 책이 출판되지 못하거나, 에이전트를 찾아내지 못할 때도 용기가 필요하다. 당신의 책이 출판되더라도, 에이전트를 찾아내더라도 용기가 필요하다. (이런 이유로 많은 작가들이 그렇게 술을 마셔대는 것이다.) 당신은 용기를 내어 전투에 임해야 한다. 글을 써라. 당신이 쓰고 있는 글에 대해 생각하라. 그리고 글을 써라. 매일같이, 매년 글을 써라.

그렇게 함으로써, 당신은 출판되기를 원하는 사람들의 90퍼센트를 제칠 수 있게 될 것이다. 손자는 "군대를 다스리기 위한 제1의 원칙은, 모두가 도달할 수 있는 용기의 발판을 마련하는 것이다."라고 썼다. 당신도 역시 당신만의 글을 쓰기 위해서는 용기의 발판을 마련해야 한다. 승리는 당신의 것이다.

엄격함

스스로 세운 규율에 책임감을 가져야 한다. 누구도 당신을 대신해 글을 써줄 수는 없다. 스스로 세운 기준에도 책임감을 가져야 한다. 너무 쉽거나, 친숙하거나, 빤한 기준을 마련하지 마라. 그와 동시에, 불안감이나 정신적 고통에 휩쓸려서도 안 된다. 손자는 이렇게 말했다. "규율을 준수하고 냉정함을 유지하는 것, 이것이야말로 자기를 제어하고 유지하는 기술이라 할 수 있다."

전진

멈추지 말고 싸워 나가라.
멈추지 말고 글을 써라.

당신의 문운을 빌며

언젠가 파트릭 모디아노의 작업 방식에 대한 이야기를 들은 적이 있다. 《슬픈 빌라》, 《어두운 상점들의 거리》 등의 소설을 쓴모디아노는 자정부터 새벽 4시까지 꼬박 네 시간은, 무슨 일이 있더라도 글쓰기에 몰두한다고 했다. 《추락》, 《철의 시대》 등의소설을 발표한 존 쿳시도 비슷한 작업 방식을 가지고 있다. 다만 새벽이 아닌 아침녘 두 시간을 쓴다는 것 정도가 모디아노와다른 점일 것이다. 두 작가는 모두 결코 다작이라고는 할 수 없지만 아름답고도 묵직한 작품들을 꾸준히 발표해왔다.

우연히 소설을 쓰게 된 나로서는 '소설은 어떻게 쓰느냐' 따위의 질문들을 받을 때마다 곤란함을 느낀다. 누구나 소설을쓰는 규칙들을 한두 가지 갖고 있겠지만, 그 규칙들에 의해서만소설을 쓰기도 어려울 뿐더러, 설령 한 편의 소설을 써낼 수 있다고 하더라도 그것이 좋은 소설인지 아닌지는 아무도 말해줄 수 없다고 생각하기 때문이었다. 각각의 소설들은 제각기 다른 방식으로 씌여졌고, 제각기 다른 독자들을 만나게 되며, 제각기 다른 방식으로 읽히게 된다. 이 소설은 이렇기 때문에, 저 소설은 저렇기 때문에 서로 다른 장점들을 나누어 갖게 되는 것이다. 그러므로 소설을 쓰는 단일한 규칙은 없다고 생각했다.

대학에서 글쓰기와 관련된 수업을 맡으면서부터 혼란은 가중되었다. 말이 필요할 때마다 "나는 소설을 어떻게 쓰는지에 대해서는 잘 모릅니다. 소설을 잘 쓰는 법에 대해서도 마찬가지입니다. 다만 쓸 수 있는 것을 써야 하고, 쓸 수 있는 시간에 써야 한다는 말은 옳다고 생각합니다."라는 말을 반복해야 했다.

이 책에서도 소설을 쓰는 법에 대한 규칙들이 열거되어 있지는 않다. 그러나 소설을 쓰겠다고 처음 마음먹은 당신에게 도움이 될 만한 지침들은 얼마든지 발견할 수 있다. 누구나 같은 것을 같은 방식으로 쓸 수는 없다. 게다가 본문에도 인용된 "소설을 쓰는 규칙에는 세 가지가 있지만, 아무도 그 규칙들을 알지 못한다."는 서머싯 몸의 말은 오히려 누구에게나 용기를 부여하는 말이 될 수 있다. 즉, 그저 쓰기 시작해야 하고, 가능하면 모디아노나 쿳시처럼 하루의 일정한 시간을 들여 글을 써야 하며, 일단 쓰기 시작한 다음에는 다 쓰려고 노력하고, 한 편의 글을 완성했다면 다시 쓰기 시작해야 하는 것이다.

이 책의 저자 제임스 스콧 벨은《손자병법》의 기본적인 내용들을 통해 글쓰기의 전략과 전술을 이야기한다. 당신이 임해야 할 전투는 일차적으로 당신 자신과 글쓰기라는 행위 사이에서 벌어지겠지만, 그다음으로는 당신의 글과 에디터나 출판사를 포함한 당신의 독자들 사이에서도 전쟁 같은 상황이 벌어지게 될 것이다. '적을 알고 나를 알면 백전백승'이라는, 누구나 알고 있지만 실제로는 활용하기 어려운 구절이 책의 첫머리에 인용되어 있다. 우리는 우리 자신이 누구인지, 또 무엇을 할 수 있는지 잘 모른다. 이제 막 글을 쓰기 시작했다면 더욱 그러하다. 빤한 말일 수도 있지만 글을 쓴다는 것은 자기 자신을 재발견하는 과정의 연장선에 있다. 안다고 생각했던 것을 버리고, 모른다고 생각했던 것을 받아들이고, 또 이러한 과정을 늘 처음부터 다시 시작한다는 마음가짐을 지녀야 한다.

당신이 어떤 소설을 쓰게 될지 나로서는 알 길이 없다. 다만 당신이 쓰려는 소설이 범죄물이든 추리물이든, 공상과학소설이든 판타지소설이든, 혹은 그저 '소설'이나 그 어떤 것이든 간에, 당신은 이 책의 지침들을 간간이 떠올려가며 글을 쓸 수 있을 것이다. 그것은 "흡입력을 갖춘 주인공을 창조하라."거나 "대화 장면을 통해 주인공의 감정을 드러나게 하라." 같은 구체적인 지침이 될 수도 있고, "그저 써라, 계속해서 써라."라는, 누구에게나 설득력을 행사할 수 있는 전반적인 지침이 될 수도 있다.

글을 쓰는 일이 세상에서 가장 훌륭한 일은 아닐 것이다. 그렇지만 글을 쓰는 것은 다른 많은 훌륭한 일들을 이루는 방법과 같은 방법을 따른다. 그 방법은 다름 아닌 정공법이다. 당신은 다른 사람들의 말을 귀담아 들어야 하고, 다른 사람들의 행동을 주의 깊게 관찰해야 하며, 다른 사람들의 마음으로 생각하고(저자가 예로 든 명배우 스펜서 트레이시의 경우를 보라), 다른 이야기들을 읽어야 하고, 당신이 쓰고 있는 이야기의 씨실과 날실을 양 손에 쥐고 흔들어야 하며, 계속해서 쓰고 고치고, 다시 써야 한다. 그리고 무엇보다도 당신은 당신이 하는 일에 진심을 다해야 하고, 시간을 들여야 한다. 내 말이 상투적으로 들릴 수도 있을 거다. 그러나 이런 말들이 결국 옳은 법이다.

그러니 글을 쓰기 시작하라. 그리고 그저 써라, 계속해서 써라. 당신의 문운과 무운을 빈다.

2011. 2.   한유주

The Art of War for Writers

작가가 작가에게

지은이 | 제임스 스콧 벨
옮긴이 | 한유주

초판 1쇄 발행 2011년 3월 9일
초판 3쇄 발행 2016년 5월 18일

펴낸곳 | 정은문고
펴낸이 | 이정화

편집 | 이정미, 안은미
디자인 | 당나귀점프

등록번호 | 제2009-00047호 2005년 12월 27일
주소 | 서울시 마포구 서교동 473-10 502호
전화 | 02-392-0224
팩스 | 02-3147-0221
이메일 | books@shillaad.co.kr
홈페이지 | www.shillaad.co.kr
블로그 | blog.naver.com/jungeunbooks

ISBN 978-89-9657-580-1 03840

*책값은 뒤표지에 쓰여 있습니다.
*이 도서의 국립중앙도서관 출판시도서목록(CIP)은
 e-CIP홈페이지(http://www.nl.go.kr/ecip)와
 국가자료공동목록시스템(http://www.nl.go.kr/kolisnet)에서
 이용하실 수 있습니다.(CIP제어번호: CIP2011000724)